転生したら悪役令嬢だったので引きニートになります２

〜騎士で伯爵な幼馴染の色気が強すぎる〜

JN088594

藤森フクロウ

illustration 八美☆わん

ICHIJINSHA IRIS NEO

CONTENTS

この作品はフィクションです。
実際の人物・団体・事件などには関係ありません。

転生したら悪役令嬢だったので引きニートになります2～騎士で伯爵な幼馴染の色気が強すぎる～

プロローグ　戻ってきた日常

わたくしが学園に行きたいと言ったばかりに、とんでもない事になりました。

ぷんぷんに怒ったお父様が、王族の側近や近衛騎士をブラッディカーニバルに吊《つる》し上げてしまってから一週間は経ったのですが、不思議なくらい周囲からの叱責はない。

いくら大貴族で、お父様が重鎮だからといっても、少しくらいお咎《とが》めがあってもよろしいのでは？

ただヒキニートの耳に入らないだけかもしれない。実は王都ではギッスギスなのかと気を揉《も》んだ。

しかし、気を揉んでも仕方がない。決意してセバスに聞いたが、眉を下げて「むしろ周囲は旦那様の機嫌を取ろうと必死でございます」と返答が返ってきた。何故《なぜ》に。

なんでも、第一王子と第二王子はレナリア嬢に入れ込んで、色々とやらかしていたらしい。

わたくしは悪役令嬢として転生を果たした後、己の未来にビビり散らし、かなり戦々恐々としていた。自分に悪のカリスマは無理だし、断罪や処刑をされたくない。パラサイトだろうがヒキニートだろうが、ポンコツ小心者には荷が重いのです。

幸い、お父様はそんなダメ娘でも、アルベルティーナを溺愛してくれた。気づいたらポンコツファザコンヒキニート令嬢爆誕でしたわ。

そんなわたくしはお父様に守られ、アンナにお世話をされ、キシュタリアにフォローされ、ジュリアスに美食や快適アイテムを作らせて、それはもう怠惰に過ごしていました。

そんなヒキニートは、当然ながら社交界は知らないし、王子たちがどんな風になっていたか知りもしなかった。

ゲームのヒロインことレナリア・ダチェス男爵令嬢はハーレムルートを目指していた模様。

悪役令嬢不在でも、随分頑張っていた模様ですわ。次々と攻略対象を手玉に取って、やりたい放題していたようなの。王子たちはそれを甘やかすから、周囲はかなり苛立《いらだ》っていたみたい。

それは貴族の中で不満として紛糾しており、爆発寸前だった。ルーカス殿下とレオルド殿下はまだ王太子としてどちらがなるかは決まっていない。切磋琢磨《せっさたくま》してその立場を勝ち取らないといけないはずが、すっかりとレナリア令嬢のご機嫌を取るためばかりに気を取られて怠けがちに。

婚約者たちを放置し、社交もおざなり、公務もほっぽってやることといえば男あさりに余念のないレナリア嬢の心を射止めようと空回っているという。普通に嫌である。

そんな王子たちから有能な人間は、縁が薄い者たちから一気に離れていった。幼い頃から一蓮托生《いちれんたくしょう》が決められた者たちしか残らず、その者たちもレナリア嬢に入れ込んでいて以下省略。軽く地獄絵図だ。

学園というのは貴族社会の縮図。

今まで輝かしくも苛烈に競い合っていた王子たちのまさかの失墜。

ここにきて、第一王女派が裏で台頭してきているらしいが、王子たちの派閥に入れなかった漏れがそこにこぞって回っている感じで、急に担ぎ上げられた感じらしい。

良いのかしら、王族がこんな感じで……。

そんなグッダグダになったなか、第一王子ルーカス殿下が起こした騒動。

貴族のご令嬢であるわたくしに、まさかの冤罪《えんざい》を吹っかけた。これは今までにも何回かあったらしいが、王族の権威には逆らえず泣き寝入りが多かった。だがしかし、今回は最高峰クラスの上級貴族のご令嬢。しかも罵倒しただけでなく、怪我《けが》までさせた。

しかもその令嬢がサンディス王家すら一目置く――どころか恐怖に近い敬意をもって接している重鎮の娘。そして、その父親である当主は稀代《きたい》の天才だが、気難しさでも有名だった。

おまけに過去にも、愛娘《まなむすめ》『アルベルティーナ』は王族の失態により人生を台無しにされている。

王家側の有責、見事に役満ですわ。

被害者のわたくしが言うのもあれですが、どうしようもない。

私以外には危険物なお父様は王族が泥沼の火遊びをしようが、多少は目をつぶっていた。だが、愛娘と学園にいる子息に会いに来ていた――そして、その実、愛娘を知りもしないのに侮辱する噂《うわさ》を流していたという令嬢に対する処遇を求めに行っていたらしい。

わあ、お父様ったら学園の情報なんてどこから……従僕のジュリアスやレイヴン？　義弟キシュタリア？　ともかくレナリア嬢はその時点で詰んでいるとしか言いようがない。

早急に首を物理的に飛ばしてもおかしくない事態だったそうだが、私が同行している時は控えてくださったお父様。

レナリア嬢はキシュタリアに袖にされた理由を、一緒にいた私のせいだとルーカス殿下に訴えた。その結果、焚《た》きつけられたルーカス殿下は無駄な行動力を発揮して、ろくに下調べもせずに私を帰りの馬車から引きずり出した。そしてしかるべき場所で糾弾して、晒《さら》し者にして留飲を下げるつもりだったのだろう。

でもね？　なんで狙ったのかな？　本当に。

あの時かなり立派な馬車に乗っていたし、ガッツリ騎士までついていた馬車なのに。

上級貴族の中でも至高といえる公爵家出身の、祖母に王姉を持つ令嬢。しかも父親は娘を超溺愛しているヤベーほど有能でヤベーほど娘以外興味ないというのに。

救いようがないわ。ろくでもねーな、殿下。

サンディス王家は一度目の失敗でも、十分お父様に怖い思いをさせられたらしい。二度目はもっと怖い思いさせられるんじゃない？

……アルベルちゃん、しーらない！

まあそれはともかく、やらかしにやらかしを重ね続けていた殿下たちが、今更お父様にがっつり絞められても皆さんプギャーっと笑っているだけらしい。

王様すら死なない程度で五体満足で廃人になってないならええで、って感じらしい。

ヒキニートは知らなかったけど学園に入って以来、真実の愛とやらに目覚めた王子の横暴ぶりは目に余り再三注意をしていたらしい。王様もかなり手を焼いていて、宰相や大臣たちも頭を抱えていた。

王位継承権を巡って多少バチバチに争うならともかく、女性絡みで問題を起こしまくることはアウトだったみたい。

現在の国王陛下も先王や先々王が女性にだらしなくて苦労した口ですものね。

そりゃ、大事に育てていたはずの次代の王様がそんなじゃご愁傷様です。

あ、うちの国の王子じゃん。もしやサンディス王国お先真っ暗？　ゲームだとエンディングでヒロインとともに華々しく結婚パレードでお披露目してたけど……。

いやですわー！　そんなの困りますわー！　私のようなヒキニートならともかく、国の代表といえる人間がそれでどーしますの!?

ううう……まさか悪役不在の間にそんな事態になっているなんて……。

ぶっちゃけあの金髪王子派ざまあみさらせとオホホホと高笑いしたいですが。

お父様はお誕生日に休暇をもぎ取るため、現在精力的にお仕事へと打ち込んでいるらしいです。

ついでにそのお仕事に王子様とその派閥をしばくのも入っているとのことです。

娘も頑張って美味《おい》しいケーキを作れるよう努力しますわ！

この前ミートソースとホワイトソースも解禁しましたから、ケチャップから派生したトマトソースも併せて色々できますわ！

グラタン、ラザニア、ピザ、パスタのソースとしてもいいですわねー……。

わたくし、包丁に触れるどころか竈《かまど》などの温度が高い場所にすら近づけさせてもらえません。頑張ってシェフたちにおねだりしましょう。そうしましょう！

学園から戻ってきて、ますます周囲の過保護さが増した気がする。アンナをはじめとする使用人や護衛たち、そしてラティお義母様《かあ》に気遣われ、安寧を貪るように享受する日々です。

やっぱりお家が一番でござる。

それを痛感せずにはいられないとある昼下がりにアンナの目を盗んで、こっそりと裏庭に来た。

そこは日当たりが良く、いつもシロツメクサが咲いている。

冬でも夏でもずっと――一番は春先だが、年がら年中咲いているのだ。

もともと雑草よりの強い品種だけど、いつもここは花冠が作り放題なほどいっぱいある。

そのうちの一つをぷつりととって、それにまたシロツメクサを括り付けて編み出す。

薔薇《ばら》のような華やかさも、百合《ゆり》のような気品も、水仙のような清廉さもない。

素朴で何の変哲もない愛らしさが好きだった。

そういえば、以前ここでレイヴンのために花冠を作ろうとした。レイヴンは、ジュリアスに代わりわたくし付きとなった従僕なのですが、ちんまりとした黒猫のような可愛《かわい》い少年です。

あの時、レイヴンではなくジュリアスにあげてしまった。先にジュリアスに見つかってしまったから。少し違うけど、二人とも黒髪だから似合いそうだと。

レイヴンはあの日から見ない。お父様の仰られていた『再教育』の最中なのだろう。また、会えるかしら。会えるといいな。会いたいな。

もう一人の弟のように可愛く思っていた。無表情なのに、きょとんとする時の顔が年相応の幼さに見えるのが好きだった。

結局、彼には花冠をあげられなかった。

いつもありがとうってあげてたら、どんな顔をするのか見たかったの。

もしかしたら、笑ってくれるかなー、なんて期待して。

そんな日は来なかったけど。

ここで、初めてジュリアスに告白をされた。告白というより、懺悔《ざんげ》を聞いているようだった。

ジュリアス・フランは物心ついた時からアルベルティーナの従僕だった。

あの時はすぐに断ってしまったけど、あの最後まで縋《すが》るような眼差《まなざ》しを忘れられない。ましてや、相手があのジュリアスだ。

しかし……何故に惚《ほ》れた。

いつも散々ポンコツ扱いしているのに、なんでこの見てくれと家柄と血筋だけの、親から貰《もら》っただけのフルコンボ地雷女に惚れた。

ジュリアスはもっと行動派で頭の回転がすこぶるよさそうな人がいいと思う。

しかし、ジュリアスも美形だから相手も並ぶくらい綺麗《きれい》な相手を求めそう。

美形といえば、キシュタリアも美形だ。

もとは分家筋とはいえ、その確約された公爵子息としての立場を疑う者なんていない。ましてや、幼い頃から引き取られてしっかり教育されている。どこへ出しても恥ずかしくない令息だ。

学園で少しいただけでも絶えず秋波が来ていた。キシュタリアを熱心に見つめるご令嬢は決して少なくなかった。

もっと素敵な女性をより取り見取りなのになぜ、どこをどう間違えたのかは知らないが私のことを好きっぽい。解せない。

ミカエリスは好きっぽい。

多分確定。

前の二人よりはっきり好意を伝えてくる。時折、かなり大胆に接近してくる。

普段は生真面目で勤勉で、華やか外見なのに女性に潔癖なくらい遊んでいる気配がない。悪く言うと、かなり堅物。

わたくしの情報源なんて、使用人たちと出入りの限られた商人くらい。それでもミカエリスを貶《けな》す言葉は聞いたことがない。世の女性を魅了してやまない美貌の騎士であり伯爵と名高いが、何でもずっと想《おも》いを寄せている方がいるそうで……。

武勲では色々と輝かしい逸話が絶えないし、秋波もいっぱい受けているはずなに、本当にどうしてこんなヒキニートを選んだのよ……。

ちょっと心臓に悪い人です。ヒキニートの心臓に優しくない人です。

前世の私ならあっという間にのぼせ上がって、結婚だろうが駆け落ちだろうが喜んでしちゃいそうな顔面力と内面力を持っている。

でも頷《うなず》けないのよ。

好き嫌いといえば、間違いなく好きよ。

三人とも大好き。私の狭い世界で、数少ない大切な人たち。

私は誰の手だったら取れたのかな？

私と一緒に破滅させるかもしれないと知っていて、手を取れる？

ゲームではヒロインの幸せな結末の裏で、今までのツケを払うかのごとく凄惨な目に遭うアルベルティーナ。

投げ捨てた『悪役令嬢アルベルティーナ』の役割と、物語の強制力はどれくらいあるか分からない。

ヒロインは誰が狙いか調べるため、自分の保身のために、ノコノコ学園に行ったのです。

結果見たのは義弟や幼馴染《おさななじみ》たちの、わたくしには見せないツンドラ対応でした。わたくしには甘々な幼女対応だったので、対比が酷《ひど》いことになっていましたわ。

あの様子だと、多分キシュタリアやミカエリスのルートは無理ね。というより、他のルートも強制閉鎖では？

でも、だからってスタンスを変えられる？　本来なら、まだエンディングを迎えていない時期というのも微妙に怖い。

ゲームの状況を抜きにしたとしても、知れば知るほどわたくしの血筋って面倒事が多いですわ。

王族血筋、ラティッチェ公爵の実子、そもそもお父様がわたくしに縁談を用意しないことから、歓迎していない気がいたしますし。

ゲームの内容ぐっちゃぐちゃにしたわたくし。しっぺ返しが来るかもしれない。そして振り出しに戻る。

ああああああああ！

もう！　ぐるぐるいっつも同じこと悩んでる！　意味なーい！

決めましたわ！

「こうなったら自立しますわ！　今からでも平民となって、仕事を得て自活しますわ！」

高い地位にいるから、落ちるのが怖いのです！

幸い、私は以前――前世は平民でした。労働はお友達の先進国のくせして労働環境が先進国の中でもド底辺な日本でした！　知ってる？　日本の労働環境って戦後に制定されてから大きな改変がないんだって！　四半世紀……下手したら半世紀以上？　うわあい、糞《くそ》ブラック政府イエーイ！　ブラック企業いっぱーい……私も何度残業代踏み倒されたことか……周りに合わせ過ぎの日本人。

……まあ、サンディス王国には関係ないことですわ。もうあっちでは死人ですし、私。

もし、私がラティッチェ公爵家の令嬢じゃなくても、まだ好きでいてくださる方がいたら……。

ただのアルベルティーナを好いてくださるというのなら、その人の手を取ろう。

それはあの三人の誰でもないかもしれない。

誰も見向きもしなくなる可能性だってある。

お父様でさえ、私に失望するかもしれない。

いいえ、失望して見離してもらえなければ私は、平民になれない。

「よーし、決めましたわ！　平民になりますわー！　いっそのこと他国へ行けばいいのです！」

そうすれば死亡フラグたちに会わなくて済みますわー！

……お父様たちにも会えなくなってしまいますわね。

それは悲しいけれど、運が良ければ遠くから見られるかもしれない。

「修道院の次は平民ですか」

冷たい声が下りた。

「お嬢様、貴女《あなた》が下々の町に一人で降りたら即刻騙《だま》されるか人さらいに遭い、汚らわしい男どもの欲に体を暴かれますよ」

さく、とよく磨かれた上等な革靴がシロツメクサを踏む。それでも比較的繁っていないところを歩いてきた。腕を組んで呆《あき》れた表情。やけに輝く眼鏡がとても高圧的に感じる。いつになく厳しく美貌を歪《ゆが》めて私を見ている。

「それとも――先に俺に暴かれたいですか？　一人分となる代わりに、かなり濃密となりますが」

「……ジュリアス？」

あれ？　学園でキシュタリアの従僕をしているのでは？　と思って首を傾《かし》げたら「定期報告です」とまたもや思考を読まれた。エスパーですか？

「貴女はまた余計なことを考えていたようですので、忠告です」

「や、やってみないと分からないわ！」

「無理ですよ」

「なぜそう決めつけますの!?」

「奇跡的に貴女の懇願に折れた公爵様がお許しになっても、それ以上にあり得ないですが万が一、億に一にも見離そうとも、私は必ず貴女を見つけ出します。どうなっていようが構いません。恋人がいようが、夫がいようが奪います。娼婦《しょうふ》や奴隷に堕《お》ちていていたらむしろ好都合ですね。金でことが済みますから。一番は誰かのものになる前に捕まえることですが。ようは貴女を囲う相手が変わるだけです。まあ、私は公爵ほどの財力も人脈もありません――ですので、手段を選べないのですよ」

んん？　なんか怪しい方向に話が行っているような？？

いつの間にか呆れ顔から、妖しい笑みに変貌していた。胡散臭《うさんくさ》いですわーっ！　何を考えていますの？　家名も財力もない私など捕まえて何になりますの？

……今まで散々パシリにしていたお礼参りですの？　サンドバッグですのー⁉

真っ青になった私がぶるぶる震えていると、ジュリアスは一瞬半眼になって――気を取り直したようにそれは蠱惑《こわく》的な艶笑を浮かべる。

「私がいないと満足できない体にして差し上げますよ」

「えー、いやですわ。それって完全にダメ人間じゃないの！　私は自立したいのですわ！」

「……このポンコツ、本当に危機感の薄い」

「聞こえてましてよ！」

「いえ、貴女が残念なことは重々承知していましたが、本当に厄介な」

「ポンコツって言いましたわよね⁉」

痛いところを！　今に見ていなさい！　脱ポンコツしてやりますわーっ！

わたくしは自活できるオトナの女になるのです！

「本当、なんで俺はこんなのに絆《ほだ》されたんだ……」

「へ？」

「誘拐される前は殺したくなるほど鼻持ちならない糞餓鬼《がき》だったのに」

「なにぶつぶつ言ってますの？　お腹《なか》痛いの？」

「お嬢様と違いお育ちがゴミ溜《た》めなので、泥水啜っても痛くなりませんよ」

「だとしてもお腹に悪いわ。それに美味しくないでしょう？」

「そこは『下民が気安く口を開くな』とでも出てくればいいものを」

「だめよ、ジュリアス！　お口が悪くってよ？　……まさかそう言われたいの？　わたくしそういう趣味はないの。ごめんなさい……」

めっ、と人指し指を立ててジュリアスに言うと、彼は一瞬鼻白んだような、怯《ひる》んだような、照れたような複雑な百面相を浮かべる。

ジュリアスだって普段から私が平民の言葉？　教育に悪い言葉？　とにかくご令嬢が使うに相応《ふさわ》しくないことを口にすると注意するのに。

そもそもジュリアスが平民でも貴族でもスラム出身でも異国出身でも、私は彼を差別する気はない。大事な幼馴染兼従僕なのよ！　そんなに心の狭い人間に見えたのなら、失礼しちゃうわ。

そもそも私より身分の高い人のほうが少ないのだから、いちいち見下して扱《こ》き下ろしていたら切りがないじゃない。何が楽しいの。……本当に何が楽しかったのかしら、元祖アルベルは。

しかし、そんな私を見ていたジュリアスが思案顔。なんか嫌な予感。

「言ってみてください」

「え？」

「言ってみてください」

「え……えーっ、げ、げみんがきやすくくちをひらかないでください？」

「敬語は抜いて、もっと流暢《りゅうちょう》に！　もっと強気で！　はっきりと！」

えええ、なんでそんなに熱血指導？　スパルタなの⁉

困惑してジュリアスを見るが、無慈悲に「もう一度」と言い放つ。ふえええええ！　なんでー⁉

「げ、下民がきやしゅくくちゅをひらかないで！」

「噛《か》まない！　あざとい！　これ以上俺に敵を増やすな！」

訳が分からないです！　ぴぇえええ！

舌をちょっと噛んで痛いのですが、ジュリアスはなんだか顔を赤くして、ちょっと怒っている？

なんで？　へたくそだから？　なんで私が失敗するとジュリアスの敵が増えるの？

「下民が気安く口を開かないでーっ」

「もっと公爵みたいに人でなしっぽく、冷笑浮かべて！　相手を威圧して殺す勢いで！　むしろ視線だけで始末する！」

「下民が気安く口を開かないで！」

「お遊戯じゃないんですよ！　もっと気位が高く、寧ろ傲慢に！　色気を醸し出しつつ！　はい、もう一度！　公爵です！　アルベル様以外に接する時のグレイル様をイメージして、妖艶に笑んで！」

お、お父様？　お父様ですか？　私は古い記憶からアルベルティーナの、あの嫣然《えんぜん》とした笑みと、お父様が時折私以外に見せるあの悠然として張り詰めた空気を思い出す。

引きつらない様に笑みを象《かたど》り、すべてを魅了しつつ見下すようなあの『悪役令嬢アルベルティーナ』を演じる。

「……下民が気安く口を開かないで」

艶《あで》やかに麗しく、そして苛烈に。悪の華が一瞬咲き誇る。

いつもとは違うアルベルティーナに一瞬気圧《けお》されたように、ジュリアスがつかの間言葉を失った。

「このジュリアス、ここ十年ぶりくらいアルベル様に公爵の血を感じました。大変結構。よくできました」

ほう、と感心したように僅かにジュリアスが息を吐く。

ご、合格ですか？　ジュリアスの満足するラインに達しましたか？

このよく分からない演技指導はこれで終わりますか？

満足げなジュリアスに、漸く安堵《あんど》のため息が漏れる。本当になんだったのかしら。

「や、やりましたわ……っ、ですが、お、お顔がプルプルしますわ……っ」

「たった五秒ですか。もたなすぎです」

「も、もっと頑張りますわ！　わたくし、やればできる子のはずです！」

もう半泣きですけれど！　すっかり心が挫《くじ》けかけている私を察したのか、苦笑したジュリアスが私の頭を撫《な》でて、手に持っていた花冠をするりと取っていった。

「ではやればできる子のお嬢様。良い子ですから、お部屋に戻りましょうね。お茶の時間ですよ」

「あら、そんな時間だったかしら？」

「戻りましょうね」

差し出された手を握り、そのまま捕まえるように腕を取る。

……この前は手を握る前に、すり抜けてしまったもの。

ジュリアスのお茶は、あの学園ぶりである。楽しみだ。本当に美味しいから大好きなのだ。

いなくなって気づくジュリアスクオリティの数々。アンナのお茶も美味しいのだけれど、やはりジュリアスは群を抜いている。

「はぁい。ジュリアスのお茶は美味しいから楽しみですわ！」

こてんとジュリアスの肩に頭を預けると、嘆息した気配がした。

「……お嬢様、貴女に平民は無理です。どうしてもというなら、子爵籍くらいでしたらご用意します。それで我慢してください」

一章　剣技大会

「アルベルお姉様、折り入って頼みがございます。お姉様だけが頼りなのです。お姉様にしかできないことなのです。どうか――どうか我がドミトリアス家を、お兄様をお助けください」

そう言って、絨毯《じゅうたん》の上に膝をついて肩をすぼめて懇願をするのはジブリール。

ソファに座り、首を傾《かし》げた私は「まあ」と妹分の必死な様子に思わず声が漏れた。

「何がありましたの？」

「我が兄が、サンディス王家の馬鹿王女に懸想されました。以前、王室主催の騎士候の位を持つ者、もしくは騎士団に所属し騎士の称号を持つ者たちやそれに準ずる者たちがしのぎを削り技量を競う大会がありましたの。普段は陛下や王妃たち、また王子殿下たちは珍しくないのですが、たまたま王女殿下がその日に限って来ていましたの。そこでお兄様に一目ぼれをしたらしく、内々にですが婚約者にと所望されました」

「ええ、と……その……それは、とても名誉な事じゃなくて？　サンディス王家で三人しかいない殿下たちの中でも、たった一人の王女様でいらっしゃるのよね？」

確か、エルメディア殿下でしたっけ？

エルメディア・オル・サンディス姫殿下は、第一王妃メザーリン——正妃の息女。私に暴力を振るったあの第一王子の同腹妹でもあらせられます。そういえば、お父様が第一王子派をけっちょんけっちょんにしたと聞きましたけど……。

不祥事により評価が下がった兄王子の代わりに、最近注目を浴びているとも聞き及んでいます。

「ええ……そうですわね」

苦々しげなジブリール。社交界の華である彼女は、私よりたくさんの情報を知っているのだろう。

「最近女王候補として担ぎ上げられていますが、エルメディア殿下が王位に就くことは無理でしょう。サンディス王家の王位継承権は緑の瞳と王印が不文律であり、絶対条件です。旧貴族の中では緑の眼を持たぬ者は王族ですらないと言われるほどです。兄殿下たちは手に王印がありますし、二人とも緑の瞳といえるものです。もし王や王妃たちが許しても、貴族院が反発します。それよりも頭の固い元老院、そして王家の様々な選抜に関わる元老会が許しはしないでしょう。彼らは王族の瞳と王印に狂信的というか、崇拝的なまでに絶対視しているそうですもの。王女はそれらがないと聞きます。婿を取ろうとも現状資格があるのは兄殿下たちのみ。革新派とかいっている新興貴族たちがどう騒ごうとも、有事に王家の魔法が使えない王女では求心力が劣ります」

ジブリールはちらりと私を見る。

「公爵様がお姉様を王城へと連れて行きたがらないのは、お姉様の瞳が一番王家の色に近いサンディスグリーンでもあるからだと思いますわ。下手をすれば、他の殿下たちを差し置いてお姉様を担ぎそうな偏執ぶりと聞きます」

うえーっ！　なんですかそれは！　怖いですわーっ！

でも納得します。私を取り上げる可能性のある権力を持つ貴族がいっぱいいる場所になど、お父様は連れて行きたがらないだろう。

確かに陛下は私の母方の大叔父にあたる方。お父様もお母様も出身は四大公爵です。

血筋をたどれば王族に名を連ねていると言える。ですが、すでに王位継承権のある、陛下の実子が三人もいるのに、態々《わざわざ》その中に入りたくない。王位にも興味がない。明らかに傀儡《かいらい》目当てですわ。

お父様が私に学園で変装させた意味がよくわかりました……。

「その、ですが……わたくしに何ができますの？」

「牽制《けんせい》です。お兄様の隣に居ていただけるだけでいいのです。流石《さすが》にお姉様に婚約者を名乗っていただくというのは、ラティッチェ公爵に許可は得られませんでしたが……。あのクッツッツソ生意気な王女殿下をいてこまして差し上げたいという意見には、賛同いただけましたわ」

お父様ぁあああ⁉

本当に王族がお嫌いですのね……知っていましたが。

ジブリールは王女様がお嫌いなのかしら？　なんだか言葉が乱れたような気がしますわ。

絨毯に膝をつくジブリールを立たせ、私の隣に座るように促す。ジブリールは少し申し訳なさそうにしたものの「ありがとう存じます」と隣に座ってくれた。

「ですが、いくら力があるとはいえ伯爵家が王家からの打診を断るのは難しいのです。王家としては、王女殿下が降嫁しラティッチェ家への輿入《こしい》れが望ましいのでしょうけれど、余りに因縁がありすぎます。公爵当主の逆鱗《げきりん》に触れすぎないように、しかし、公爵家と関わりのある我がドミトリアス家と縁を繋ぎたいのでしょう」

「なるほど、王家もエルメディア殿下の意向に乗り気なのね？」

「ええ、一番乗り気なのはエルメディア殿下ですが、第一王妃メザーリン妃殿下も悪《にく》からずのようです。公爵子息のキシュタリア様は難しくとも、伯爵であるドミトリアス家であれば、と。我が兄は恐れながら公爵はもちろん、キシュタリア様とも仲良くさせていただいておりますから……」

「……ミカエリスはどう思っているの？　彼自身が悪くないと思っているのなら、わたくしは手を出す気はありません」

ミカエリスから熱烈な手紙を貰《もら》ったことがある身としては少し複雑だ。

彼が数多《あまた》の女性を手玉に取るようなタイプではないことは知っているが、貴族結婚は愛情が伴うとは限らない。政略結婚が基本で、後に愛をはぐくむこともあれば、形骸化して無関心と愛憎が渦巻くこともある。

「こちらの執事のセバスさんから、愛用の胃薬をいただいておりますと言えばお分かりですか？」

そいつぁやべえな。

同情に祭して余りある。次会ったらポンポンを撫《な》でてあげようか？　そう思ってしまうレベルだ。

「その、王女様はそれほど受け入れがたい方なの？」

『君に恋して』ではほとんど名前が出てこなかった、ちょいキャラだ。

基本王子たちのお邪魔虫役や悪役令嬢役はアルベルティーナでした。もしや、私が悪役放棄していたから、別の方にお鉢が回ってしまったのかしら？

「王族でなければ即刻お断りしたいですわ」

きっぱりと言い切るジブリール。

ジブリール的にはエルメディア殿下は、将来の義姉としては認めがたいという。

そして、ミカエリスも望ましくないと思っているという。

「うちのお兄様、実はかなり面食いですし、女性は優しくておっとりしていらっしゃる可愛《かわい》らしい方が好きなの。あのヒステリックに強烈な王女殿下は圏外にも程がありますわ」

「まあ、ジブリールったら」

ミカエリスの身近な女性はジブリール。そりゃ、こんだけ美人で可愛らしい妹がいればその辺のご令嬢などベジタボーが並んでいるようにしか見えないかもしれない。

ジブリールは立派なご令嬢で、お淑《しと》やかだけど芯がしっかりとした子だ。たまに強気な顔も覗《のぞ》かせるけど、基本は淑女の鑑《かがみ》だもの。

アンナとジブリールがじっと私のことを見て、ニコニコしているとなぜか見ていた二人は互いに顔を見合わせて無言で首を振った。

なんですの？

「お父様からお許しを得ているのなら、わたくしはできうる限り協力しますわ。ミカエリスが、エルメディア殿下との婚姻を望んでいないのならなおのこと」

まだ正式な婚約の打診も来ていないのであれば、王家側も傷も浅いはず。

しかし、エルメディア殿下は確か私と同じくらいのはず。誘拐事件の時、幼い頃に間違われたのだから年齢はそう変わらないはず。

この目が原因よね、おそらく。王族の証《あかし》って言われるくらいだし。王印がなくてよかったわ。修羅場フラグはお腹いっぱいすぎなのよ。

もし幼馴染《おさななじみ》のミカエリスにそんな地雷たっぷりの王女が御輿入れしたら、私は距離を取らなくてはいけなくなるかもしれない。ヒキニートでボッチな私の数少ない親しい方なのに！

「アルベルお姉様、ありがとうございます！　このジブリール、この恩は一生かかってもお返しいたします……っ」

「大袈裟《おおげさ》よ、ジブリール。たまたまわたくしとお父様は王家に貸しがあるから、少しだけ牽制ができるだけよ？」

「いいえ、お姉様がいれば一騎当千です」

「まあ……買い被《かぶ》りだわ。でも、どうすればよろしくて？　わたくし、余り社交界に詳しくないし、精々お父様の御威光を少しお借りする程度よ？」

ヒキニートに権謀術数をかいくぐれとか無理だ。立っているだけならともかく、話術でどうこうっていうのは難しいわ。

やんわりと自信がないことを伝えると、ジブリールの顔がちょっとだけ引きつったような？

いいや、真面目です。私の地力なんてそんなもんだ。

お父様の箱庭で幸せなお人形のようにニコニコしているのがお役目みたいなものだ。

ほどほどの我儘《わがまま》を言い、お父様にべったりしているファザコンですわ。

「十分すぎるほどですわ。お姉様は、剣技大会の時、兄の傍《そば》で笑っていてください。エルメディア殿下が何を言おうと言い返さずに、微笑《ほほえ》んでいてください。その、いくらエルメディア殿下でもラティッチェ家のご令嬢に居丈高に接するとは思いたくないのですが……」

「それで大丈夫なのかしら？」

「あちらがどれだけ悩んで墓穴を掘ってくれるかが肝ですの」

墓穴を掘るのが前提なの？

もしかして残念王子ことルーカス殿下と同じ系の方なのかしら？


あれからジブリールと何度か遣り取りをしているうちに、あっという間に大会の日は来てしまいました。学園事件以降、久々の馬車の旅となりましたわ。

ジブリールも心配していたけれど、変装は必須ですわね。

とりあえず、以前お父様にいただいたイヤリングの出番は確定だわ。

面倒事は全力拒否したいもの。お父様が隠そうとしている私の容姿を、態々王族に暴露する悪い子になりませんわ。

眼鏡は壊されてしまったけれど、他の魔法道具のアクセサリーは健在。

王都へ向かったはずのお父様がすぐに学園に戻ってきたのは、あの眼鏡にあった信号・追跡機能が唐突に途絶えたからだったそうよ。

何はともあれアクセサリーを身につけるとお父様そっくりのアッシュブラウンの髪と、アクアブルーの瞳に早変わり。鬘《かつら》とカラコンいらずの便利グッズ。

着ていくドレスは瞳に合わせた青いドレス。お父様はあまり胸元が開いたものはダメだと言いますし、私としてもじろじろと胸を見られたくない。知らない人がたくさんいるし、露出はしたくない。

というわけで、今回は首元まで詰まったAラインドレス。首の部分にはチョーカーがあり、サファイアとダイヤがちりばめられている。胸元は繊細な刺繍《ししゅう》を施された白いレースが重ねられ、涼しげでありながら肌は見えない。デコルテは肩から胸元まで広く取ってあるけど、これなら安心。腰の部分にドレープを取り、そこから透かしの刺繍が入ったスカートが広がっている。

古典的なのですが、やっぱり素材が抜群のアルベルには似合うのですよね。靴もお揃《そろ》いの青で、小さな真珠をあしらったコサージュがついている。お揃いのボンネットも用意した。

髪は編み込み入りのハーフアップにしてある。これなら下を向いても落ちてこない。うんうん、なかなか悪くないと思うの。

お父様、前の事件でカリカリしているかと思いきやあっさりと私のお出かけをお許しになった。貴賓席で、ごく一部の人間しか来ない場所だからまあ良しとのこと。

でも「影は付けるからね」とにっこり言われた。影ってなに？　そう思っていたのもお見通しでした。牽制の為にも堂々と護衛する騎士とは違って、ひっそりと隠密に護衛する立場なんだって。ついでに、色々表立ってできないことを調べたり実行したりするのもやっているらしい。

騎士は信じられないということですか？　あの方たち、相手が色恋に狂って王族の権威振りかざすヤベー王子じゃなかったらあんなことにならなかったと思います。

私だって、あんな人が世の中のほとんどだとは思っていません。

あの騎士の中にも恋愛で頭が沸いてしまった殿下の命令に、かなり戸惑っている方もいました。

あの緑の髪の方とか。

それ以外はお顔覚えていません。ごめんなさい。

会場へ向かう馬車にはアンナも連れて行きます。この前の怪我《けが》はすっかり治りましたが、心配です。

そんな思いが顔に出ていたようですが、アンナは絶対誰にも譲らないとついてきます。

きょろ、と少し見渡します。今までなら護衛に一緒に来ていたレイヴンは当然いない。

「……大丈夫かしら、レイヴン」

「お嬢様……大丈夫ですよ、ふてぶてしい奴でしたから」

「そうね、きっとまた会えるわ」

レイヴンが私に贈った薔薇《ばら》は、鉢に入れ直して温室で育てている。

少しずつ大きくなっている。ちゃんと咲くといいな。私よりよっぽど植物に詳しい庭師たちにお願いしているから、大丈夫だと思うのだけど。

なんだかんだで馬車に揺られていると、会場に着いた。この大会が行われるのが、ラティッチェ領内で、公爵邸から日帰りで行ける距離だから許されたのもあると思うのよね。

うちは治安もいいし、街道が整備されているから物資や人の流れが良い。催し先に選ばれることが多いそうです。

会場にはすでにたくさんの人がいた。

満員御礼というべきか。ぞっとする。見渡す限りみっちりと人ばかり。

観客は貴族だけでなく、平民も多くいる。観客以外にも貴人を世話する使用人から、露店を構える商売人もいる。

賑《にぎ》やかで祭りのような雰囲気だけど、暴力的なまでの人の数にくらくらしてしまいそう。

私の顔色の悪さを察して、すぐさまアンナは貴賓室へ案内してくれた。ジブリールが迎えに来てくれていたので、すんなり行けた。

会場は白い煉瓦《れんが》や石を積んでできている。しかし、白亜の城というには少し武骨すぎる建物だった。

剣技を競う会場はすり鉢状になっており、特によく見える場所は貴賓席である。そして中心に当然ながら闘技する場所がある。一段高くなった石床は円状で、周りは青々とした芝生となっている。もし、吹っ飛ばされて落ちても多少クッションになってくれそうだ。

ジブリールといるせいか、やはりちらちらと視線が来るのが気になる。野外を歩いていた時は日傘で隠れていたけど、室内ではさすがに閉じなければならない。ボンネットはぎりぎりまで取るものかとちょっと意地になっている。ヒキニートに他人の視線は怖すぎる。

この前見せてもらったミカエリスの魔法剣は素晴らしかった。あれをまた見られると思えば、チキンハートを奮い立たせる意味もある。お父様が外出許可をそう何度も出してくれるとは思えない。

思わずアンナにしがみついていたのだが、そのアンナが周囲を軽く凍てつかせるような冷気を発しながら周りを牽制していたのに気づかなかった。

騎士達は慌ただしく、だがそれを感じさせない様に動いていた。

会場全体を俯瞰《ふかん》できる、特に見晴らしのいい貴賓室は当然身分の高い者たちにしか使えない。

もしくは、それに連なる特別な客人のみだ。

今回、王族のうち王子二人が謹慎中の為いない。そして、それに連なり巻き込まれた取り巻きという名の側近たちも謹慎を食らっている。

当然、今回の貴賓室は例年よりも空き状態となった。王と王妃、そして普段は剣技大会など微塵《みじん》も興味を持たない王女まで来ていたが、それでもなお余りがあった。

そんな中、騎士たちに恐ろしい一報がもたらされた。

あの魔王公爵と呼ばれ、元帥にして大貴族グレイル・フォン・ラティッチェ公爵の愛娘《まなむすめ》が来場するとの連絡だった。

誰もが来場を予想していなかった大物の名前に、場の空気が張り詰めるのが分かった。

少し前、魔王の愛娘に無体を強いたルーカス殿下は徹底的に、派閥ごと叩《たた》きのめされた。その余波は第二王子のレオルド殿下にまで及び、ついでに八つ当たりとばかりに貴族院や元老会までに及んだ。

彼《か》の公爵は基本、何事にも無関心で効率重視。仕事に関しては文句のつけようのないほどに超有能だが、それに比例して人でなしだった。その美しい外見に騙《だま》された令嬢令息は数知れず。未だに秋波が絶えない美貌はその性質故に国内外で畏怖の対象だった。

また失敗したら今度は死人が桁違いで出ると誰もが予想した。

前回のルーカス殿下の失態は、たまたま被害者であり愛娘のアルベルティーナが制止したことにより、死人は数人で済んだ。だが、基本公爵に慈悲などない。次は一層徹底的に叩き潰し回るだろう。

公爵令嬢アルベルティーナはその怪物の寵愛《ちょうあい》を一身に受けた未知の令嬢だ。

アルベルティーナがラティッチェ領を出たのは少ない。

一度目は王室主催のお茶会。そこで彼女は王女と間違われて誘拐された挙句、令嬢としては一生をふいにする傷跡を残すこととなった。

二度目は公爵についていき、隣のドミトリアス領で高級リゾート兼保養所に行ったこと。

三度目は義弟と幼馴染たちに会いに、公爵と学園に行ったこと。そこで、公爵が護衛をつけて少し離れた隙にルーカス殿下がやらかした。

三分の二で、王族が関わると彼女はとても悲惨な目に遭っている。

当然、アルベルティーナの王族への心証はよろしくないだろう。それは察するに余りある。

四度目の今回の外出では、間違いなく彼女を守らなければならない。できなければ「こんな役立たずの騎士など不要だ」と魔王は今度こそ言い出しかねない。

あの一件で、公爵家の従僕は処分されたという噂《うわさ》もある。まだ若い従僕ですらそうである。おそらくあの事件に関わった騎士に咎《とが》めが少なかったのは、ご令嬢自身からの心添えがあったのだろう。

少なくとも、ご令嬢自身は魔王ほど冷酷ではないというのが救いだ。

騎士たちの並々ならぬ気迫と覚悟を知らない私は、のほほんと貴賓室を見渡していた。

テラスになっているところが観覧できる貴賓席にそのままつながっているという贅沢《ぜいたく》仕様。

ようやく周りの視線が遮られ、安心してボンネットを取った。

「まあ、中はとても綺麗《きれい》なのね」

感心していると、勝手知ったると言わんばかりに、ジブリールは笑顔で説明をしてくれる。

「貴賓室は定期的に改装がされるそうですわ。観戦に疲れたら、そのままこちらで休めますのよ」

ちょっと角ばった印象の部屋だけれど、足元には絨毯があり壁には大ぶりで精緻な柄が描かれたタペストリーや立派な額縁に入った絵画があってかなり豪奢《ごうしゃ》な作りだ。

部屋の中にはちゃんとテーブルやソファーもあるし、寛《くつろ》げる空間となっている。そして、隣室になんでベッドがあるのかと首を傾げたが、剣技を競う以上血が流れる可能性はゼロではない。卒倒してしまった令嬢などを休ませる場所も確保してあるという。

「ミカエリスには会いに行った方がよろしくて？」

「いえ、兄のことですわ。アルベルお姉様のことを耳にしたらすっとんでくるでしょう」

「まあ、伝えていなかったの？　可哀想《かわいそう》な事をしてしまったわ」

「口ではなんと言おうと浮かれるに決まっています。俄然《がぜん》張り切るでしょうね、またとないチャンスに。普段はキシュタリア様やジュリアスがいて、踏み込めないですもの」

「あら？　そう？　三人は喧嘩《けんか》でもしたの？」

「ある意味、常に仁義なき争いですわね。共闘もしていますが」

「仲直りできるといいわね」

「これればかりは難しいですわ。彼らにも意地がありますもの」

なんか会話が噛み合っているようなないないような？

でも争って欲しくないな。いつも一緒にいる時は、全然仲が悪そうには見えなかったわ。

私に気を使っていたの？　それとも蚊帳の外だったのかな。それは寂しい……。ただでさえ、彼らが学園に入ってからボッチ化が進んでいるというのに。

「どうせラティッチェ公爵を打倒しなければ、何もできない立場ですもの。ドングリどころかダンゴムシの背比べですわ」

何故お父様が出てくるの？

しかし、あの美青年たちを捕まえてダンゴムシとかジブリールの理想が高すぎでは？

なんでジブリールは時々、実の兄のミカエリスにすら辛辣になるのかしら。

仲は悪くないはずなのに、時々ジブリールがミカエリスにやけに痛烈な言葉を浴びせるのよね。ミカエリスが何故か甘んじてその言葉を受け入れているのがもっと謎なのですが。

「キシュタリア様はお立場上お姉様に近くて、お姉様は義弟であらせられるキシュタリア様に甘い。ですがなんだかんだいってキシュタリア様自身もお姉様に激甘ですから、強硬手段には打って出られないでしょうけれど、問題はジュリアスですわ。あの男、いつの間にか爵位を取っていましたし、領地はないといえあの経営でやり手の辣腕は轟《とどろ》いていますし……寧ろ、その微妙なラインを逆手に取って従僕の立場をキープしながら着実に足場を固めているのが厄介ですわ。お兄様は昔からアルベルお姉様への憧憬というか、崇拝というか――たまに理性が飛んで手を伸ばしますけど、結局決定打に欠

けますのよね。距離がある分、異性への意識は彼らよりずっとされているのに、それを差し置いても
あのヘタレではね……。我が兄ながら奥手といいますか、お姉様に対してはほんっとうにヘタレで
苛々《いらいら》するわ……っ」

ジブリールが、ブラックジブリールになっている。

何か学園であったのかしら？　いつもの可愛いジブリールに戻って欲しい。

というより、ミカエリスが私にそんなに好意を寄せるきっかけなんてある？

お父様はドミトリアス領を経営するにあたって指導してくださったり、事業提携をしてくださったり融通はしてくださいましたけど……。私のしていたことといえば、彼の妹のジブリールを勝手に可愛がって撫で繰り回していたくらいよ？　それもたまに苦言を呈されていたけど。

「ミカエリスをあまりいじめないであげてね？」

「これだけお膳立てして何もなかったら、我が兄でも無理です」

ジブリール、何が貴女をそんなに駆り立てるの!?

「いっそ私がお姉様を奪いますわ！」

「あら、勇ましいのね」

お姉様と一緒にいたいなんて、可愛いことを言うものだ。

ん？　なんで私を奪い合う必要があるの？

疑問を覚えつつも微笑ましく見ていると、ジブリールの侍女とアンナがこくこくと小さく頷きながらアイコンタクトを取っていた。

和やかな雰囲気の中、ノックが響く。

給仕をしていたジブリールの侍女であるスミアの代わりに、いち早くボンネットや鞄《かばん》の片づけを終えたアンナがドアへと向かう。

お客様？　ミカエリスかしら。

「アルベルティーナお嬢様、本日の護衛を担当する騎士がご挨拶にと申し出ておりますが、いかがいたしましょうか？」

そういえば、貴賓室の前にがっつり鎧《よろい》を纏《まと》った人たちが立っていたわ。私たちがやってくると、素早くどいてくれたからあまり顔は見ていなかった。

「そうですか、通してください」

長々とは話さないだろう。カチャカチャと僅かに鎧を鳴らしながら入ってきた。入室したのは代表らしき人物だけのようだ。彼は目が合うとしっかり一礼して素早く片膝をついて首を垂れた。

やってきたのは、緑の髪の二十代後半の騎士。大柄な体躯《たいく》と日に焼けた肌、精悍《せいかん》な顔立ちには見覚えがあった。もしやあの時の王子付きの騎士？

「私は本日の護衛役を賜りました、ウォルリーグ・カレラスです。ラティッチェ公爵令嬢、ドミトリアス伯爵令嬢。快く過ごされますよう、我ら騎士が尽力いたしますので、どうぞご安心して催しをお楽しみください」

「本日はよろしくお願いします。カレラス卿《きょう》」

疑問が噴き出る内心を隠しながら、何とか笑みを作った。だが、やはり気になって聞いてしまう。

「カレラス卿……もしやルーカス殿下の近衛騎士ではなかったかしら。どうしてこちらに？」

頭を下げたままの騎士は「恐れながら」と続ける。

イイ声しているわ。いや、うちのお父様やキシュタリア、ジュリアス、ミカエリスも美声だけど種類がちょっと違う。

お父様はしっとりと大人の色気がある豊かなバリトン美声。ちょっとミステリアスというか、近寄りがたさもあるけど、私には蕩《とろ》けて甘い。それ以外にはダイヤモンドダストがハリケーンごとく吹き荒れ、アイスバーンがしょっちゅう起きている。

キシュタリアは甘い美貌に相応《ふさわ》しく、少しだけ少年の若さを帯びた柔らかなテノール美声だ。この前レナリア嬢に対していた時はお父様を思わせる低音にビビったわ。あんな声出るのね。基本私には幼女仕様が多い。私イズ姉!!

ジュリアスは基本冷たい感じ。声自体は涼やかで玲瓏《れいろう》でテノールとバリトンの中間？　ただ落ち着いたトーンが多いので、もっと低音に聞こえるのよね。あとこいつ、高確率で幼女仕様が多い！　私イズ結婚適齢期のご令嬢！　お子様扱いは結構よ！　何か話題を逸《そ》らす時とか、誤魔化す時、何かを威圧以外の方法で聞き出したい時とか……。

ミカエリスはズバリエロイ。実はエロイ。声が重厚で、威圧しない様になのか静かに喋《しゃべ》るので、耳元なんかで囁《ささや》かれるとぞわわわぁってなる。腰を撫でられているわけでもないのに砕けそうになる。

まあ、キャラクターボイスを担当する声優様方に神声優が多いのも要因でしょう。

ちょい役でもヤベー美声が多い。実はセバスなんて私の人生不動のナンバーワンよ。セバスに絵本を朗読してもらうのが大好きだった。ふぇえ、セバスしゅきぃってなっちゃうの。お湯を入れて三十分経ったカップ麺よりふやけるわ。

セバスの隠れ美声はあまり知られていない。それ言ったら、メイドたちから「それな」と「マジで」の嵐だった。基本お父様に存在感食われがちだけど、セバスの年齢とともに成熟したブランデーを思わせるハスキーしっとりボイスはヤバくてよ？

あ、思考がとんでたわ。いけない。

「恐れながら申し上げます……少々ご不快なお話かもしれませんがよろしいでしょうか？　特にラティッチェのご令嬢は、思うところが多いと思われます」

「構いません。どうぞ続けて」

「ルーカス殿下は先のラティッチェ公爵令嬢に対する行いや、前々からの貴族たちに対する仕打ちにより謹慎を言い渡されております。それに伴い、側近たちや教育係に見直しが入りました。護衛であった王宮騎士たち全体にも、除名・謹慎・降格と様々に処分が下っております。そして、私もルーカス殿下の近衛から外れることとなりました」

うわあああん！　そんな気はしていたけど大ごとになっているー!?

思わず目を見張り、口を押さえてしまった。

「あ、あのう。わたくし公爵家の者ですが、あくまで家臣の一人でございます。それほどまで厳しい処分が下るものなのでしょうか？」

「此度《こたび》の件、貴女《あなた》はきっかけに過ぎないのです。既に他の貴族や、ルーカス殿下の御婚約者様からも再三言われていたものなのです。ラティッチェ家は四大公爵家でも最も力の強い家柄でございます。ましてや、アルベルティーナ様といえばすでに王室の失態により多大なご心労をかけております故、非常に慎重な対応を求められて然《しか》るべき存在。そして、それに次ぐアルマンダイン公爵家からも、ここ最近のルーカス殿下の振る舞いは目に余ると殿下のみならず王家に苦言を呈されていました。ダチェス男爵令嬢をご寵愛するあまり、御婚約者のビビアン様を蔑《ないがし》ろにし、貴族としての慣例を幾度となく無視し譜代忠臣の面子《メンツ》を潰しておりました」

殿下個人だけでなく、王家にもその報告が行っているってことは、国王陛下や王妃たちにもお話が行っているという事よね？　それって相当ではないのかしら。

「アルベルお姉様。お姉様が思っている以上に、あのレナリア・ダチェスの毒婦っぷりには辟易《へきえき》されておりましたのよ」

ジブリールがそっと教えてくれる。

「……ルーカス殿下は、ずいぶん変わられてしまったの？」

静かに問いかけると、カレラス卿は静かに頷く。

「学園に上がる前までは、まだ若さ故の甘さや荒さもございましたが殿下はこのままいけば立太子となり、ゆくゆくは王座へと招かれる存在でした。しかし、同じ年に第二王子であるレオルド殿下もおられ、思うところや重圧は計り知れなかったと存じます……レオルド様も優秀な方でしたから」

そういえば、原作であればルーカスはもっと幼い頃から王太子だったのよね。

確か、アルベルティーナと婚約した時にはすでにそうだったはず。

きっとラティッチェ公爵家というバックアップもあったのね、その決定の裏には。

ルーカスルートにそんなお悩みがありましたわね。王族としては目の色が薄いとか、年の近すぎる弟のほうが優秀なんじゃないかとか。しかも、王太子としての後押しはあの外道な悪役令嬢の家柄とかキッツいわ。いくら美人でもあれが将来の奥様とか。

ヒロインはそれに寄り添って「貴方《あなた》は貴方のままでいいの」って、王太子殿下じゃなくてルーカスが好きだって――まあ感動の場面だけど、それ今の殿下にやったらよろしくないのでは？

「王位継承権争いは熾烈《しれつ》で陰惨です。王妃は死に物狂いで、ルーカス殿下を王太子にしようとなさっています。実父であるラウゼス陛下は見極める側であり、メザーリン王妃は側妃のオフィール様に負けてなるものかと必死です。追い詰められた人間が、寂しさを埋めるため他の誰かを求めることはままあることですが……」

「まあ……っ」

寂しい王家の親子事情である。しかし、王家という以上仕方がないかもしれない。

しかし、それを別の女性で埋めようとするなんてビビアン様という公爵令嬢の御立場を丸潰しでは？　そして苦言を呈すれば、ゲームのアルベルのように冷たくあしらわれるとか……。

今の陛下はお二人しか妃《きさき》を娶《めと》っていないが、それ以前の王たちは後宮の費用で国庫が傾ぐほど好色だったという。隔世遺伝？　血筋？

確かに、公のパートナーは王妃だが、それ以外の癒《いや》しを別の女性に求めることは珍しくない。だけど、もしルーカス殿下が王妃としてレナリア嬢を召し上げようとしているなら困難は必須。

「殿下は本当にダチェス男爵令嬢を娶りたいのかしら？　今のままでは王妃は無理ですわ。側妃どころか寵姫すら危ういのではないかしら……彼女を思うなら、然るべき家柄に養子として迎え入れていただいて、最低でも令嬢としての作法と、できる限りの王妃としての教養が必要かと存じますわ。ただの妾《めかけ》でしかないのならば、王の血を引いた庶子にしかならないのではないでしょうか？」

王妃は基本上級貴族か、他国の王族かそれに準ずる大公の姫だ。それくらいの箔《はく》は必要とされる。ダチェス家は男爵であり下級貴族。上級を名乗るなら、伯爵家以上であるのが望ましい。そして、それなりに力も由緒ある家柄も求められる。

四大公爵家はそれを満たす筆頭なので、王妃や側妃を多く輩出している。そして、王族の降嫁先としてもよく選ばれる。

寵姫は側妃ほどの立場はないにせよ、公認の愛人。子の産めなくなった妃が、側妃にできないまでも、別の姫や令嬢を召し上げて欲しいと王に進言した事例もある。

あれ？　間違っているかしら。首を傾げるが、ジブリールも頭を下げたままのカレラス卿も頷いている。うん、あっているわよね。

「そのことで、現在王妃とルーカス殿下は対立なさっています」

修羅場やん！

「王妃も側妃も、歴代のお妃様らよりも身分で劣り苦労をなさっています。陛下がもともと継承権の低い方だったので仕方のないこと。もっと身分の高いご令嬢はすでに他の兄殿下たちに囲われ済みでした……ご成婚当時は陛下が王座に就くとは誰も予想していませんでした」

「メギル風邪で次々夭折なさいましたからね。あれは天災ですわ。予測も難しく致し方ないかと。ますます四大公爵家のご息女であらせられるビビアン様を差し置いて、しがない男爵令嬢を娶るメリットは薄いですわね」

ジブリールが憂鬱そうにため息をつく。

現国王は結婚してしばらくお子に恵まれなかった。第一王妃であるメザーリン妃殿下も、ようやくできた王子であるルーカス殿下への愛情は一入《ひとしお》でしょう。追うように第二妃がご懐妊したことも含め、メザーリン妃殿下にとってルーカス殿下の立太子は悲願のはず。

ここでレナリアが文句の付け所のないご令嬢であれば、そこまで痛烈に評価しなかっただろう。むしろ正妃自ら、養子先を探してもおかしくない。

少なくとも、正妃やジブリールはレナリア嬢よりビビアン嬢のほうがよほど王配偶者候補として相応しいと考えている。

「カレラス卿、良かったら顔を上げておかけになって？」

びくりとカレラス卿の逞《たくま》しい肩が揺れて、恐る恐る顔が上がった。

驚愕《きょうがく》が拭い切れていない顔でこちらを見ている。そして、やはり私の顔を見て何やら感動に打ち震えている。何故に。

「その様に下を向かれ、遠くにいられますと少々話しづらく思いますの。お聞きしたいこともありますし、お願いできるかしら？」

「……承知いたしました」

まあ公爵令嬢からのお願いなんて脅迫に等しいんだろうけど。

本来、護衛騎士が令嬢の前に座るなんてあり得ないことだろう。でも、数少ない情報源だ。是非とも口を割って欲しい。

幸い、この部屋にはジブリールとアンナとスミアがいるし、十分な広さがあるので怖くない。

ガッチガチに恐縮して、おずおずと座るカレラス卿には敵意や悪意のようなものは見当たらない。

静かにスミアがお茶を淹《い》れ、素早くカレラス卿の前に置いた。

既に私たちの前には置かれているし、手を付けている。

「そういえば、カレラス卿はこの大会に参加なさいませんの？」

「以前は参加したことがありますが、既に私は剣を王家に捧《ささ》げた身。此度の大会は若手向きですから」

「若手向き……？」

何が関係あるのかしらと首を傾げると、カレラス卿は固まった。そしてちらりとジブリールを見て、にっこりと華やいだ笑みを返されて何故かさらに顔を強張《こわば》らせた。そして少し言葉を選ぶように視線を動かした。

「日頃の研鑽《けんさん》を披露する場でもありますが、貴人に己の腕を売り込み、見込まれて地位を得たい者もいます。または婚約者や、想《おも》い人へのアピールに使われることもありますから」

……………。

ミカエリスイベントオオオオオ！

あれじゃなくて!?　ミカエリスと好感度が高いと、優勝の時に剣を捧げてプロポーズ受けるイベントってこんな感じじゃなかった？

剣技大会イベントとかプロポイベントとか言われる奴。ファン垂涎《すいぜん》の胸熱イベント。

確か条件はジブリールとも好感度が高くて、仲直りイベントクリア済み。

ヒロインが美貌や教養とか気品とか令嬢ステータスをそこそこ持っていないと、横から別の令嬢に相応しくないって蹴倒される略奪愛フラグでもある。「アンタなんて下級貴族、ミカエル様に相応しくないわーっ」て馴《な》れ馴れしい金髪縦ロールがオホホとやってくる奴だ。

……でもあれってミカエリスからのお誘いじゃなかったっけ？

今回ジブリールからのお誘いだし、おそらくドゥルンドゥルンの金髪ドリルは現れないと思いたい。代わりに王女様がいるかもしれないと思うとかなり怖いけど。

虫除けとしてやってきただけであり、甘く囁くエロボ満載のイベントではない。

「お姉様？」

「え、ああ。てっきりもっとお堅い感じだと思っていたの」

「基本はそうですが恒例行事として優勝者は、恋人や婚約者、はたまた身分差のある相手にプロポーズし、高名な騎士団などへ売り込みに行くのはいつものことですわ。身分の高い方もこちらには観覧に来ますし、晴れ舞台ですもの。去年、お兄様は優勝しましたが意中の相手もおらず、少々盛り上がりに欠けましたけど」

「わ、わたくし来てしまってもよろしかったのですか？」

「勿論ですわ。お姉様の絶世の美貌で、居丈高にお兄様に求婚を要求するお馬鹿さんの横っ面を引っぱたいて差し上げてくださいまし」

自信満々にジブリールは言うけれど、お父様の許可を得ているとはいえ、いいのかしら。お父様の御立場を悪くしないかしら。

ですが、ミカエリスが望まない婚姻を強いられるのは見たくないですわ。

頬に手を当てて困惑していると、カレラス卿は狼狽《ろうばい》していた。

そんな時、ドンドンとノックにしては大きな音が響き渡る。

「ジブリール！　開けるんだ！　どういうことだ⁉」

「あら、お兄様。お入りになって？」

大慌てのミカエリスは、大股で入ってくる。競技前だからか、既に鎧を着込んでいる。

さっと席を立って出迎えるジブリール。

余裕たっぷりに出迎えたジブリールとは対照的に、赤髪を乱したミカエリスはかなり興奮している。

カレラス卿と私には気づいていないみたい。

「ジブリール！　どうやってアルベルを連れてきた？　彼女に何かあったらどうする⁉　そもそもラティッチェ公爵はお許しになられたのか⁉」

「普通に公爵様を説得し、お姉様にお願いして来ていただきましたわ」

「そんなはずはない！　あの公爵がアルベルをそう簡単に屋敷から出すなど！」

「どこぞの馬鹿娘が、お姉様の玩具《おもちゃ》を取り上げようとなさっていますとお伝えしたまでですわ」

「……は？」

「身の程知らずにも、公爵様自ら選別して育てた玩具を横から泥棒しようとしている愚か者がいるとお伝えしたら、影まで付けていただけたの。お姉様の大事なお気に入りの玩具ですのに、そんなことになったら悲しんでしまわれますわとお伝えしたら、色々と融通してくださいました」

ジブリールがにっこりと扇を手で弄ぶ姿は優雅だがうすら寒い。逆にミカエリスが苦々しげな顔をする。やがて折れたのはミカエリスで、ため息をついて黙った。

私の玩具って何？　しばらく首を傾げていたが、ポクポクチーンと間を置いてこの幼馴染の美貌の伯爵だと気づいた。そうよね、お父様にとって私以外そんなものよね。

もしかして、我が家の事情に巻き込まれたのはむしろミカエリスなのでは？

お父様の内情は色々あれどジブリールを信頼して、影を付けてはいるもののお許しを出したのだ。

カレラス卿の顔色がどんどん悪くなっているのだけれど、いいのかしら？

「公爵様は、今回の王家の対応次第で今後の制裁内容をご判断なさりたいとのことです。自分がいないところでも、ちゃんとお姉様にそれ相応の対応ができるかどうか、と」

「……ラティッチェ公爵が、そう仰ったのか」

「いくらお姉様に気に入られているわたくしでも、公爵様の目を盗んで何かしませんわ。恐れ多い」

「あの、ミカエリス。わたくしもちゃんとお話を聞いております。微力ながら力添えをさせていただきますわ」

私の声が割り込んだ瞬間、ミカエリスがにわかに信じがたいものを見たようになった。愕然とし、数歩下がった。

　本当に気づいていなかったの？

　幽霊じゃありません。正真正銘ここにいるのはアルベルティーナ・フォン・ラティッチェです。

「その、ジブリールに頼まれたこともありますけれど、純粋に楽しみでもありますの。この前、剣を振るう姿を見せてくださったでしょう？　とても素敵でしたの。……ご迷惑でした？」

　確かに唐突だったミカエリスには、心臓に悪いことをした。試合前に集中したいところを激しく心乱されただろう。そう思えば自然に申し訳なさで眉が下がる。

　たまには有り余る権力で役に立ってあげたいところだ。使えるうちに、ほどほどに使うべきよね？

　先ほどまで肩を怒らせてジブリールに詰め寄っていたミカエリスは、途端に勢いを失った。

「……迷惑ではありません」

　その言葉にホッとする。

「貴女が来てくださったことは、純粋に嬉《うれ》しく思います。ですが、少々厄介事に巻き込まれている身の上。貴女を危険になど晒《さら》したら、死んでも死に切れない」

「大袈裟ですわ」

　心配性ですわね、と呆《あき》れ顔になるとミカエリスは困り顔だ。

　一瞬、対面にいる騎士をちらりと見た気がした。すんごく冷たい目でカレラス卿を一瞥《いちべつ》した気がする。まるで「なんで貴様がここにいる」みたいな。

　あの、温厚なミカエリスが。まさかね。

一見静かだけど、中身は熱血というか情熱的っていうのが乙女心をガッタガタに揺さぶって、腹を決めると怒涛《どとう》の口説きに入るというあれである。それまでは真面目か！　みたいな感じなのにね。

「試合、とても楽しみにしています」

「では、このたびの試合、貴女のために存分に剣を振るいましょう」

私の前にさっと膝をつくと、手を取って額を寄せるミカエリス。

ややあって手を離す時、少し名残惜しそうに指でなぞられた。びっくりして反応してしまった。

赤い瞳が燃え上がる様に煌《きら》めいた。うう、このミカエリスの眼はちょっと苦手なの。恥ずかしいような、怖いような、くすぐったいような……どうすればいいか分からない。

「お兄様？」

「解《わか》っている」

ジブリールの低い低い一言に、ため息をついてミカエリスはさっと手を離す。

「お前は味方をしたいのか？　邪魔をしたいのか？」

「わたくしはいつだってアルベルお姉様の味方よ」

「我が妹ながら難儀だな」

おっかなびっくり手をぐっぱーしていると、何やらドミトリアス兄妹《きょうだい》の謎の会話。

なぞられた手をじっと見ていると、そんな私にミカエリスが苦笑して「ではまた」と一礼した。そろそろ開会だものね。

カレラス卿は非常にもの言いたげだが口を噤《つぐ》んでいた。

あ、カレラス卿のこと伝え忘れてしまったわ。

香ばしい紅茶に、慣れない外出に緊張していた神経がほぐれる。

スミアはなかなか紅茶を淹れるのが上手なメイドだ。ジブリールにそれを伝えると、二人とも嬉し気に顔を綻《ほころ》ばせた。

恐る恐るという具合に、少し震えた手でカレラス卿も紅茶を口に運んでいる。

本来なら、彼は私の前に腰かけられる立場ではないのは解っている。でも、彼は私に攻撃的ではないというか、むしろ気遣いの塊に近い。

それでもやはり男性は怖いのだ。彼が悪意も敵意もないと頭ではわかっていても上背があるし、騎士だけあって体格がいい。ルーカス殿下の件で悪化したかもしれない。

幸い今はジブリールやアンナたちもいる。お父様からつけられた護衛たちもいるので、安全なはずだ。

「あの、アルベルティーナ様。恐れながらお聞きしてよろしいでしょうか？」

「ええ、どうぞ。構いませんわ、答えられる範囲なら」

「ドミトリアス伯爵とはどういったご関係で？」

「幼馴染ですわ。ジブリールと、昔からのお付き合いなの。とても良くしていただいております」

私の数少ない幼馴染であり、大切なお友達である。

彼としては特別な想いを抱いているらしいのですけれど、正直応えるつもりはない。

しかし、我が家の事情でお父様に振り回されているミカエリス。私も結構振り回していると思うし、彼が今困っているというなら多少のお手伝いはして差し上げたい。

お手紙でも、それとなくお伝えしているつもりなのですが――リップサービス続行中？　ブラフかフラグか不明ですけれど……わたくしのようなポンコツ娘に関わっていないで、素敵なご令嬢を早く捕まえていただきたいものです。変な女性に捕まらないか、幼馴染として不安ですわ。

「爵位も継いでいますし、学園の卒業も近いですのに……。由緒ある家柄ですし、彼自身もとても努力家ですわ。真面目で誠実な方です。あんなに素敵な紳士ですのに、なかなか縁談がまとまらないのはなぜでしょうか……」

私というスーパー地雷案件にラブレターっぽいものをくれたけど、他に悪からず思った方はいらっしゃらないのかしら？　いるのでしたら、お気になさらず良い出会いを優先して欲しいです。

「カレラス卿。この件については何も言わないでくださいまし。原因は解っています。お兄様の理想が非常に高いうえ、それに該当する女性が非常に限られておりますの。そして、唯一該当する女性は高貴な方で特殊なお育ちなので正攻法も奇襲も効かないうえ、おっとりしている割に頑固なところもあり婚姻する気がないのですわ。とんでもなく強力な守護神までいるので強硬策はダイナミックな自殺です。お兄様を含め、狙う狼《おおかみ》もハゲタカもすべて撃沈。二進《にっち》も三進《さっち》もいかないのですわ」

「…………然様《さよう》ですか」

「然様ですわ」

重々しくジブリールが頷くと、カレラス卿が「知らなければよかった」といわんばかりにがっくりとしている。

悄然《しょうぜん》とした哀愁漂う騎士。ジブリールがその様子を見て「ご苦労様でした。出て行った方がよろしくてよ」とぺいぺいっと追い出した。最後に私に深く一礼したカレラス卿は、警備に戻っていく。

「まあ！　ミカエリスに誰か気になる方でも出来ましたの？」

「……流石、キシュタリア様の美貌とフェロモンの猛攻をすべていなし切った……いえ、いなしたことにすら気づかないお姉様ですわ。敵に塩を送る趣味はございませんが、挫《くじ》けずめげず勇猛果敢にも挑戦しきったあの男に拍手くらいはお贈りしてもいいと思います」

「わたくし、キシュタリアに口説かれたことなんてなくてよ？」

「それはあんまりでございますわ……」

「小さい頃に好きだと可愛らしい告白や、修道院に入りたいといった時にずっといて欲しいとは言われましたが」

「修道院⁉　どういうことですの？」

「お父様にお願いしましたが、許可はいただけませんでした……」

「それはそうでしょう。公爵様はお姉様のことを墓場まで手放すことはなさそうですもの」

「ですので、修道女がダメなら平民になろうかと思っております。わたくし、貴族の令嬢としての価値はありませんが、庶民であれば多少キズモノでも大丈夫と聞きます。社交界もありませんわ！　幸い魔法は使えますので、それで職を探そうかと思っています」

「おやめください、お姉様！　どんな下種《げす》がお姉様を汚しにかかることか⁉」

「ジュリアスのようなことを言うのね。大丈夫よ、いき遅れの年齢と偽ってしばらく顔を隠せば

「……」

「無理ですわ。お姉様の気品溢《あふ》れる所作は上流貴族のものです。そのご容姿を隠そうともその立ち姿や声すら姫君そのものです」

ヒキニート、作法は令嬢として合格みたい。この場合は喜ぶべきなのでしょうか。

確かに、その人の言動って育ちが現れることが多々ありますわ。

ジュリアスなんて、ごく稀《まれ》にですが口が悪くなるのよね。かなり声を潜めていますし、どさくさに紛れてって感じですが。私の前でそういうのが出るってことは信頼されているのか、もしくはこのポンコツ相手なら平気だと思っているのか……。

「そうであれば、内職など人の目に触れないお仕事を探すなど……」

「普通にご結婚を望めばよろしいのではなくて？　お姉様なら望むがままにお相手を選べましてよ？　王族だろうが、四大公爵家だろうがどこへでも」

「……それはわたくしではなくラティッチェ公爵令嬢を望まれているだけですわ。嫁ぐことはできても、わたくしに社交はできない。立場を作れない夫人など、価値はあるでしょうか？　わたくしという存在は、お父様を相手にするならばこれ以上にない人質となるでしょう」

ずっと社交をサボり続けたツケはここに集結している。

作法は学んでも、実際の社交界を一度も知らないわたしなど良いカモだろう。

これ以上はない毟《むし》りがいのある相手となる。

「それは……」

ジブリールは口ごもる。

実際に貴族の絢爛《けんらん》にして、苛烈に陰惨な社交界を知っているジブリールはよくわかるだろう。

「ですが、それはお姉様が身を落としてまで守るべきものですか？　公爵様はお姉様を何にも代えがたく愛していらっしゃいますわ。お姉様の苦労や不幸を代償にして得たものなど、お喜びになるとは思えません」

言い募るジブリール。彼女は本当によくわかっている。

私よりわかっているかもしれない。

「だからこそです」

ジブリールの真っすぐな赤い目が揺らぐ。それを見据えて、目を逸らさずに伝える。

「お父様はわたくし以外など深く必要としてないのです。わたくしはお父様や公爵家が、わたくしのせいで翳《かげ》ることなど耐えられない。これはわたくしの独り善がりなのはわかっています……わかっていますが、お父様がわたくしを守りたいように、わたくしだって大切なものを守りたいのです」

サボったツケは自分で払うべきだ。

元祖アルベルティーナはお父様の権力を使いまくって社交界でも学園でも好き放題にしていた。私も同じだったのだ。お父様の膝元でのうのうと貴族としての役割を放棄していた。

ジブリールは顔をくしゃりと歪《ゆが》め、ご令嬢の仮面が剥がれるのが分かった。

「わたくしは、お姉様が大好きです。もっとずっと一緒にいたいです。お姉様はとても綺麗で優雅で、そして誰より優しくてずっとわたくしの憧れです」

「ありがとう、ジブリール。わたくしも貴女が大好きよ」

「お姉様を愛してくださる方はたくさんいますわ……。きっとお姉様が手を取ってくださるのを待っている。ずっと手を伸ばしていることを忘れないで……」

それが地獄行きかもしれないと分かっていて、その手は取れない。

だから、曖昧に微笑むことしかできない。

私は臆病です。卑怯《ひきょう》です。

ヒロインのように躊躇《ためら》いなくその手を取って、一緒に行く勇気はないのです。

最初は、ただ自分の破滅だけが怖かったけど、いつの間にかその破滅を周囲に齎《もたら》すことの方が恐ろしくなってしまった。

私を大切にしてくださるお父様、慕ってくれる義弟、心配してくれるラティお義母《かあ》様、いつも助けてくれるジュリアス、傍に居てくれるアンナ。公爵家という狭い世界だけでも、十分すぎるほど大好きになってしまったのです。ジブリールやミカエリスも大好きだし、とても大切に思っている。でも、私は彼らの力になれない。足を引っ張るしかできないのだ。

死にたくないけれど、それ以外なら譲れるくらいに。死んでしまったら、悲しむのは知っているから生きてお別れをします。遠い場所で、幸せを願うくらいは許されたい。

しんみりしていたら、高らかにファンファーレが鳴り響いた。会場のざわめきの種類が変わる。雑多な喧騒《けんそう》から、興奮や期待の入り混じった少し張りのある空気になっていく。

ジブリールが気を取り直す様に、明るい声で言う。

「始まるようですわね」

貴賓席からは、流石というべきか試合会場がよく見える。

広い日除けがあるし、ゆったり座れる空間とテーブルまであるのでお茶や軽食を嗜《たしな》みながら観覧することも可能だろう。聞けば、アルコールまで出るらしい。

そこから会場を見下ろせば、平民らしき人たちと貴族らしき人たちの席はわけられているのが分かる。特に身分による制限はないらしいが、座席を取るのにかかるチケット代が大きく違うらしい。

平民が多そうな場所には、歩いて飲食物を宣伝する売り子たちが見えた。昼間からお酒を買い求める人もいるという。

少し野球のスタジアムに似ていると思った。行うのはスポーツではなく剣技を競うものだが、雰囲気は近い。

平民の中にはサンディス王国らしき西洋風の衣装ではなく、異国風のものがある。しいて言えば、アラビア系に近いもの。よくよく見れば、シルエットもだいぶ違う。

「あれは獣人の方かしら？　初めて見たわ」

「あら本当。珍しいですわね、サンディス王国はそれほど差別的ではないにしろ、ゴユラン国が近いこともあって余り流れてこないのですが」

ゴユラン国はだいぶ獣人には排他的らしい。排他的というより、差別的と言った方が正しい。人間至上主義で、同じ人型をしていてもエルフやドワーフ、獣人といった人間からしてみれば亜人として分類される種族に対して人権を認めない。彼らは須《すべから》く扱いが家畜か奴隷なのだという。

ジブリールと二人で、ぴこぴこ動くお耳がピンと立っている狼系の獣人を見る。

アッシュグレイの毛並みは、日を浴びて白銀に見えるほど輝いていた。二足歩行の狼といった具合のタイプで、人間らしい肌は見えない。全身毛皮で覆われており、獣人でもかなり動物よりの外見をしている。よく見れば、彼（彼女？）は帯剣していた。

「あの方も参加者かしら？」

「基本は騎士候や騎士団所属といった関係者のみですが、外国の方や異民族でも推薦状があれば参加は可能とお聞きしておりますわ」

「では相当実力派なのね」

「もしかしたらですが、他国からの移民で自分を売り込んで市民権を得たいのかもしれません。サンディス王国はそれなりに豊かな強国ですし、小国家の騎士よりも生活が段違いですから。平民をして身を立てるくらいでしたら、他の国よりだいぶ定住しやすいでしょうし」

「まあ、遠くからわざわざ……異国の剣技とはどのようなものなのか、楽しみですわ」

「お姉様、意外と剣技を見るのが好きですわね」

「以前、ミカエリスに見せてもらったでしょう？　素敵でしたもの」

命がけのコロシアムや闘技場は嫌いだけれど、純粋に技術を競うようなものであれば楽しめる。

ジブリールと話に興じていると、急にその灰色狼系の獣人がくるりと振り返ってこちらを見た。

ばっちりと榛《はしばみ》色の瞳と目が合った。

まるで聞き耳を立てていたよう。気にしすぎかしら？

「あら、あのお方……聴いていらしたのね」

「お耳がよろしいのね」

「獣人の方ですもの、聴覚や嗅覚は人より格段に鋭いと聞きますわ」

「お耳も大きいですものね。良く動いていましたし」

「ですが、レディの会話を盗み聞きはよろしくなくてよ。しゃらくさくて、紳士以前の問題ですわ。聞こえていても、聞かぬふりをするのが礼儀ですわ。あの悪いお耳、引っ張り上げて差し上げましょうかしら？」


ジブリールが舌打ちでも漏れそうなほど剣呑《けんのん》に言い放つと、やはり聞こえていたらしい獣人の青年（多分服装からして）はぺたんと耳を下げてすぐさま逃げるようにして去っていった。

「最初からそうしていればよろしいのよ」


ジブリール、貴女本当に逞しくなったのね。

ゲームのネガティブ引っ込み思案の貴女はどこへ消えたのでしょうか？

今の明るい貴女がいるのは、私がいるからでしょうか。


ミカエリスが強いとは思っていた。

素人目にもその動きは研ぎ澄まされたもので、隙の無い美しさがあった。

それは無窮の鍛錬を続けて、彼が得たものの一端だろう。

しかし、実際に己より遥かな巨躯を持った騎士を一方的に叩きのめし、魔法による強化を行い不正ぎりぎりの魔道具を駆使して屠《ほふ》りにかかってくる相手を簡単にいなす姿を見れば、目を真ん丸にして、間抜けに開きそうになる口をそっと扇で隠すしかできなくなるというものだ。

彼が勝つたびに上がる劈《つんざ》くような黄色い悲鳴にはちょっとげんなりしたけど。

「まあ……噂にも聞いてはいましたが、本当にお強い」

「例年にも増して気合が入っていますもの」

「そうですわね、陛下や王妃殿下たちもいらっしゃると聞きますし」

「それはいつものことですわ。お姉様ですわ、いつもと違ってらっしゃるのは」

ん？　私？

ヒキニートは基本お出かけしないし、今回は近場だったから、ギリＯＫだったんだと思うの。護衛騎士もついていれば、お父様がわざわざ影という隠れ護衛まで付けさせていると聞きますし。

遠かったから違うかな、なんて思ったけどそもそもラティッチェ領ってかなり広大でしたわ。

わたくしミカエリスの虫除け兼ねているのよね。

この席から王女は見えないけど、どこにいらっしゃるのかしら。

ミカエリスは初戦、第二試合と順調に勝ち上がって、既に準決勝まで駒を進めている。例年の成績からいって、彼はシード枠なのではないかしらと思いつつ、この大会ではシード制はないみたい。

ミカエリスは勝つたびにこちらを確認し、一礼をする。

他には目もくれずこちらをすぐに見るのだけど、それにもあちこちから黄色い悲鳴が上がるのよね。

やっぱり人気なのね、ミカエリス。

試合会場から流石に貴賓席まで上ってこないけど、しっかり私の顔を確認している気がするのよね。ちゃんと見ているわ。というより、こんなこと滅多に見られないもの。目に焼き付けようと必死に見ているわ。

ただ……妙に視線を感じるのよね、なんかチラチラと。

ミカエリス以外の参加者もこっちにやたら視線を寄越してくるような気がするの。

いやですわー。なんか視線がキモチワルイ。さっと扇で顔を隠して気づかないふり。

ジブリールも似たように避けるから、間違った選択じゃないと思うの。

今のところ、どうやらミカエリスは力を五分も出していないようなのよね。

この前と同じ剣を愛用しているようなのだけれど、魔法剣は一度も見ていないもの。

あの炎が躍るさまはとても素晴らしかったので、是非ともまた見てみたいものです。しかし、それを見せるにはそれ相応の相手がいないとミカエリスは出すつもりもないようなの。

あの時、ドール相手に使用したのはサービスだったのね。

午前中の部で大体の選抜は終わった。昼餐《ちゅうさん》からお茶会の時間にかけては敗者の消化試合みたいなのをやって順位づけして、午後から準決勝及び決勝戦が始まるとのこと。

午前中は割と和やかというか、普通の盛り上がりだけで後半戦の午後は一気に盛り上がるらしい。

出場者の中でも精鋭が揃うこともあるが、勝敗にかかるドラマティックさも売りの一つである剣技大会。剣の腕前を観戦するのはそこそこに、そのドラマを見たさに来る客もいるとか。

ちなみにあの狼系の獣人も勝ち上がっていた。

彼の手の平ってどうなっているのかな？　肉球ついているのかしら？

「今年もお兄様の一人勝ちかしら？　最近骨のない奴らばかりなのよね」

サンドイッチを摘まみながら、ジブリールが少々興ざめしたように言う。

そして、キュウリのサンドイッチを摘まんで「まあ本番は優勝後ですが」と続ける。

そしてなぜかいるミカエリスは、静かに紅茶を啜《すす》っている。否定しないあたり、現段階の出場者にミカエリスの脅威はいないようね。

素人目にも抜きんでていたし、すごいわ。でも、優勝候補ここにいていいのかしら？

出場者は陛下の御前試合というだけでかなり固まっていた人もいたけれど、ミカエリスからは余裕すら感じられる。

「まだ優勝していない」

「あら、でも随分自信がありそうですわね」

「引けは取らない自負はあります――目指すものは遥か上ですが」

えー、優勝候補筆頭のミカエリスよりもっと強いのってどなたですの？

私の知る範囲ではお父様くらいよ？　キングオブチートなお父様よ？　レイヴンに比較することが間違っているとすら言われたお父様。

「そんなに強くなってどうするつもりなのかしら、ミカエリスは」

「守りたいものがありますから。この大会に出ることにより、己の研鑽とともに、色々と得るものがあるのですよ」

守りたいもの？　ドミトリアス領とかジブリールかしら。

穏やかに真紅の双眸をこちらに向けるミカエリスは、今は鎧を脱いでいる為、騎士というより貴公子という感じ。

キシュタリアといい、ジュリアスといい私の周囲には容姿端麗な男性が多いわね。この世界が乙女ゲーム仕様といえばそれまでですが。

卵のサンドイッチを食べたが、なんかパンがもそっとしていてちょっとイマイチ。おのれ、この贅沢舌め。紅茶は美味しい分、ちょっと残念。

「アルベル、少しでも身の危険を感じたら貴女だけでも逃げてください。我が伯爵家の問題に貴女が巻き込まれる必要はないのですから」

「いいえ、ミカエリス。気にしないで。お父様の許可を得たのならわたくしも全面的に協力をしますわ。わたくしの使えるものなど微々たるものですが、幼馴染を守るために使うなら躊躇いはありませんわ。ですが、その……」

「何か？」

「お相手は王女殿下なのでしょう？　エルメディア殿下は正妃のメザーリン妃殿下のご息女であらせられますわ。本当によろしくて？　婿入りでも、臣籍降嫁であっても、伯爵家としてはけして悪くないお話のはずです……ラティッチェ家の干渉があれば表立って非難はしないでしょうけれど、多少関係がぎこちなくなる可能性はあり得ますわ」

「興味ありませんので。むしろ余計な関係を持って王女の派閥や、ルーカス殿下の派閥の問題に巻き込まれる方がよほど厄介です」

ややきついくらいにきっぱりと言い切るミカエリス。

王族と婚姻関係になることにより、陞爵《しょうしゃく》だって珍しくないはずだ。

私の知るエルメディア殿下は金髪碧眼《へきがん》の美少女だったはずだ。絵姿では母君であらせられる正妃様に似た面差しの、凛《りん》とした端麗な顔立ちだったはずだ。

そういえば、メザーリン妃殿下はルーカス殿下の母でもある。お父様にかなり絞られたばかりの彼らに関わりたくないのは少し分かるわー。

絶対に橋渡ししろとか、何とか機嫌取れなどと無茶ぶりかまされたら死ぬわ。

お父様の御機嫌なんて、私以外には亡きお母様くらいしか取れないんじゃないかしら？

私がもし結婚とかして、自分に似た……というより、クリスティーナお母様に似た子供ができればその子にもデレることはあるかもしれない。だが相手がいない。そして予定もない。

「ミカエリス」

「はい」

「わたくし、頑張りますわ。王女から絶対貴方を守ってみせますわ！」

「……ここに来てくださっただけでも十分心強いです。その心だけで、私は満たされております」

ふ、とこぼすように微笑みを浮かべるミカエリス。

鮮やかな赤毛が太陽に照らされて輝いている。同じ色の瞳がまっすぐ私を捉えているのが、少し気恥ずかしい。

ミカエリス、意外と笑うのよね。ゲームでは結構真面目クールと思いきや、ジブリールを見る時とか、ふとした瞬間にとても穏やかに笑う。

ミカエリスは話がこじれるから私に帰れとも言えるんだろうけれど、珍しくやる気を出すポンコツを温かく受け入れている。ごめん、修羅場が悪化したら本当にすみません。

ミカエリスの微笑爆弾を食らったアンナとスミアが挙動不審になっている。

あれですよね、ジュリアスやキシュタリア、お父様という顔面偏差値糞《くそ》高いのだけれど、腹に一物どころじゃないものを抱えていそうなイケメンより、こちらの方が心に刺さるのよね。ラティッチェ家の美男は腹黒が鉄則なの？　唯一の癒し担当だったレイヴンはいなくなってしまったし……。

ミカエリスは午後の部が始まるので、出場者用の控室に戻らなくてはならない。わたくしたちより早めに昼食を切り上げ帰っていった。

ミカエリスの決勝戦の相手はあのお耳の大きな狼系獣人の方でした。

心無い方がブーイングやヤジやごみを飛ばしていたのはドン引きましたわ。

ミカエリスも、お相手のヴェアゾさんも顔には出していなかったですが、折角の決勝戦に余計な水を差されて良い気分ではなかったでしょう。

アナウンスの声で悪いヤジを抑えるよう注意されても、なかなか止まらない。中にはお酒も入っている方がいて、狼の獣人を下賤《げせん》だの犬だと揶揄《やゆ》する人までいる。

思わずため息交じりで「嫌な方もいるのね」と呟《つぶや》いたら、なぜかやっかみや悪口を叩いていた声がどんどん減っていった。しかも悉く、大きな声の方に限って途中でぶつ切りになるので首を傾げていたら、何かが高速で外に投げられていた。なんだか遠くの植木がみしみし枝なども圧《へ》し折れる音がしたけど……。

え？　まさか私のさっきの発言？

一気に血の気が引いた。確かに気分が良くないことだったけど、まさか命まで取りませんよね？

一人おろおろしているとジブリールが「お姉様が止めれば止まりますわ」と呆れ気味に言われた。

「あ、あのう……差別発言は好きではありませんが、だからといって獣人差別をした方を殺したりしないでくださいましね？　穏便にお願いしますわ」

どこにいるか分からない相手に呟けばとりあえず、投げ捨てる気配は消えた。

どこから伝達されているかは分からないけれど、本当に迂闊《うかつ》な事を言えません。お父様の影はやはりお父様の影。お父様はおそらく、私の気分を害すものは全部消せくらい言っていそう。そして、影たちは有言実行したのだろう。

流石お父様の影……フットワークが軽いうえに殺意が高い。

だが、観客も余計なヤジを飛ばしまくると、自分の体が外にぶっ飛ばされるかぶん投げられる可能性に気づいたのか、すっと静かになってお行儀が良くなった。そして、ちょっとざわざわしたけど決勝戦が始まった。

ようやく始まった決勝戦は期待以上というべきだった。

ついに解禁されたミカエリスの炎の剣。そして、それに対応するヴェアゾさんは、とにかく素早く俊敏、かつトリッキーな動きで翻弄した。

基本、騎士は戦い方に定型がある。それによって集団戦を得意とする部隊もあるし、そういった癖をよく理解しているのか、ヴェアゾさんは魔法剣が使えない部分を、そういった俊敏さや技術で補っていた。

だが、それ以上に凄いのはミカエリス。獣人であり、身体能力の高いヴェアゾさんに負けず劣らずの身体能力を持って、それに追いついていったのだ。最初はなかなか一手が決まらず苦戦していたが、だんだんと変則的な動きに食らいついていく。

「あら、お兄様……身体強化をなさっていますわね。滅多に使わないのに、珍しい」

魔法ってすごい。そして滅多に人相手に使わないって……流石、ミカエリスというべきなのでしょうか。

相変わらずミカエリスの魔法剣は圧巻。そして、炎が舞うさまは非常に美しかった。

そして、魔法剣を調整し振るった軌道にその炎を敢《あ》えて残すことにより、相手を牽制したり、目を眩《くら》ませたりして徐々に戦況を押し返していった。

やがて、ミカエリスに巻き返され、逆にその激しい剣戟《けんげき》についていけなくなったのはヴェアゾさんのほうだった。

しかし、彼も追い込まれてなるものかと食らいつく。

ミカエリスの剣筋はまっすぐな印象がする。彼の人柄が出ているのか、それが騎士の在り方なのかは分からない。それに比べ、ヴェアゾさんの剣筋は変則的で、とらえどころのないもの。まさに剛と柔のぶつかり合い。素人目にもぞわぞわくるものがあるし、やはり騎士の家柄だからジブリールも食い入るように見つめていた。

防戦一方になりつつある状況を打破しようとしたヴェアゾさんが、まるで柳が風をいなす様に滑らかにミカエリスの一撃を流した。しかし、それに対しても素早く剣を構え直すミカエリスに、持ち手を変えたヴェアゾさんがより有利な体勢のまま斬りかかった。

だが、ミカエリスはそれを避けるどころか一層激しい勢いで、構えを直し切れないまま打ち返した。しばし力の拮抗が続いたがやがて決着はつく。一本の剣が場外まで弾《はじ》き飛ばされ、勝敗が決した。空手のまま首元に剣先を向けられ、ヴェアゾさんはがっくりと項垂《うなだ》れて降参した。

一瞬間を置いて、会場から空気が割れんばかりの大歓声が上がった。

大会を無事に制したミカエリスは、最後の戦いでも私に剣を捧げる所作をして一礼した。

その様子になんか周りは大騒ぎで口笛や指笛、拍手喝采が響き渡っていた。

変なこと言わないほうがいいかな、と席からカーテシーを返したの。まあそれでさらに周りは熱狂していたけど……あれはあっていたのかしら？

しばらくざわつきは収まらず、視線が集まっていた。

困ったように扇で顔を隠し、下がったのだけれど――その後にまた問題発生。

何やら騒がしくて嫌な予感を感じていたら、カレラス卿が何か必死に押しとどめている気配。アンナとスミアは顔を見合わせ、ジブリールが一人冷静に「来たわね」と鼻で笑っていた。

ヒステリックな声が十分ほど響き渡り、カレラス卿の制止を振り切って中に入ってきたのはエルメディア殿下だった。

多分、エルメディア殿下ですわ。

何せ真っ青なアイシャドウを付けたやや鋭い青い目、真っ白に見えるほど塗りたくられた白粉《おしろい》に某電気ネズミを思い出しそうな真っ赤な丸いチーク。わたくしより二、三歳年下のはずが年齢不詳の推定少女という謎の生物だった。顔立ちは陛下よりメザーリン妃殿下似なのは解った。陛下は貫禄《かんろく》があるが柔和なお顔立ちだから、だいぶ系統が違う。

それにしても、何このへたくそなケバイ化粧。若さを全面的に磨《す》り潰して殺しまくった、道化じみたのは。まるで面白チンドン屋状態。

更に頭にはツインテールにした金髪ドリルが揺れる。陽の光でぎんぎらに輝く螺鈿《らでん》入りの銀粉がたっぷりと振りかけられていて攻撃力高そう。ドゥルンドゥルンにきつめに巻くのが金髪レディの必須事項なの？

そして何より太い。顔から首のラインがアザラシに似ているといえばわかるくらいのふとましさ。それを包むのは、蛍光ピンクとオレンジの熱帯魚すら慎ましいと思えるドレス。膨張補正たっぷりなフリルやレースを多量に纏っていることを差し引いても、デラックスなシルエットをしていた。魔宝石のサンディスライトのネックレスが顎肉に半分埋まって首輪のようだとか思いませんでしたよ？ええ、本当に。

お姫様への憧れと心の幻想が音を立てて崩れていきますわ。辛《つら》い。

王女だから深窓のご令嬢のごとき美少女や、絢爛な宝石のような美女を想像して期待していたわたくしの期待を返してくださいまし……脳が認識と理解を拒否している。

お昼はミカエリスを守るぞ、などと息巻いていました。

わたくし、初めてエルメディア殿下を見て絶句しております。

ゲームでは名前がちょい役で出てくるだけのエルメディア・オル・サンディス王女殿下。

「この泥棒猫！　私のミカエリスに色目をつか――もが!?」

私をずびしと指さしながら威圧的に言うのは、ルーカス殿下を思い出したけど、その迫力は彼よりかなり劣化版。

泣きながら止めるメイドや侍従らしき少年が張り付いて、渾身《こんしん》のセリフはダッシュできた騎士に止められるという、実に出オチ感満載でやってきたエルメディア殿下には恐怖より呆れが上回る。

そして、もがもがと蠢《うごめ》く肉王女をごろごろと床に転がして、外へと運んでいく。

ねえ、それ王女だよね？　なんてドリフなの？　いくらボンレスハムでも、殿下よ？　カレラス卿が真っ青よ？　王女殿下よね？

「こ、これは大変失礼を！　ラティッチェの姫君、ご機嫌麗しゅう……」

「お姉様がご機嫌麗しく見えるなら、そんな腐った目は今すぐくり抜いて捨てなさい」

「ジブリール、形式というものです」

「エルメディア姫は野良猫にお菓子を取られたらしくって、まあそれでですね……こちらのテラスのほうへ逃げたらしく……アハハハ……」

あまりに痛々しい言い訳だ。がくがくと膝を震えさせながらしどろもどろで言い訳をする騎士。

だが、目を泳がせすぎて顔からポンと飛び出そうなほど狼狽している騎士が可哀想なので、敢えて言及はしない。だって、騎士の真っ白な鎧や兜《かぶと》にべったりクリームがついていたり、兜にフルーツが引っかかっていたりするのよ？　おそらくお姫様の癇癪《かんしゃく》を必死に止めようとして、食らったのよね……顔にしっかり五本線の引っかき傷までこさえている。

だが、その騎士は意を決したように土下座した。

すぱーん、と見事な五体投地。その潔さにいっそ拍手をしてあげたい。

「大変申し訳ございません！　お詫《わ》びは追って正式にさせていただきます！」

「猫なら仕方がないですわね」

「お姉様がおっしゃるならそういうことにしておきましょう」

「お父様にはエルメディア殿下にダイエットの進言をお願いしますわ。あれでは成人病一直線です」

「ひぃぃ！　何卒公爵には……ってダイエット？」

お父様の教育は王族直轄の騎士にも及んでいるようです。

そういえば、お父様の怒りに触れて大量の左遷や人事異動が起こったと聞きます。その爪痕はしっかり残っているご様子。追撃するのは可哀想ですわ。

だが言わせてもらいますわ！　わたくしのプリンセスの幻想をぶち壊した遺憾の意を！

「今後国の顔の一つとなる王女殿下が、あのお姿はよろしくないわ。まず印象が良くありませんわ、ましてや本当に発病すれば大変ですし、良い縁談が逃げてしまいますもの」

「アレを抱く男性に同情しますわ。下手に乗られたらそのまま骨も内臓も粉砕しそうですわね」

「あー、ミカエリス様レベルに鍛えてないとホントに砕けそうですよね。持ち上げるのも無理そうですし」

「お兄様はあげなくてよ？　見ての通り、理想が高いの」

何故私を見ますの？　ジブリール……まあ確かに幼馴染で好意を寄せられているようであのですが、わたくしは応えられる気がしません。

確かにアルベルティーナの外見の美女力は規格外だとは思いますが、中身はヒキニートですわ。ですが、この外見とお父様の七光りでミカエリスがあのミートプリンセスから守られるのであれば、多少の誤解も吝《やぶさ》かでありません。

敢えて黙っていると、私にはなぜかうっとりとした視線が寄せられた。すみません、外見だけの令嬢ですわ。張りぼてヒキニートですのよ。気まずい申し訳なさと居心地の悪さがまぜこぜになる。

「ええ、承知しております。まさかタックルで騎士たちの包囲網を突破するとは思わなくて」

「王女殿下がタックル……？」

あの巨肉が弾丸のように突っ込んできたら、流石に騎士でも辛い？

そのあんまりな光景がありありと想像できて、なんだか眩暈《めまい》がしそうだ。

そんな中、後ろからカレラス卿が非常に言いにくそうにやってきた。視線を受け、一礼したカレラス卿は膝をついて述べた。

「ラティッチェ公爵令嬢、ドミトリアス伯爵令嬢。国王陛下より、お詫びとしてお呼びがかかっております」

「まあ？」

「陛下から？」

「はい、おそらくこの部屋にいたらまた肉……ではなくエルメディア殿下が来る可能性がありますので、別室でお待ちを。ドミトリアス伯爵も、先にお待ちです」

肉って言った。今、あの礼儀正しい騎士が肉って言った。

そっか、やっぱり印象が肉なのか……。

カレラス卿の礼儀と忠誠を持っても、王女は肉なのか……。

また肉王女に特攻されるのは嫌だ。ついでにボーリングピンのように肉弾丸で撥《は》ね飛ばされる騎士たちも可哀想すぎる。

しかし、なぜか私を見る王宮騎士たちの眼が夢見る乙女のようなのですが……。

うっとりと何か妙な幻惑でも見えているのではないかという浮かれ具合なのですが。

居心地の悪そうな私に、そっとカレラス卿が耳打ちする。

「少々お耳をよろしいでしょうか、ラティッチェ公爵令嬢」

「ええ、構いませんわ」

「貴女様のご容姿は、亡きシスティーナ様と瓜《うり》二つでございます。クリスティーナ様もよく似ておいででしたが、我々としてはシスティーナ様のほうが馴染《なじ》み深いのです。クリスティーナ様はフォルトゥナ公爵家の秘蔵の姫君でしたし、ラティッチェ公爵家に嫁いだ後はご当主の寵愛を一身に受け滅多に社交界にも出てきませんでしたから……。システィーナ様は王城の騎士であれば一度は憧れる方です。誰もが見惚《みと》れる美貌と気高き王の瞳を持つ貴婦人の中の貴婦人であり、騎士たちが一度はそのお姿を遠目にでも見て、お守りすることに憧れを抱いていたものです」

嫁いだ後ですら、城に残った肖像画でもその美貌は王家の中でも抜きんでていたそうです。

その絵のせいで心の中で憧れが独り歩き状態なのでは……？

「……お祖母《ばあ》様でしたのね」

「ご存知でなかったのですか？」

「お父様は、お母様の御実家のことをあまり喋りたがらなかったですから。お母様自身のことはよく教えてくださいましたわ」

お父様が凄く好きだったのは伝わった。クリスティーナお母様を非常に愛していらしたのはよくわかったけど、それ以外にはよく分からないお話だったわ。

そもそも、ラティッチェの祖父母の話も全く出ず、お父様の御兄弟がいるかすらも知らない。お父様はお母様以外の家族の話をほとんどしない――おそらく、興味がないのだろう。お父様の愛情は極端で、血縁関係があろうが目を掛けるほどの興味がなければ他人同然なのだ。

「ただ、それ以外の方にはまるで興味がないようで、一度も話題になったことがないですわね……」

わたくしが頬に手を当てて呟くと、カレラス卿が何とも言えない顔をしている。

この人、よくこんなお顔をしているのよね。ちょっと顔に出すぎじゃないかしら？

「お父様は、わたくしがお父様の許可した人間以外、触れるのも近づくのも知るのも御嫌なようですから」

おそらく、お父様にとって祖父母はわたくしと会わせるに値しなかったのでしょう。

ですから、ちょっと驚きなのですわ。今回の剣技大会の許可を出したのは。

聡明なお父様の深いお考えは、不肖の娘には窺《うかが》い知ることなどできません。

お父様が私を傷つけるような、軽率なことをそうそうするとは思いません。あのルーカス殿下の暴挙は、誰もが予想できないだろうあり得ない事態だったのです。

……本当にどうなっているの、あの王子は。危ない薬でもやっているの？　恋の病は脳細胞を破壊しまくる不治の病なの？

「あの、姫君……それは息苦しくはないのでしょうか？」

「どうして？　お父様はわたくしを守ってくださるのに、知らなくて怖い人たちに囲まれるなら、多少不便でもお父様の御傍にいられる方がよほど幸せですわ」

恐々と伺ってくるカレラス卿に、思わず言い返してしまった。

だってお家が大好きですもの。不便さはお父様と居られる時間が少なくなるくらい？

私にとって外は敵の宝庫です。お父様の膝でぬくぬくと丸くなっていられるなら、できるだけそうしていたい――でも、それによりお父様やラティッチェ家に実害が及ぶなら自分から離れた方がいい。

お父様にとって、私は唯一にして最大の急所だ。

ゲームではアルベルティーナは処刑され、死んだほうがマシのような目に遭う無数の未来が存在している。

自業自得とはいえ王族すら怯《ひる》むお父様がいて、そんなこと許すはずがない――いないのであれば？

お父様ですらどうしようもない状態なのであれば？

あのお父様ですら手出しができないそれを、私は覆せる気がしない。

だから、私はお父様から離れなければいけないの。隠れて、死んだようにやり過ごす。

そんな感情を押し殺して、にこりとカレラス卿に微笑んだ。

「陛下がお待ちなのでしょう？　行きましょうか」


国王陛下がいらっしゃるお部屋は、貴賓室の中でも最上級のお部屋です。貴賓室は間取りが広いこともあり、廊下は長く設計されています。陛下は観覧できるバルコニーからそれっぽい人影はちょろっと見えた気がしますが、部屋まで地味に距離がありますわね。

てくてくと廊下を歩きながら、エルメディア殿下を思い出します。

王子様は色ボケした理不尽暴力野郎で、王女様は進撃の肉デラックスでした。

(あんまりですわ……っ)

サンディス王国よ、マジで大丈夫か。

しかも二人とも正妃のお子様である。

一応ラウゼス国王陛下と、メザーリン王妃殿下の絵姿は見たことがある。

ラウゼス陛下は貫禄がありながらも、白髪《しらが》交じりの灰色の髪と聡明さと柔和さを匂わせる緑の瞳の男性だった。豪奢な衣装もあって、気品と穏やかながらもどっしりとした雰囲気のある方であった。

メザーリン妃殿下は金髪碧眼の涼やかな目元の美女だった。ほっそりとした首に同じ色のサファイアのネックレスを付け、豪華で気品ある王妃だけが許される正装は王家の紋章が模様として入っているドレスだ。歴史と品格を求められるそれは、古くから伝わるプリンセスラインだが、陛下と並ぶと一枚絵としてよく映える。

だが、私が見たことがあるのはあくまで絵姿。

写真じゃない。偽造可能。

少なくともルーカスは誇張ではなく美青年だったが、二人は解らない。

わたくしの知る王女の絵姿は全体的に横幅を五十パーセントカットが施されたうえ、ちょっとだけ目が大きく、ちょっとだけ目つきが柔らかく、ちょっとだけ口が小さく上品で、ちょっとだけ鼻筋を通し、ちょっとだけ顎と首、腰がほっそりとされ、お胸が増量されていた。

総合すると、段違いの美少女に描かれていた。

「お姉様？　お加減がすぐれないのであればわたくしだけでも行きますわ」

「いいえ、夢が砕かれようとも行かねばならぬときがあると思うのです！」

「何がありましたのお姉様⁉」

「ほんのちょっとだけ、本物の御姫様というものに憧れを抱いていただけでございます！　ええ、わたくしの勝手な幻想ですわ！」

「お姉様、美しい姫君が見たいなら毎日鏡で見てらっしゃると思いますわ」

「見飽きました」

「贅沢すぎますわ!?」

こんなにお美しいのに！　と抱き着いてくるジブリール。

せやかて自分の顔だもの。そこまで執着する気ないよ。まあ整っているとは思うし、転生直後は「ヤベーなこの美少女。惚《ほ》れるわ」なんて自画自賛していたけどひと月経つと感動も消滅していたもの。

お父様も超絶美形だし、よく見る従僕も文句なしの美形だし、義弟までこれでもかというくらい美形なのよ？

しかも年々劣化するどころか、キラキラフェクトに磨きがかかるという……。

わたくしが頑張って美容にあくせくしているというのに、余り手入れをしていないはずの男性陣は素でピカピカしているのよ？　理不尽すぎない？　乙女ゲームって確かに美形を輝かせてなんぼかもしれませんけれど、わたくしやジブリールやラティお義母様の陰の努力は一体なんなの？

そんな現実逃避をしながら、騎士たちにいざなわれるがまま陛下たちのもとへドナドナされる。売られてはいかないけれど、心の情景は近い。

王女殿下の求婚要請を妨害するために来ただけなのに、なんで陛下たちまで出てくるの？

いや、確かにお子様のことだから関係するけれど……。

「アルベル」

私が戦々恐々としている中、耳朶《じだ》が震えるような重厚ボイスが届く。

顔を上げると、まだ試合で見た鎧を纏ったままの騎士の姿をしたミカエリスが、心配そうにこちらを見ていた。素早くこちらに近づくと、確認するように肩に手が置かれる。

うーん、男女差とは分かっているのだけれど、ミカエリス手が大きいわ。あっさりと肩が包まれる。

「怪我は無いですか？　まさか王女殿下が、あそこまで直情的な行動に出るとは……」

「わたくしもいましてよ？　お姉様に怪我をさせるわけありませんわ。いざとなれば、お兄様たちを撃沈させた右ストレートが唸《うな》りますもの」

「それはそれでどうかと思うぞ、ジブリール」

私が答えるより早く素早くジブリールが言い返すと、心配顔から何とも複雑な呆れ顔となったミカエリス。どうやら、エルメディア殿下の暴挙は既に伝わっているようです。

私もそう思うわ。いくらミート感が圧迫的に強くても、やんごとないお方なのよ。お顔が魚拓なら
ぬ顔拓取れそうな厚塗りでも。

「あの、ジブリール……王女殿下に暴力は良くないわ。貴族として、王家には礼節をもって接しなければ」

「相手が礼儀も何も薙《な》ぎ倒して突撃してきたのが悪いのですわ。あちらだって、ただでさえご機嫌麗しくないラティッチェ公爵に、さらにご機嫌斜めになって欲しいはずがありませんもの。敵対国や部族、魔物も含め目ぼしい争いは消えて、次に目を付けられるのは……と国内で肩を震わせ順番待ち状態ですのよ？」

「まあ、お父様ったら」

お仕事熱心なのはいいことですけれど、熱心すぎて体を壊さないか心配だわ。

ただでさえお誕生日の一件で張り切っていたのに、余計な火力が増えてしまったのね。

「ええと、ミカエリス。その、エルメディア殿下の御姿は拝謁させていただきましたが……その実に、その、ずいぶんと華やかで、その肉感的で情熱的な方ですのね……？」

「はっきり派手なばかりの駄肉の塊のヒステリーと言っても怒られませんわ」

「ジブリール、お前は言いすぎだ」

ジブリール、貴女は伯爵令嬢なのだからもう少しソフトな、遠回しな言い方をしてはいかが？

一緒についてきてくださっているカレラス卿が何とも言い難い顔をしていますわ。

ジブリールはミカエリスに怒られ、むすっとした顔になる。

「まあ、ジブリール。怒った顔も可愛いけれど、笑顔の貴女のほうが素敵よ」

「はーい、お姉様」

ぎゅっと私の腕に自分の腕を絡めて抱きしめてくるジブリール。

甘えるような子供っぽいような仕草が可愛くて、先ほどのツンツンした態度と合わせて二度美味しい。ギャップでアルベルティーナお姉様は昇天してしまいそうです。ジブリール可愛い……可愛いは正義……私何しに来たんだっけ？　ジブリールを愛《め》でに来たんだっけ？

悪戯《いたずら》っぽいルビーの瞳が瞬《まばた》くたびに可愛いがスパークして、何を考えていたか忘れる……可愛い。

「アルベル、ジブリールを甘やかさないでください」

そして、ミカエリスの苦々しげな声で我に返る。

至福の時間を遮られたこともあって、ちょっとアルベルちゃんは微妙な気分です。

「だって、ジブリールは可愛らしいんですもの」

他の幼馴染トリオはニョキニョキ育って、あっという間に私の背を追い抜いてしまった。紅顔の美少年たちは、ドレスを着れば間違いなく美少女と見紛《みまが》うばかりのキューティーさだったのが夢の跡。だからその分、ジブリールが可愛い。可愛いという成分はジブリールでできているといって過言でないと思う。

実の兄なのになぜそれが分からん。遺憾の意だ。少し膨れて、ミカエリスを睨《にら》んでいるとややあって狼狽したように目を逸らすミカエリス。

ふっ！　勝ったわ！　可愛いは正義なの。ジブリールは正義なのよ！

でもなんで肩にある手の力はぎゅってなったの？　なんで掴《つか》み直すの？　あんまり力入れないでよ？　ヒキニートの肩なんて、騎士のハンドパワーがちょっと本気出しちゃったらすぐ骨ごとパァンだよ？

「お姉様。今のお兄様は心の中の青春と戦っておりますの。もうちょっと待てば元に戻りますから、これ以上刺激しないで差し上げてください」

「せいしゅん……？」

「あ、お兄様。ダメです。今、目を開けてはダメですわ。お姉様、理解が遠いようですわ。とても愛らしく首を傾げてらっしゃいます。わたくしは見ますけど！　目に焼き付けますけど！」

なんでダメだと言いながら、ジブリールはミカエリスにノリノリでけしかけているのだろう。

煽《あお》られているミカエリスは眉間にしわを寄せて、私から全力で顔を背けて瞼《まぶた》を閉じている。

暫くして、深い深い溜息を吐いたミカエリスはゆっくり私の肩から手を外し、半歩後ろに下がった。

「……………御見苦しいところを晒し、申し訳ありません」

「別に構いませんが……体調が悪いのなら、休んだらいかが？」

「ちっ！　これだからお兄様はいつまでたっても、ジュリアスやキシュタリア様より抜きんでることができないのです」

「お行儀が悪くてよ、ジブリール。貴女のお兄様にも事情があるのよ。あまり批判しては可哀想だわ」

「これは妹からの愛の激励！　愛の鞭《むち》ですわ！」

「ジブリール、黙っていなさい」

頭痛がしそうな顔をして、ミカエリスはジブリールを制した。

そうして、漸くジブリールは口を噤んだがその目は好奇心で輝いている。反省の色は見当たりませんわ……兄君というのも大変ですのね。

しかし、なぜミカエリスは厳しくも兄想いの妹を何とも言い難い顔で見ているのでしょうか……

ん？　なんかミカエリスどころか周囲の騎士たちまで絶句している。

この会話のどこに修羅場が？　微笑ましい会話だったと思うのですが。

「我が妹ながら、豪胆も過ぎると無謀だな。怖いもの知らずが過ぎる」

はあ、と再びため息をつくと、ミカエリスは気持ちを切り替えて顔に笑みを乗せる。

そして、私の腰にさっと腕を回してエスコート体勢。別にパーティとかではなくお呼び出しなのですが、ここまでする必要はありますの？

社交経験値の少なすぎるヒキニートには分からない……それとも要介護認定か幼女認定再びなのでしょうか……。

「何を抜けたことを言ってますの⁉　周りが不甲斐《ふがい》なくヘタレているからいけないのですわ！　わたくしが男だったら、すべて蹴散らし奪い取っていましてよ？」

「……お前が女だったことに、改めて安堵《あんど》したよ」

「安堵ではなく感謝なさいませ。ついでにわたくし、いい加減ポニーではなくちゃんとした愛馬が欲しいですわ。軍馬がいいですわ！　とびきり元気な、黒毛の男の子がいいですわ！」

「まあ、じゃあわたくしが今度お誕生日にプレゼントいたしますわ。ポニーも随分おばあちゃんになってしまったでしょうし、新しい子を迎えるのもいいと思います」

もともと乗馬ダイエットのポニーを家から譲ったものだ。あれから結構年数が経っているし、小柄とはいえ立派に大人の馬を譲ったはずだもの。ドミトリアス家は伯爵であり騎士の家柄。魔物も多いと聞くし、騎乗するなら体力や持久力のある馬のほうがいいのかもしれない。

軍馬というのは驚きだけど、女騎士さながらに乗りこなすジブリールは絵になりそうだ。

私と違って運動神経よさそうだし、ジブリールが喜ぶのならお父様に頼んでみよう。お父様は軍人だから、そういった伝手《つて》があるかもしれない。でも元帥はトップだから馬の生産地は分からないかしら？　やはりセバスかジュリアス？

うきうきと算段を考えていると、ミカエリスが止めにかかってきた。

「アルベル、待ってください。これ以上は不味い。本当にジブリールの嫁の貰《もら》い手がなくなる」

「なぜ？　こんなに可愛くて素敵なジブリールが？」

「いくら美しかろうと、求婚者を決闘で叩きのめしてプライドをへし折り続けていたら、いなくなります！」

「けっとう……」

「なんでわたくしが自分より弱っちい男に嫁がねばならぬのです！」

腰に手を当てて胸を張るジブリールには反省が見られない。

むしろ堂々とミカエリスの言葉を肯定する。求婚を断るのに決闘するっていうのがサンディス王国の流儀でしたの？　あれ？　普通、家同士の決め事ではないのでしょうか？

私の知っている貴族の婚姻知識は間違っていたのでしょうか……。

「わたくしも剣術を習ったほうがいいのでしょうか……？」

「おやめください。怪我をします。貴女の白魚より美しい手に血豆やたこができるなど、痛ましいだけです。公爵令嬢には不要な事です。ジブリールは特例ですので、真似をなさらぬよう」

ぎょっとしたミカエリスが素早くまくしたてる。

頭の中で今までの常識とミカエリスとジブリールの会話がぐるぐる回っている。

カレラス卿が私の手を握るミカエリスに「姫と距離が」と言いかけて口を噤んだ。なんかカァンって高い音がした。金属に固いものが当たるような……？　思わずカレラス卿の近くにいたジブリールを見るとにっこりと華やかな笑みを返してくれた。

可愛い……ジブリール可愛い。しゅごいかわいいしゅき……ごいりょくがしぬ……。

脛《すね》を押さえて蹲《うずくま》るカレラス卿は、ジブリールの魅了スマイルの前では無為なものだった。

ふらふらと誘われるようにジブリールを抱きしめてぎゅっとする。両手を上げて勝利のポーズを取るちょっぴりやんちゃな妹分にメロメロのアルベルティーナです。

だが、暫くジブリールを堪能していたら、ミカエリスに引き剥がされてまた廊下を歩き始めた。なんだかミカエリスに同情の視線が突き刺さっていた気がするんだけど、何故？

護衛騎士がいるのに、ぴったりと寄り添って離れないミカエリス。

くっつきすぎじゃないのかな、とミカエリスを見上げると、ゆるりと目を細めて甘やかな微笑を返された。違う、そうじゃないの。

私は自立したオトナの女性になりたいのよ。要介護の幼女じゃなく、独立歩行可能な人間となりたいの。なんか違う感がパネェのですが、しっかりと腰に添えられた手は離れる気配がない。しかし、凄いのがこんだけくっついているのに全然歩きにくくないのよ。絶対歩幅はミカエリスのほうが大きいし、歩くペースも本来速いはずなのに全然きつくないの。平気なの。

ミカエリスは相当エスコート慣れしているのだろうな、レディに色々とモテまくっているのだろうな、是非壁の花となりその様子を観察したい。そんなダメヒキニートの考えを嘲《あざ》笑うかのように、ついに扉の前までやってきてしまった。

部屋を警護していた騎士は私とミカエリスに少し驚いたが、すみやかに来客を取り次いだ。

幕間　紅の伯爵の覚悟

幼いというのは時に向こう見ずだ。幼いからこそできた英断や、許される戯言《たわごと》もある。

あの約束は、ミカエリスにとって奇跡的な出来事だった。

そして、その誓いは目標として高く聳《そび》え立っている。

父が病に伏した時、ミカエリスは妹と共にラティッチェ公爵家に保護されていた。

勉学・剣術・領地経営等の全ての指南役はラティッチェ公爵だった。父も厳しい方だと思ったが、ラティッチェ公爵は更にその上をいった。壊れるんじゃないかという勢いで叩《たた》き込まれた。

それでも、叔父夫婦にドミトリアス伯爵家を乗っ取られないために齧《かじ》りつく様にしてついていった。

そこでミカエリスは恋をした。向こう見ずな恋だった。身の程を知らない感情だった。それでも、諦められない思慕だった。

「あの、公爵様……」

ちらり、と感情の読めないアクアブルーの瞳が向けられる。

アルベルティーナを映す時は、蕩《とろ》けるような眼差《まなざ》し。だが今は無機質にミカエリスを見る。

「アルベルティーナ様のご婚約者はお決まりでしょうか？」

「いないね。あの子も興味ないようだし」

一度、王子のどちらかを選んで、婚約者として王太子をつけてやっていいと言ったのだけれど、とついでのように呟《つぶや》いた公爵。

現在、第一王子も第二王子も別の名家のご令嬢を婚約者としている。

だが、ルーカス殿下もレオルド殿下もまだ王太子の座を争っている――つまり、ラティッチェ公爵家がその派閥につけば、その座も自動で付くほどの高貴で強力な後ろ盾なのだ。

ぞっとする事実をあっけなく言う。それだけの価値と意味が彼女にはあるのだ。

没落しかけていた伯爵家程度が手を伸ばしていい相手ではない。

だが、

「私を、彼女の婚約者候補としてはいただけませんか？　彼女が嫁ぐのなら、それまでに功績を上げてみせます。相応《ふさわ》しい相手となります。望まれるなら陞爵《しょうしゃく》させてみせます。婿入りをするのであれば、キシュタリア様を超えてみせます。魔法では敵《かな》わずとも、剣の腕でしたら負けません。一生、お守りします。彼女だけを愛します」

「それはお前の願望と楽観的な思考から出た言葉だろう。子供の戯言に合わせて、私のアルベルを寄越す約束をしろと？　お前にそんな価値などない」

ミカエリスの嘆願は、あっさりと振り払われた。

だが、言葉にして首が飛ばないだけミカエリスはまだ公爵に言い募り、縋《すが》る余地がある。

「ではどうすれば相応しいと認めていただけますか？」

普段は恐ろしくて仕方のない淡い青の瞳を、ミカエリスは怯《ひる》むことなく見据えた。

気のない様子の公爵は、顎に手をやって少しだけ考えるそぶりをした。本当に考えているかなんてわからない。でも、待つしかできないのだ。

「一つ、アルベルを振り向かせること。あの子はかなり奥手だし、あまり恋愛事に興味がない――あの子に一人の男として認められたら考慮してやろう」

「解りました」

「強引に迫ったら、お前より先に妹がいなくなると思え」

「……御意に」

ジブリールはアルベルティーナのお気に入りだ。それも、かなりの。

それを平気で消すというこの男は、アルベルティーナに及ぶ危険の可能性を考えればそれすらも無価値なのだろう。これもまた当然だと飲んだ。

そして、ジブリールを大切に思うミカエリスに対する牽制《けんせい》と――事実上ドミトリアス伯爵家直系をすべて無くすというようなものだ。ついでに先に妹を消すというのだ。過ぎた行動をすればミカエリスはもっと許されないだろう。

「もう一つは、そうだな――私から一本取れたら考えてやろう。私と多少は打ち合う気があるなら、最低ミスリル。まともに考えるならアダマンタイト製の得物でも用意できるようになれ」

「その言葉、確かに」

この男、全く娘を嫁に出す気がない。

ミカエリスは思った。だが、頷《うなず》く。今すぐ死ねと、愛娘《まなむすめ》へ不埒な事を考えた頭ごと吹き飛ばされないだけ、かなり熟考してもらえた方だ。

ミスリル――聖銀と呼ばれる特殊な貴金属と、幻の素材、伝説的な物質と呼ばれるアダマンタイトの武器を用意しろと平気で言い放つ公爵。

どちらも非常に稀少《きしょう》でありながら最高級の素材だ。だが、過去に聞く公爵の逸話を考えると、あながち嘘《うそ》ではない。

強くならなくては。

望むものを手に入れることも、守ることすらできない。

紅《あか》い特殊な紙で折られた不思議な箱。くす玉というらしい。確かに丸いが、紙を折り合わせて作られたそれは、非常に繊細で巧妙だった。純度の高い魔石と、美しい組み紐《ひも》が一緒についており、純粋に装飾品としても楽しめるほどの逸品だ。

彼女は拙い工作だと言っていたが、そうとは思えない。

薄いながらも上質な紙は、しっかりと魔力が染みている。防汚や強化の施された特殊紙であることは間違いない。しかも見たこともない複雑な折り方は、アルベルティーナだけが作れるものだ。

ミカエリスが長年懸想している相手からお守りとして贈られたそれは、いつも剣に付けている。

騎士が剣に付ける物の意味は、大切な人からの贈り物であったり、その身元の証明であったりする。

この国では戦争に行く際など、恋人や婚約者、妻などから装飾品を贈られ、それを剣に付けるというのは『死が二人を分かつとも』や『私の命は貴方《あなた》にあります』といった意味がある。想《おも》う相手がいる。愛する人がいると。

武器は戦場においての生命線だ。騎士にとって剣は矜持《きょうじ》でもある。それを考慮して、親しい相手から守りを施された飾り紐や根付などが贈られることが多い。

近年は大きな戦争がないこともあり、あまり知られてはいない。若い世代は特に。だが、騎士の家柄としても古いミカエリスは知っていた。だから、アルベルティーナから贈られた珍しい紙と魔石と組み紐でできたアミュレットを敢《あ》えて剣に付けていた。

ジブリールはにやにや笑っていたし、ほんの一瞬だけジュリアスが眉を上げたあたりあの二人は知っているのだろう。キシュタリアはほどなくして気づいて、だが何も言わなかった。普通に飾りとしても不自然でないものなのだから、文句を言われる筋合いはない。ただ、アルベルティーナは気づいた様子もない。微塵《みじん》もない。清々《すがすが》しいほどに。

今は良いのだ、まだ。

彼女は、公爵との賭けのことを知らない。

初心《うぶ》な少女に、一方的な思慕を押し付けても混乱するだろう。場合によっては恐怖でしかないことくらい分かっていた。

二章　王家と血筋

部屋の中にはティーセットを広げたテーブルに、対面するようにラウゼス国王陛下とメザーリン妃殿下がいる。

エルメディア殿下とは違い、絵姿とあまり相違ない姿に内心安心する。これ以上ロイヤルファミリーの高貴で美しいイメージを木っ端微塵《みじん》にされたくない。

姿を確認するとともに、素早く礼を取りこうべを垂れる。

「久しい顔だ……いや、余が見たのはそちの母だったたな、そちの知らぬことか。相すまぬ。余りにクリスティーナの面影をよく残していたのでな」

「お言葉、有難く存じます。陛下の御心に母も喜ぶことでしょう……ご尊顔、拝謁賜らせていただき恐悦至極にございます。ラウゼス国王陛下、メザーリン王妃殿下。お初にお目にかかります。わたくしはラティッチェ公爵家、グレイルの娘のアルベルティーナ・フォン・ラティッチェでございます」

軽くカーテシーを深くする。めっちゃきついわー。知ってる？　カーテシーってドレスのスカートの中で交差して、カエル足状態のままスクワットするんだよ？　片足引いて中腰になるの。状況やドレスによって多少変わるけど、いずれにせよえげつない負荷なの。普段はダンス以外にそう運動していない淑女にとっては、美しいカーテシーって恐ろしい血と涙の結晶なのよ。

しかも従来のロマンティック系ドレスだと、ドレスを膨らますための器具や布がまたえげつないの。まろやかで優美なドレスの膨らみを維持するために、結構な重さなのよ。

多分、マーメイドドレスをはじめ、スレンダー系ドレスが年配者に受けたのってその辺の事情もあるのよね。ラインが出やすいぶん綺麗《きれい》な足さばきや姿勢が求められるけど、あのドチャクソ重たい重量級ドレス＋膨らませるための補助器具から逃れたかったのね……コルセットからの解放は未だ果せないのはまあこの際置いておきましょう。

ちなみに基本膨らんでいる系ドレスはクリノリンという器具を使う。

言っておくが、近代日本で見るたくさん布を重ねるものや、フリル状にしたものではない。ガチ器具だ。スカートをドーム状に膨らませるために木や動物の骨などとワイヤーで骨組みを組むのだ。それで理想のドレスラインを演出する。だが、骨組みやワイヤーの武骨さがバレないために布や綿を縫い込むものもある。そして、その上にさらにたっぷりな布地でラインをふんわり滑らかにさせる。つまり、スカートの動きや見目を整えるためにペチコートやパニエを更に穿く。これも有り無しで段違いなのよ。

上流階級の社交場では当然の必須アイテムであり、ここぞという盛装にはなくてはならない。

まあ、私はコテコテロマンティック系のドレスなどほとんど着たことがありませんが。

そもそもヒキニートには重たいものは無理です。ドレスを膨らませないといけない時は、最高級の軽量かつ頑丈性を持つ特注クリノリンを使っています。白い竹みたいな素材で、なんでも魔物の骨なんだって。骨なんだけど柔軟性があるし、よくしなるから壊れにくいし、何よりとても軽い。

ちなみに、本来なら武具に使う高級素材で、普通は素材にしないってジュリアスが引いていた。

そんなことするのはうちのお父様くらいだろう。なんでも、昔クリスお母様が、ドレスを着るたびに億劫そうにクリノリンやパニエ、コルセットのことを愚痴ったのがきっかけとのこと。

そういったものをはじめ私の持ち物にはお父様こだわりの品が多い――らしいですわ？　どれのことかよく分からないけど……。

「顔を上げよ」

続いてミカエリスやジブリールの挨拶と思いきや、それより早く陛下が礼を解く様に求めた。当然一番上の立場なので従うほかはない。

近づく足音と衣擦《きぬず》れを感じながらも、顔を上げれば思いのほか近くに陛下がいらした。

「その顔をよく見たい……ほんによく似ている、これで黒髪と王家の瞳であれば、まさに生き写しだ」

内心冷や汗をかく。

それ地毛と自前の眼がその通りです。そんなに似ていますか、陛下。確かに屋敷にあるお母様の絵姿と似ているな、と感じるけど生きていた頃のクリスティーナお母様をほとんど覚えていない私にはよくわからない。絵って多少誇張や絵描きの癖や主観みたいなのが入るので。

陛下の王家の血筋ともいえる緑の瞳には懐古がやってきているのだろうか。私の姿に私ではない誰かを重ねているのが分かる。

陛下は深い皺の刻まれ始めた目元を穏やかに緩ませ、よくよく覗《のぞ》き込まれる。

「グレイルの寵愛《ちょうあい》が傾くのも解《わか》るな……あれはクリスティーナが全てであった。全く、ルーカスもとんでもないものに手を出してくれたものだ。余計な事さえしなければ、グレイルはこれ以上にない王国の番人であるというのに……」

「陛下……」

深々とため息をつくラウゼス陛下の心が偲《しの》ばれる。大変申し訳ない、うちのお父様は本当に親バカなのです。

陛下の言葉に、後ろにいたメザーリン王妃は顔を青ざめ引きつらせる。

「メザーリンよ、よく覚えておきなさいと言っていたはずだ。他はともかくグレイル――ラティッチェ公爵家には余計な事をするなと。あれは権力にも名誉にも大金にも興味がないが、あれの宝にはけして手を出すな。目を向けるようにするなと」

陛下はまじまじと私を見て、ため息をつく。

「もう少しグレイルに似ていれば、多少は偏愛もマシだったかもしれぬが……この容姿ではクリスティーナを偲ぶなという方が無理だろう。不便をかけるだろう。グレイルは悪気がないが、非常に極端だ。少し人と愛情のさじ加減が違うのでな」

「いいえ、わたくしはお父様……いえ、父をとても愛しておりますもの」

役に立たないヒキニート娘を溺愛してくださるお父様。

他の貴族から妬み僻《ひが》みを受けやすいだろう公爵家において、悪口を叩《たた》くのに格好の的だろう。

そんなお父様を非難するつもりはないし、多少愛情が重くたってそれは私を傷つけようとしてのものではない。

お父様は愛情に少し不器用な、可愛《かわい》らしい方だ。そして、その愛情を注げるのが私だけなので、極端なだけ。むしろ、その愛情に満足に応えられないどころか、足を引っ張るばかりの自分が心苦しいくらい。

国王陛下は不思議な方だ。私はほとんどといっていいほど男性が苦手だけど、このお方はなぜか怖くない。お父様とは全然違うのに、私を見つめる優しい目に似た気配を感じる。安心するのだ。

自然と作り笑顔ではない笑みを浮かべることができた。

陛下は少し目を見張ると、少し苦みのある困った笑みを浮かべた。

「……グレイルが外に出したがらない理由がわかるな……」

すみません、もうポンコツ成分出ていましたか？

ちゃんと令嬢の猫を被《かぶ》っていたつもりだったんですが……この短い会話でどの辺が看破される原因でしたの？

内心非常に焦っていたのですが、ラウゼス陛下にぽんぽんと頭を撫《な》でられた私。

「グレイルを人に戻してくれてありがとう。クリスティーナを亡くして以来、酷《ひど》く荒れていたからな。アルベルティーナを取り返してから、目に見えて落ち着いたが……ああなったあの男はもう二度と見たくないからな」

なんだか一気に遠い目になったラウゼス陛下。うちのお父様が本当にすみません。

ヒキニートはおうちに居ただけで特別お父様に何かした記憶などないのですが、なぜか感謝されているので「陛下の慈悲こそ、感謝の極みでございます。もったいないお言葉です」と頭を下げておく。

そういえば、誘拐されて怪しげな部屋で箱詰めされた私を見つけた時のお父様の眼は、相当ヤバかった気がする。

わたくしには通常運転で溺愛モードですが、確かに魔王降臨モードのお父様は怖いです。進んでは見たくないですわね。

陛下はお父様と仲がよろしいのかしら？　なんだかそんな雰囲気がするわ。

にこにことしている陛下は、お父様より年相応プラス王という責務のせいか、少し老け込んで見える。もしかしなくともその影にルーカス殿下のあれこれや、本日のエルメディア殿下の何それも入っているのだろう。大変ご愁傷様でございますわ。

しかし……。

ぐーりぐーりと、ポンポンモードから頭の形をしっかり確認するようななでなでモードのまま陛下の手は離れない。これは普通のことなのかしら？　大叔父としては普通なの？　長らくお父様以外の年上の親類なんて……長らくどころか、今まで一度も会ったことありませんわね？　年齢だけなら、セバスが一番近そうなのだけれど……。

謎すぎて私の思考が宇宙に飛び立って、顔がフレーメン現象状態になりつつあった時、王妃の咳払《せきばら》いが響いた。

それがあって、漸く名残惜しげに陛下の手が離れる。

「ああ、お前たちはドミトリアス伯爵家の者たちだったな」

「ご機嫌麗しきこと、喜ばしく思います。陛下から覚え目出度《めでた》きこと厚く感謝を申し上げます。ドミトリアス伯爵家が当主ミカエリス・フォン・ドミトリアス、御前に参りました」

「ご尊顔を拝謁賜りますこと、誠に光栄でございます。同じくドミトリアス伯爵家当主、ミカエリスが妹ジブリール・フォン・ドミトリアスでございます」

「ドミトリアス卿《きょう》よ。先の大会、素晴らしいものであった。そなたのような者が我が国にいることが誇らしいぞ」

「お言葉、ありがたく存じます」

名乗りの挨拶に伴い再び頭を下げたミカエリスとジブリール。

私もそっと陛下から下がりたいのだけれど、手を取られている。

うん、捕まっているの。逃げられないの。

謝罪を受け入れに来たはずなのに、なんてことでしょうか。

ヒキニートのチキンはお父様に甘やかされまくって、目上の方への対応なんて碌にしたことがないの。チキンハートが震えているわ。

もしかしてお父様のやんちゃを咎《とが》められたりしない？　しないよね？　まだ失礼やってないものね、少なくとも私は……やって……ないよね？

「エルメディアの件はこちらで収めておこう。あれは少々思い込みが激しくてな。まあ、キシュタリアに目をつけなかっただけマシだったかもしれないが……」

「我が娘ながら、あれはいただけませんわ。ルーカスほどでないにせよ、教養を育んだつもりでしたが……」

扇で口元を隠しながら、痛々しげに王妃が言う。

ならどうにかせーや。お父様がお怒りのあまり教育係を全とっかえさせたと聞き及んでおります。あれ？　王子だけだったっけ？

まあ、王位継承権の高いルーカス殿下の教育が優先となるのは解ります。

「これ以上、グレイルを怒らせたら今度は本当に物理的に首が飛ぶであろうしな。直接手を下さぬとも、方法などいくらでもある」

「笑い事ではございませんわ、陛下！　ラティッチェ公爵に甘すぎませんこと!?」

「だが、ラティッチェ公爵は敵対しない。こちらから何かしない限り、な。あれは怠慢や愚鈍に厳しいが、間違いない仕事をする男だ。事実、謹慎以降のルーカスはようやく耳を貸すようになっただろう」

「ですが……っ」

「他はいつ寝首を掻《か》いてもおかしくない。今回の件で分かっただろう。どれだけ言い含め注意深くしていても、ルーカスもレオルドもまだ若い。女の色香に惑うこともあれば、恋に狂うこととてあり得よう。力のない男爵家だからよいものの、それが伯爵家以上や、もし四大公爵家の娘に入れ込んだら目も当てられぬよ。幸い、あやつらの婚約者の令嬢自体は次期王妃として努力に心血注いでいるならまだいいが、例の娘のように奔放であれば？　その親が国を顧みぬ野心家であったらどうする？」

雲行きが怪しくなっていたが、メザーリン王妃はラウゼス陛下の問いに唇を引き結んで俯《うつむ》いた。

国家の御家騒動に巻き込まないでくださいましーっ！

「もし例の娘がよしんば王妃になれたとしても、あれでは火種にしかなれぬ。あれから生まれた胤《たね》が我が息子のものか疑わしくすら感じる。未婚でありながら、ずいぶん派手に浮名を流すと聞く」

それ絶対、貴族の令嬢としてアウトですわ。

でもそれがシャレにならないのがレナリア嬢の恐ろしいところ。しかも、王子もそうとう入れ込んでいたから、托卵《たくらん》に気づかない可能性あるよね……。

メザーリン王妃は怒りから、一気に青ざめた。それ王家としてもアウトですわよね。

王家は、代々伝わる魔道具や魔法がある。うちの国の魔道具は防御型らしく、戦に打って出るにはいまいちだが、防御に関しては超一流ときく。わたくしの記憶の範囲では、生まれる前に大きな戦は終結してしまいましたし、その魔道具を伴う魔法が展開されたのは半世紀以上前と聞く。王家の魔法が使われる時は本当に王国の危機に瀕した時。秘蔵であり、最後の砦《とりで》。まさに虎《とら》の子である。

そんな必殺技が使えるからこそ、王家の一族の血統は絶対遵守されるべきとされる。

だからこそ王家の瞳に狂信的な貴族が多いのも頷《うなず》ける。古い貴族というか古参ほど絶対視している。

お父様はどうなのでしょうか。生きるチートみたいな存在ですが、お父様って少し人よりずれた価値観をしていらっしゃるし。

サンディス王国が安定して国を保っていられるのはその魔道具や魔法のおかげ。

大国に飲み込まれないのは、隣国がこの防御魔法を打ち破れないから。まあ打ち破るには、それだけ極大魔法を使わなきゃいけないし、それってロストアーツ系の各国秘蔵の魔道具ありきのこと。しかし、それで火力強すぎて大地を焦土にしてデカい砂漠や穴ぼこにしてしまったら意味ないわよね。数百年以上前にそんなこともあったらしいけど、いまだにそこは広大な荒野だそうです。魔物が蔓《まん》延《えん》ってその周囲の国は余計なことをしやがりやがってとしか言いようがない。ぶっ放した国自体は、採算の取れないその土地を放置して知らんぷりしたという。酷いにも程があります。

メザーリン妃殿下と、第二王子の母君であるオフィール妃殿下は、嫁いで長らくお子に恵まれなかった。ようやっと恵まれたお子はあまり王家の色は出なかった。そんな王妃にとって、もし孫にあたる子に王家の色が出なかったら、口さがない者たちからどんな批判が飛ぶか。殿下の伴侶となる方もそうだけど、国母となった方にも十分飛ぶ可能性がある。子供の眼の色なんて、誰かが選べるものではないのに……。

嫌ですわ……王家の闇が深すぎる。業が深すぎますわ……。

なんでこんなドロドロと悩みの多そうな場所に、あのレナリア嬢は飛び込みたがっているのでしょうか。理解に苦しみます。

ずいぶん遠回りな自殺にしか思えませんわ。ストレスマッハで死にそうですわ。

イケメン侍らせてウハウハといった具合の女性のようですが、薄氷の上と理解してないのね。

あれ？　もしレナリア嬢が王子とゴールインしても、お子ができなかったら？　そうでなくても緑目のお子様に恵まれなかったら王家の近い人間にとばっちりが来たりするのかしら？　ジブリールも、私が一番近いとか言っていたけど……ぞっとするわ……。

でも、メギル風邪の歴史と各地の王家断絶寸前の歴史は結構密接。サンディス王家も幾度となく危険にさらされてきた。

何せ魔力持って何ぼの王族。ことごとくメギル風邪の恐ろしすぎる本領発揮だ。これでもかと魔力持ち特攻が入った。直系根絶やしにされ、サンディス王家も傍系から何とか王家の血筋を調達したことも珍しくない。

そうよね。緑目狂いなんだから、どこかに血を守る一族が一つや二つあってもおかしくない。

うん、大丈夫だわ。私の出番はきっとない！　はず！

思考の海に沈みかけていたが、音を立ててメザーリン妃殿下が立ち上がったことで引き戻された。

貴婦人が大きな音を立てるのは基本よろしくない。

顔色の悪い王妃は「気分が悪いので失礼しますわ」と、侍女を伴って去っていった。

それを見送った陛下のご尊顔は、何とも複雑だ。

「……あれも、王家の色のことで苦労した口だ。痛いほど気持ちが分かるのだろう。国のために必要だと理解しても、漸く授かり腹を痛めた子を否定されるのは苦しかろう」

ルーカスにもあれの苦労を理解せよ、と何度も言っているのだが——と静かなため息とともに、陛下が言う。

あー。メッチャ苦労してる人だ。

あの恋に浮かれポンチと化した王子様らにどれだけ届いているか分からない。普通に貴族のマナーをブッチしまくった王子様だ。苦労も偲ばれるというものです。

きっとルーカス殿下が王太子となることを悲願としているメザーリン王妃としては、レナリアはとんでもない悪女に見えていることだろう。レオルド殿下という同じ年の異腹の弟がいるとなればなおさらのことである。

そしてなぜか私は陛下の隣です。

いつの間にかテーブルを挟んで、ジブリールとミカエリスもいるけど何とも微妙な顔をしている。

「すまぬな、姪《めい》のクリスティーナにも似ているが、やはり姉上にもそなたは似ているのだ。……二人とも随分早くに喪《うしな》ったものだから、どうも離れがたくな。これでも、姉上たちとは仲が良かったのだ」

私の顔はお父様に特効が入るだけでなく、大叔父こと国王陛下にも特効が入るみたいです。アルベルティーナのお顔って本当にお得なのね。道理で原作アルベルが以下省略……。

うえーい！　甘やかしてくれる人、大好きぃ。ヒキニートは甘えさせてくれる、安全な人の気配に敏感です。

そんな王様らしからぬ癒《いや》しのオーラを振りまいてくれるナイスミドルな陛下にニコニコしてしまう。

あの金髪王子は嫌いだけど、わたくし国王陛下は好きだわ。

……はっ！　こんな寄生虫根性があるからいつまでたってもポンコツで、自立したレディになれないのよ！

その頃、荒れた室内で、エルメディアが吠《ほ》えていた。

「ミカエリスと結婚できないってどういうことよ⁉」

感情をまき散らしながら吐かれた怒声に、背後に控えていたメイドは肩をすくませた。

床には叩き落とされたティーセットが散乱していて、暴れ回るたびに椅子やテーブルがごろごろ転がる。今は熱心にテーブルクロスを引き裂いている。品性の欠片《かけら》もなく荒っぽいこの御仁を、誰がこの国の王女と分かることか。何も知らずに見たら完全に野獣である。

エルメディア王女はこの会場に来るまで、ドミトリアス伯爵が優勝した暁には自分に剣を捧《ささ》げて求婚をしてくると疑っていなかった。

事実、力ある伯爵家といえ若き美貌の伯爵が、王家の圧力を弾《はじ》いてまで王女からの輿入《こしい》れを断るのは難しかっただろう。ドミトリアス伯爵家を相手取るだけでよければ。

しかし、まさか会場にラティッチェ公爵家の秘宝とすら言われている――ついこの間までは二目と見るのも憚《はばか》られる『落ちこぼれ令嬢』だの『怪物姫』だのと揶揄《やゆ》されていたアルベルティーナが来るとは思わなかった。

思い出すだけでため息の出そうな美貌であった。絶世の美とはああいうのを言うのだろう。

父の公爵と同じ柔らかいアッシュブラウンの長い髪に、同じ色の長い睫毛《まつげ》に縁どられた大きな宝石のような明るい青の瞳。陶器を思わせる滑らかさと透明感のある白皙《はくせき》の肌でほのかに色づいた頬と、小さくふっくらとした唇。細い顎と小さな顔の中に絶妙なバランスで収まるパーツはすべて極上だった。細い首の下にある体は、全くと言っていいほど露出がないにもかかわらず、色香を感じさせる女性的な体つき。胸は豊かである反面、腰や肩や腕は驚くほど華奢《きゃしゃ》だった。

僅かに聞こえた声は、その姿に相違なく可憐《かれん》で優美だった。一つ一つの所作も洗練され、優雅でありその周囲だけ空気が違って見えるほどだ。

典雅で優美。これぞ深窓のご令嬢という雰囲気があった。

かつてエルメディア王女と間違われて誘拐されたという公爵令嬢は、確かに並べば間違いなくあちらを王女と思うだろう貴婦人だった。

ましてや王女はあまり国王に似ていないし、太りすぎていることもあり、よく見なければ王妃にもそれほど似ていない。美化されて描かれた姿絵は詐欺に等しい。目ぼしい才能もないため、その見た目ゆえに王女を陰で貶《おとし》める人間は少なくない。そして、それを知った王女の癇癪《かんしゃく》はさらに激しさを増し、暴食が増え、ますます陰口が悪化の悪循環である。

件《くだん》のラティッチェの姫君をドミトリアス伯爵が、隙なくエスコートをしていた。

あの、浮いた話が一切なく、その反面多数の女性から絶えず秋波を受け続けていたあの伯爵。その真面目で堅物とすら言われるほど、女性に対しては紳士である一方、戯れでも必要以上に関わらないことで有名な美丈夫だった。そんな騎士の鑑《かがみ》であり伯爵のミカエリスが、年頃の令嬢を密着してエスコートしていたという。そして、あまつさえ微笑を浮かべ、見つめる眼差《まなざ》しは今にも蕩《とろ》けてしまいそうなほど情熱的だったと別のメイドも言っていた。

噂《うわさ》でドミトリアス伯爵はずっとある女性に想《おも》いを寄せているとあった。その正体が判明した。

間違いなく、エルメディア王女には勝ち目がないだろう。

ここ最近は醜聞の多い王家。正妃の娘でありながら常に第一王子のおまけ扱いだった第一王女。王家というアドバンテージがあるが、その姿はオークの血が入っていると言われるほど醜く肥えているうえ、言動が残念すぎて碌な噂がない。

しかも相手は貴族の中でも屈指の家柄。四大公爵家でも最も力あるラティッチェ公爵家直系の令嬢となれば、旗色が悪いにも程がある。

元帥にして広大な領地を有するラティッチェ公爵。ラティッチェ領と言えば最近は商業にも力を入れていると名高い。国内の最先端はすべてそこに集うとすら言われる大商会を持っている。

アルベルティーナは社交界に出ない。それは王家の失態が原因。誘拐時に受けた傷や精神的損害を含めて王家から多額の慰謝料を送られ続けている――治らない傷跡は、そのまま彼女の瑕疵《かし》となる。

それは王家が彼女の一生を贖《あがな》い続けるという契約だ。

王族の血を引き、大貴族の家に生まれて将来を約束されたはずのアルベルティーナの人生を台無しにしたのだから当然だった。

何もなければ、彼女はどんなに令嬢として性格に問題があっても、望めば次期王妃の第一候補だっただろう。

アルベルティーナは領地で静かに隠遁《いんとん》するように過ごしている。彼女の名前を聞いたのは、少し前に王都からラティッチェ領、現在はドミトリアス領まで続く街道を整備したり、街の清掃に力を入れたりしているという実に地味なものだ。

だが、それは地味でありながら民の生活に密着していた。多くの雇用と、直接的・間接的な利益を生み出したのだ。また、貴族たちがドミトリアス領の高級リゾート兼保養所に行くのに、あの街道は欠かせないものだった。

生活に根付いた施政をする領民思いの令嬢は当然民に愛された。

街道が整備されたことにより、人の往来が増えた。安全かつ迅速に運搬できるようになった。より商品を取り扱いやすくなった商人の中には、見たこともないアルベルティーナを女神の様に絶対視する者もいるという。

だが、あの感動すら覚える美貌を見たら、一層その信望は増しそうだ。

第一王子と第二王子が失脚し、急遽《きゅうきょ》担がれた王女より、長らく国の重鎮として国内外から畏怖を集める生粋の実力者の愛娘《まなむすめ》の方がよほどいい。

生家が王家というのは響きはいいかもしれないが、少し現実を見れば断然後者の方がいい。

繰り返すが、何せあの美貌。

そして少なくとも、万年ヒステリーな肉王女よりきつい性格ではないだろう。あの華やかな美丈夫の伯爵が顔だけで選ぶとは思えないが、あの美貌は強烈すぎる。何人もの騎士が腑《ふ》抜けて夢見心地になっていた。そのたびに、伯爵から絶対零度より厳しい視線を受けてビビり上がっていたが。

王女がどう暴れても、ミカエリスはすでにもう手が届かない。

相手がラティッチェ公爵家以外の娘であればどうにかなったかもしれないが、あそこまで親しげだと彼は婚約者に内定している可能性はある。そうじゃなくても、候補に挙がっていておかしくない。

相手は頭が切れすぎて読めない公爵だ。

触らぬ神になんとやら。恐怖の代名詞である魔王公爵を、態々《わざわざ》突《つつ》き回すのは利口でない。

ルーカス殿下も、ラティッチェ公爵の怒りに触れてからすっかり塞ぎ込んでいる。ここでエルメディア殿下までやらかしたら、正妃であってもメザーリン妃殿下の立場が危うくなるかもしれない。

もともと、ラウゼス陛下が玉座に就いたきっかけが、ラティッチェ公爵であるグレイル卿と姪のクリスティーナの結婚を反対しなかったことから交友が始まったという話がある。それゆえにラティッチェ公爵が比較的当たりが優しいという噂もある。

確かに公爵の王家嫌いは公然の事実なのに、王に対してはそこまで表立って対立はしてこない。やろうと思えば、彼は娘を使わずとも王家掌握など朝飯前のはずなのに。

その息子である殿下たちのお仕置きの厳しさを見ると、その噂も首を傾《かし》げるが、充分殿下たちもやらかした後なので何とも言えない。

いまだに暴れ回る肉王女を見て、メイドはそっと気づかれぬようため息をついた。

本当は早く床も片づけたいのだが、絶えず物が飛んでくるので動けないのだ。

そして思う――――もっとあの絶世の美少女の顔を拝んでおきたかった。

メイドの趣味は『美形観察』。美しい人を老若男女、すべて愛している。あくまで観賞用として。

その趣味故、この肉王女付きのメイド――――という監視役をしている。基本仕事ができるうえ、どんなに親しくても麗しくない人間には一切絆《ほだ》されないメイドは、その性質故にこの役目につけられた可《か》哀想《わいそう》な女であった。

今までのおべっか使いの教師や使用人たちは軒並み公爵により排除された。

新たにつけられたまともな教師たちは今からでも王女を矯正し、後々には然るべき場所へ嫁がせるために今から必死で動いている。しかし、王女にしてみれば甘やかしてくれる人間がいなくなり、一気に小うるさく厳しい人間に囲まれ非常に苛立《いらだ》っている。

本当に必要なのはどちらかさえ、エルメディアには判断できないほど、彼女の眼は濁り切っている。どうして王女なのに笑われるのか——その怠惰そのものの醜い姿と、子供じみた癇癪と浅はかな性格が透けて見えるから。

どうして王女なのに敬われないのか——王女としてなすべきことをできない、知ろうともしない少女を誰が真に王女と仰げるのか。

どうして王女なのに許されないのか——王族というのは、やるべき責務を果たすべくいる存在。利己的な行動、横暴が全て許されるわけではない。

ノーブレス・オブリージュを滑稽なほどはき違えた王女。

憐憫《れんびん》は覚えるが、同調や同情はしない。


あの後、しっかり改めてエルメディア王女とミカエリスの婚約はなしという確約を得て、国王陛下の思い出話を聞かせていただきました。

そして私はようやく元の貴賓室に戻る運びとなりました。

本来なら王家は王国の最高権力者。その国王陛下が王子殿下たちと王女殿下の非礼を詫《わ》びる形で、ドミトリアス家やラティッチェ家の行動もお咎《とが》めなしです。

実際は婚約者でも何でもないのに、出張っちゃったしね。エルメディア殿下はあれでも王女だし、ある程度は顔を立ててやって欲しいらしい。国王陛下が内々とはいえ頭を下げるのだから、飲まぬわけにはいきませんわ。むしろ陛下の心労を慮《おもんぱか》り、ミカエリスが恐縮しきりでした。

あと、またお父様がご機嫌斜めになると困るって陛下がおっしゃっていました。

お父様は陛下自体ともかく、メザーリン王妃とはお世辞にも仲がよろしくないらしい。余り近づけたくないそうです。

それが一番本音ではなくて？　そう思ったのは私以外もいたはずですわ。

メザーリン王妃は実力もあり人望の厚いミカエリスにあの王女を娶《めと》らせて、派閥強化を狙いたかったようだ。ルーカス殿下の暴挙が余罪込みでお父様に滅茶苦茶《めちゃくちゃ》絞られて、今は肩身が狭いらしい。

ならお父様と交流あるミカエリスに手を出すなと思うのだけれど、王妃的にはお父様の派閥の人間を取り込んで一矢報いたかったそうですが……。

それ、むしろお父様がサクッとミカエリス処分フラグ……？

もしくは王女派閥に巻き込まれて全面衝突？　どっちも大変やべえでござる。

お父様を口説き落とした、ジブリールの危機管理能力がぐぅ有能だということは理解しました。

メザーリン王妃はお父様の私以外へのスーパードライっぷりを、まだ理解していないらしい。

移動中、ミカエリスがずっとぴったりエスコートしてくれたおかげで、帰る途中数人待ち構えていた人たちは一睨《にら》みで散り散りとなった。

何だったんだあれは。意味不明。

気味が悪くてミカエリスに思わずくっついてしまったが、彼は笑顔でさらに抱き寄せてくれた。このまま片手で持ち上げたりしないでくださいましね？

「あれはお姉様に剣を捧げたいと、自ら名乗り出ようとしていたのですわ」

「あの方々、存じ上げませんが」

「貴賓席で、王族と負けず劣らずの場所にいる貴婦人など上級貴族のみ。おそらく、上手く行けば美《お》味《い》しい思いができると思う反面、下心もあったというところでしょう」

「騎士の誓いをその様に軽々しく使うべきでないかと……」

そういうのって、下手をすれば一生モノなのでは？

下心って何？　騎士が下心とか腐っていやがるとかしか思えないわ。ほぼ初対面の相手になんて。

勝手な幻想かもしれないけれど、そんなことをしようとした人たちに顔を歪《ゆが》めてしまった。

「大丈夫ですよ、アルベル。近づかせませんから」

「お願いします。いきなり知らない方に話しかけられても、恐ろしいだけですわ」

ヒキニートの人見知りを舐《な》めないでいただきたい。

いきなり接近したら、ミカエリスに上るかもしれない。令嬢としてはパーフェクトアウトだ。

せっかく被った猫が全て四散して、ずる剥《む》けになってしまいますわ。

気を付けなくてはいけないわ。緊張してミカエリスと離れない様に歩いていると、窓から外が見える。そこには屋台がひしめき、大きな広場のような場所で大道芸をしている人たちが見えた。

「まあ、あれは何を売っているの？」

「串焼き、焼き菓子、あと揚げ物やスープ類ですわね。他にもパンや果実水、酒類も取り扱っていますわ。観戦しながら気軽に食べられるものが多いですね」

「たくさんあるのね」

公爵家では見たことないものばかりだ。思わず立ち止まってしげしげと眺めていると「いけませんよ」とアンナがちょっとだけ厳しい口調で止めにかかる。

でも、滅多に屋敷から出ない私が平民たちの食べるものを窺《うかが》い知るなんて貴重な機会だ。庶民は基本的に、黒パンと野菜のスープが食事の主流でそれプラス肉があるかはその家のお財布事情らしい。ラティッチェ領では中流家庭でそこそこ裕福であれば白パンも流通しているという。

そもそも、私が庶民の生活を知ろうとするのを、あまり良く思わない節のある使用人たち。修道院についても、情報収集しようとするたびに必ず「お嬢様には必要のないことではありませんか？」と非常に柔らかいものの、止めにかかられたものである。

ジュリアスに至っては、一定以上は「ダメですよ」と鉄壁の笑顔で突っぱねられた。

ローズ商会の事業上必要な情報は多少教えてくれたけれど、基本上流階級向けの商品の取り扱いが多い。嗜好品《しこう》や美容品、ファッションの取り扱いがメインだもの。

私の中でへなちょこ悪役令嬢が囁《ささや》く。

……対お父様のおねだりって、アンナにも効くかしら？

「ねえ、アンナ」

「はい」

「どうしても、少し食べてみたいの――お願い」

ちょっとだけ甘えるような声。ほんの少し首を傾げて、眉を下げて両手を顔の前で合わせたまま、じっとアンナの茶色の瞳を見つめる。

じわじわとアンナの顔が真っ赤になっていき、そのままぐらりと後ろに傾いだ。隣にいたスミアともどもぶっ倒れるところでなんとか手をついて堪えたものの、スミアは腰が抜けたようになっている。

「そ、それは卑怯《ひきょう》ですよ、お嬢様……」

「ねえ、少しだけ。たくさん欲しいとか、お酒が欲しいとかじゃないわ。普通のものでいいの」

イケるかな？　イケるかな？　結構効いているっぽいんだけど。

内心すごくドキドキしながら、アンナにさらにお願いをする。命令するのは簡単だけど、それじゃダメなのよ。

お願いという形でもかなり強制力はあるけど、メイドとして私に不審なものを食べさせられないという大義名分のあるアンナは、突っぱねることもできる。

「ねえ、アンナ。ダメ？」

「………お一つでしたら」

「ありがとう！　アンナ！」

「……アルベルティーナお嬢様、恐れながら私からも一つお願いが」

「なぁに？」

「それは絶対、公爵様以外、主に男性にはやらないでください」

「……私がねだる相手なんて数えるほどよ？」

「やっていませんよね？　特にジュリアスやキシュタリア様とか！」

這《は》いずる様に私の方にやってきたアンナは、よれよれで顔を真っ赤にした状態で、しかし口調はしっかりと問いただしてきた。

何故ジュリアスとキシュタリアの名前が？　まあ私の身近な男性なんて彼らくらいよね。

「お父様以外にちゃんとおねだりしたのは、アンナが初めてよ？」

「お嬢様……そういうところです。そういうところがお嬢様を外に出せない原因です」

解せぬ。

ヒキニートには分からない事情でござる。

なんで泣きそうな顔なのに嬉《うれ》しそうなの。器用なアンナの表情筋に首を傾げることしかできない。

とりあえず屋台の軽食を一つゲットできた。飲み物でもいいのかしら。ウキウキしていた。何故かミカエリスがすごく顔を逸らし、ジブリールは真逆でこちらをガン見していたのは少し気になったが、この際置いておこう。

アンナは「知っていたけど、知っていたけれどお嬢様が可愛すぎて辛《つら》い……幸せすぎて辛い」と意味不明なことを言って空を仰いでいる。毎日顔見ているじゃない。

普段は冷静なアンナがご乱心でござる。

天啓でも受信したように膝をついたまま「ふぉおお」と呻《うめ》きを上げて手を空に向けて伸ばしていたので、その手を取るとさらに呻きは増して悪化した。

本当にご乱心でござる……この技はお父様以外には封印しておこう。

へろへろなアンナを気にしながら、貴賓席に戻る。ミカエリスは出場者であり、優勝者としての部屋もあるらしいが、私を気にしてかついてきてくれた。

スミアが扉を開けると、そこには屋台の料理らしきものがずらりと並んでいた。

スミアが閉めた。その顔は驚愕《きょうがく》に染まり、若干震えている。混乱の坩堝《るつぼ》に陥ったことがよくわかる。自分の目を疑っているようだ。

一度開いた扉から、僅かに香ばしい焼き菓子や串焼きの甘辛い匂いが漂う。それが、先ほどの光景が現実だと知らしめていた。

「影の仕業ですわね。一つでいいとお姉様も仰っていたのに、先走りましたわね」

「まあ、嬉しいわ。影の皆さん、ありがとう」

「アルベル、アンナとスミアに念のため毒見をさせてからお召し上がりとなります。それは譲れません。ご了承いただけますか？」

「ええ、勿論！」

即答すると少し苦笑したドミトリアス兄妹《きょうだい》。その表情は兄妹らしく、似通っていた。

ついさっきの会話から、どうやってここまで揃《そろ》えたか謎過ぎるが深く考えない。

実は影が「下手にうろついて買い物したがられると困る」「そうじゃなくても迷っているうちに欲しいものが無くなったりしたらそれもまずい」とすべて先回りして買い、本来なら数枚の銅貨や銀貨で済むはずのものを金貨を叩きつけ、まさに金に物を言わせて分捕るようにしてかき集めたのだった。

公爵家の影は、長年アルベルティーナを見守っている者も少なくない。

隠れガチ勢が多い。

屋敷に公爵不在の時などは、ＹＥＳお嬢様ＮＯタッチの精神で、気配を殺して常に見守り続けていた公爵公認ストーカー状態の護衛たちである。

などと、ポンコツは当然知ることがないのです。

なんだか自分にとても嬉しい展開になったのは理解して、暢気《のんき》に喜んでいた。

「慣れない味ですが、美味しいのね」

屋台の料理に舌鼓を打っていると、仕方がないと困った顔をしながらも、それを微笑《ほほえ》ましげに眺められる。

何故私はこうも幼女扱いなのでしょうか……。

若干の不満を覚えながらも、初めての庶民のお食事に心躍らせていた。

香辛料の効いたお肉は、ぴりりとした辛さと炭火で炙《あぶ》った香ばしさがマッチしている。程よく油が落ちていて美味しい。

焼き菓子は木の実が混ぜ込んであり、それが食感のアクセントになっている。生地自体はそれほど甘くはないのだけれど、表面部にシロップか何かの蜜が塗り込んでありそれが齧《かじ》った瞬間ふわりと香る。中にはハーブ入りのものもあった。

素朴ながらに色々と工夫が感じられるものばかりだ。

庶民の屋台、侮りがたし。お祭り補正もあるけど、結構なお味です。

これを蜂蜜やお砂糖を少し増やして、オレンジピールみたいな柑橘《かんきつ》系のものを入れても美味しそう。

そういえば、ゲームで目当てのキャラにお菓子をあげて好感度アップとかあったわね。ピンクのリボンとラッピングのやつ。手作りお菓子は基本小アップなんだけど、好みのお菓子や贈り物で好感度をさらに上げる。課金アイテムのショップで好感度大アップできる特別な贈り物や愛の妙薬とかあった。確かミカエリスは古武術の指南書とか、ロック鳥の防火マントとかそういうのなのよね。実用的というか、ストイックというか。王子なんかは孔雀《くじゃく》石のカフスボタンとかすごく高級なものなのよね。

ちょっともそもそになった口の中を紅茶で流し、またちょっと摘まむ。

うむ、至福です。

「そういえばミカエリス、決勝でヴェアゾさんという方と当たっていたでしょう？」

「ええ」

「随分こちらの剣術とは違って見えたのですが、あれはどちらの流派のものなのでしょうか」

「あれは我流に近いと思います。狼人族《ろうじんぞく》をはじめ、獣人系は細かい部族に分かれて個々に腕を磨くのが主流と聞きます。習うより打ち合いや鍛錬の中で盗み取るような形ですね」

「なるほど、だから随分変わったものだったのですね」

「これが試合ではなく実際の戦であれば、ヴェアゾは剣を取られた後も自分の爪や牙で応戦してきたでしょうね。

彼らは魔法の力は我々に劣りますが、純粋に肉体的な身体能力はこちらを凌駕《りょうが》しますから。ですが、こちらは肉体強化の魔法で対抗することが可能です。

獣人族の真骨頂は優れた嗅覚や聴覚を駆使した、夜間の強襲や奇襲です。我々とは違う感覚を持つということは、はるかに優位ですから。

サンディス王国では表立って対立はしていませんが、百年ほど前は戦も多かったと聞きます。最終的には大きな魔法で圧倒され、あちら側はゲリラ戦で抵抗するしかできなかったとも聞きます」

つらつらと出てくるミカエリス。

領地を持つだけあって、色々と戦にも詳しい。ドミトリアス領は国境に接する場所もあるし、魔物が少なくない。それらに紛れて他国や部族からの強襲も過去にあったのだろう。

「今では過去ほどの軋轢《あつれき》はありませんが、古い人間の中には未だに蟠《わだかま》りを持つ者もいます。また、その能力故に獣人は人間専門の暗殺者になることもあります。それは故郷以外では差別故にまともな職に就きづらいという、亜人共通の苦悩でもあります」

「そういえば、決勝戦でヤジも酷かったですわね」

「褒められることではありません。あのような者たちが未だにいることは心苦しいことです。自国の民を応援したいのは解りますが、他者を貶めていいわけではありません」

「今回は剣術を競う大会ですし、出場要項を満たしているのですから彼が非難される謂《い》われなどないはずですのに……」

あのふさふさの尻尾と、ぴんと立った可愛いお耳のついた後頭部の良さを理解できないなんて、心の狭い方もいるものだ。

狼とワンコは違うと分かっていても、あのお顔のシルエットはどう考えてもイヌ科。動物好きの心は疼《うず》きます。

ですが、犬は噛《か》むかもしれないし、猫は引っかくかもしれないと、お屋敷で飼うことは許されませんでした。

それにヴェアゾさんは正々堂々と戦っていたのだ。人の中にも反則ぎりぎりの魔道具を使っていた人たちはいた。実際退場を受けた人もいたのだけれど。

「粗削りでしたが、いい剣筋をしていました」

普段私に向ける穏やかなものとは違い、好戦的な笑みを浮かべるミカエリス。好敵手としてヴェアゾさんを認めているのだろう。

ジブリールは一人勝ちだといっていたが、ミカエリスは一戦交えた中に、ヴェアゾさんに光るものを見つけたようだ。楽しそうで何よりである。思わずこちらも笑みが漏れる。

前の世界でもそうだったけれど、やはりどこも差別はあるのね。

こちらは身分階級による差別と亜人、異民族への差別があるよう。

身分階級については、どうしても大なり小なり発生してしまうものだ。社会や国家という団体を形成する場であればなおさらなければ混乱を生む。

どうも箱入りヒキニートはそういったものに触れる機会が薄く、あまり意識がない。疎いのだ。

そういえば、レイヴンが余り人に好まれないのはあの異国風の容姿が原因だったのかしら？

思えばサンディス王国には浅黒い肌は珍しいような。レイヴンは異種族や異民族なのかしら？

自分と違うものを排除しようとするのは、生物共通の本能でもある。

理解し合えと強要はしないけれど、相容れないものをむやみやたらと敵視しまくるのはやめて欲しいものである。せめて、実害がないなら距離を置きたがるくらいにしておいて。

「来年も楽しみですわね」

「そうですね……来年こそはと思います。純粋に、私からお呼びできればと願います」

今回はエルメディア殿下絡みですものね。

幸いなんとか追っ払えたし、陛下自身にもエルメディア殿下を説得いただけると言質《げんち》を取った。

国王陛下と、騎士たちやメイドたちのなんだかすご～く生ぬるく夢見心地な視線は気になるけれど、ヒッキーに謁見の機会という次はないはずだ。気になる視線はシスティーナお祖母《ばあ》様効果でしょうか。

あ、それよりお父様から許可もぎ取れるかしら？　お父様とご一緒したいとおねだりすれば、比較的簡単に通るとは思いますが……多忙なお父様を煩わせるのは気が引けますわ。

ちょいと揚げ菓子を摘まみ、口に運ぶ。油がちょっと癖のある匂いがする。動物性油なのかしら。それとも何か入れているのかしら？

この揚げ菓子、ちょっと貴族風にアレンジしてもいいかもしれない。

ドーナツ……某もちもちドーナツを再現したい。

そんな願望に夢を馳《は》せていると、空いていた手をそっと隣から取られる。

いつの間にか、いわゆる恋人つなぎに絡められていた指としっかり握られた手。もぐ、と咀嚼《そしゃく》しながら私の手を取る大きな手をたどると、それはミカエリスの腕に繋がっていた。

顔を上げると、迫力のある美貌に艶《あで》やかな笑みを浮かべたミカエリスがこちらを見ていた。

思考が停止した。

これ以上は気づいてはダメだと何かが警報を鳴らしている。

愛想笑いさえ返すことができず、すーっと目を逸らしてもくもくとドーナツを無心で食べた。

ポンコツが乙女ゲーキャラ屈指の、腹を決めたら一直線となった超ガン攻めモードのミカエリスに勝てる気がしない。

あれ？　私、断っていたよね？　色々好意は寄せられていたけど、お断りしていたよね？

今回はやべー縁談が来そうだから緊急ＳＯＳだっただけだし……。

なんでミカエリスはあんな目で私を見るのかな？

魔王付きの要介護幼女ぞ、私。

外見は抜群だが、貴族として生活力ゼロの役に立たない生粋のパラサイターぞ？

悶々《もんもん》とした思考の中、唐突にすり、と指の腹をなぞられて更に止まった。その後も、ゆっくりと指の形をなぞるように、撫でられる。その動きが妙に官能的で、なんだか背徳的に思えた。思わずすぐさまミカエリスを見ると、にこりと余裕ある笑みで返された。

おおぅ……美形オーラしゅごい……流石ジブリールの兄……。

キラキラしてる……眩《まぶ》しい……ヒキニートなんかが隣に座っていてすみませんと自分を蔑みたくなるくらい輝いて見える。

どうしたらいいのかわからず、だんだん混乱より羞恥や恐怖が勝り、嫌な汗をかき始めた。

体がぶるぶると震え出してしまう。それに気づいたのか、ミカエリスは苦笑してまた何事もなかったように手を離してくれた。

本当にヒキニートをからかうのはやめて……蚤《のみ》の心臓が弾け飛びます。

心の焦りを鎮めようと、一人焦ってこくこく紅茶を飲んでいた。

その姿を、少し困ったように──だけれど何かを見極めるように見つめていたミカエリスに私は気づかなかった。

その後は、何事もなく和やかに屋台料理に舌鼓を打ち、和やかな談笑が続いた。

ミカエリスはいつの間にかそっと離れており、気づいたら私の隣にはジブリールがいた。

ジブリールが可愛い……エルメディア殿下対策に、なぜかドレスの下にトンファーみたいな鈍器を隠し持っていたけれど、そんな姿もチャーミング。ギャップ萌《も》えという奴ですね。

ドレス姿ですが、そのトンファー捌《さば》きは見事でした。何故かミカエリスとスミアは青い顔で項垂《うなだ》れていましたが。

余ってしまった料理は捨てるなんて言語道断！　これはラティッチェで持ち帰り、冷凍保存するのです。そして、今後改良するために少しずつ食べきって色々吟味を──と思いましたのに、異様な闘志を燃やしたラティッチェのシェフたちにより持ち帰った傍《そば》から胃袋直行で瞬殺されました。

彼らがやる気に満ち溢《あふ》れているので、串焼きともちもちドーナツから始める予定です。

そんなこんなで、色々すったもんだあったけれど、剣技大会は無事終了しました。

……わたくしのプリンセス像は砕け散りましたけれどね！

幕間　幼馴染会議

キシュタリア、ジュリアス、ミカエリスは学園のサロンの一室に呼び出されていた。世間話をしに惰性で集まったのではなく、とある人物に呼び出されていたのである。

もちろん、普段も情報交換や面倒な女子生徒から逃げるために三人が固まることは少なくない。

生徒はキシュタリアとミカエリスだが、ジュリアスは従僕としてラティッチェ家と学園を定期的に往復している。手紙でも報告は各自しているが、ジュリアスは事業に関わる仕事も持っているのでどうしても学園を離れる。

ミカエリスもドミトリアス伯爵家の当主であり領主として、執務をするために戻ることもある。ある程度は執事がこなすことも可能だが、やはり領主がしなければいけないことは多いのだ。忙しさが増せば、寮やサロンの一室を執務室として借りる。

なので、この三人が集まること自体はそう珍しくない。

周囲から見れば見目麗しい公爵子息、伯爵、子爵が集まっているのだから当然注目を集める。

ジュリアスはラティッチェ家が仕える先であるから従僕としてもいられるが、普通であればわざわざ使用人の真似《まね》事などしない。一人の貴族として振舞うことが許された立場であるのだから。

ラティッチェ公爵家の事業拡大の立役者の一人として、爵位を得たジュリアスは実力派の成り上がりとしても知られている。ローズブランドは彼の辣腕の成果でもある。発端はラティッチェ公爵家の令嬢だが、それを形にしてここまで育てたのはジュリアスである。

ジュリアスが従僕という立場を捨てないのは、その令嬢との繋がりを無くさないためだと知るのは、ごく一部である。

キシュタリアはサンディス王国屈指の名家であるラティッチェ公爵家の令息だ。もとは貧乏男爵家の愛人の子であったが、幼い頃に引き取られて徹底的に教育された。優秀さに、その甘い美貌も相まって、学園でも影響力のある貴公子の一人だ。

また、ずば抜けた魔力保持者であり優秀な魔法使いでもある。

父は元帥にして四大公爵家当主、そして大実業家——それを引き継ぐ期待を一身に背負った公爵令息。それがキシュタリア・フォン・ラティッチェだ。

そんな学園でも人目を惹《ひ》かざるを得ない、今を時めく貴公子たちは一様に顔色が悪い。

用意されたティーセットから、芳《かぐわ》しい湯気が立ち上るがそれらが彼らの緊張をほぐすことはない。

「お待たせしましたわ、皆さま。ああ、来ていただいて本当にありがとう存じます」

しずしずと落ち着いたオレンジのドレスを纏《まと》った美少女がやってきた。

紅《あか》い艶やかな髪をハーフアップに結い、ドレスと同じコサージュのついたバレッタで留めている。

纏うドレスは学園でも大人気のローズブランドのベルラインドレスだった。腰の下からふんわりと広がり、名前通り鈴のような形をしたドレスだ。裾が揺れるたびにビジューが煌《きら》めいて動きに華やかさを演出する。

三人が揃《そろ》っていることに大輪の薔薇《ばら》ごとき華やかな笑みで喜んだ。だが、三人ともますます空気を強張《こわば》らせるだけだった。

何故か？

その少女がジブリール・フォン・ドミトリアス伯爵令嬢という、幼馴染《おさななじみ》にして時として三人が束になっても蹴散らすような強者《つわもの》だということを知っているからだ。

そして、この三人がわざわざ呼び出されることで思い当たるのは一つ。

アルベルティーナ・フォン・ラティッチェという公爵令嬢に関わることとくらい。

普段、ジブリールには鬱陶しい婚約者候補になりたい令嬢を追い払うために、助力を貰《もら》い、傍《そば》に居てもらうことが多い手前、色々と強く出られない。

ジブリールはゆったりとゴブラン織りのソファに座ると、扇を取り出してにっこりとさらに笑みを深めた。ぞわり、と三人の背中に怖気《おぞけ》が走る。非常に愛らしく美しい貴婦人の笑みが、全力で三人の本能に危険信号をともらせた。

「率直にお聞きしますわ。——この中で、お姉様の心を射止めた方はいまして？」

直球であった。

えぐい程の内角ストレートに剛速球。

お姉様、とはアルベルティーナに対するジブリールの愛称のようなものだ。

本来なら、伯爵令嬢のジブリールが、兄の婚約者でも伴侶でもない公爵令嬢のアルベルティーナをその様に呼ぶのは不敬だが、アルベルティーナが甘んじてというより、喜んでその呼び名を受け入れている手前、誰かが止めることができるはずもない。

唯一苦言を呈することのできる父親であるグレイルは、アルベルティーナのやりたいことを全力で叶《かな》える人間なので、余程の不利益がない限り容認している。

別にアルベルティーナはミカエリスと結婚したいわけではない。ただ、ジブリールが可愛《かわい》くて仕方ないので甘いのだ。それ以上にも以下にも意味はない。

「…………十年以上かけてこのざまですか。情けないこと」

はあ、失望も露《あらわ》にジブリールはため息をつく。

その様子が本当に残念そうで、さらに男たちの心に刺さる。慈悲などない。

「では、想《おも》いを伝えた方は？」

ジブリールの言及は続く。プライバシー侵害極まりないが、口答えを許せる空気でない。

もしジブリールが尋問官なら、さぞ優秀だろうと思いすらする威圧感だ。大きなルビーのような瞳は鋭く冴《さ》えており、愛らしいはずの声はどこまでも冷え冷えとしていた。

すぐに答えない三人に焦れたのか、ジブリールの柳眉が跳ね上がる。

「キシュタリア様、お兄様はもうお姉様から言質《げんち》を取っていますわ。そして、ジュリアス。貴方《あなた》もでしょう？　貴方が後れを取るとは思えないもの」

「……知っていたなら、態々《わざわざ》聞かなくてもよかったんじゃない？」

「は？　なんでわたくしが貴方たちから本音を絞り出すために容赦しなくてはならなくて？　貴方たちがわたくしに突《つつ》き回された程度で、長年拗《こじ》らせた恋を諦める殊勝さなどありまして？　この年齢で、結婚どころか婚約者もいない。見合いものらりくらりとかわし続け、実質は婚約者候補すらいないではありませんか」

言っちゃうか。隠す気が微塵《みじん》もないか。

キシュタリアは毅然《きぜん》と脅迫上等といわんばかりに寂しい胸を張るジブリールを見た。一般的な女性より豊かな義姉《あね》と比べるのはいけないが、それを差し引いてもジブリールの胸元はささやかだ。

視線に不躾《ぶしつけ》な思考を感じ取ったのか、笑みに乗る威圧感が増えた。

年々手ごわくなる幼馴染の令嬢。屋敷に居る義姉は相変わらずポヤポヤで、ジブリールの苛烈過ぎる本性を知らない。恐ろしさを理解していないといった方が正しいかもしれない。義姉はそういうところがある。ジブリールの激情の片鱗《へんりん》を見ても、おっとりと「それでもジブリールは可愛い」と笑って流してしまう。

「それで、ジブリール様は何をお聞きになりたいのですか？」

「決まっているわ。どれだけ貴方がたがお姉様を攻略できているか、進捗状況をお聞きしたいのよ！」

「しんちょくじょうきょう……あの、何故ジブリール様に言わなくてはならないのでしょうか？」

「お姉様が修道院に行きたいやら、平民になりたいやらあり得ないことを仰っているからよ！　驚きよ！　絶句したわ！　全ては貴方がたの不甲斐《ふがい》なさが原因でしょう⁉　揃いも揃って図体《ずうたい》ばかり育って、お姉様の御心ひとつ引き留められない甲斐性なしども！　わたくしが男だったら、今すぐ手袋を投げつけて全員叩き斬ってやりたいほど腹立たしいわ‼」

びりっびりとサロンにジブリールの怒りの咆哮《ほうこう》が響く。

ガラス窓は震え、紅茶にも波紋を生んだ。耳にも痛いが、心にも痛いジブリールの絶叫を甘んじて受ける。

ジブリールの眼には涙が浮かんでいる。怒りと悔しさの涙だ。いつもなら完璧に装っている貴婦人の仮面は粉々だった。

「そもそも、お姉様は貴方がたを嫌いでないのに、なぜ頑《かたく》なまでに婚姻は避けるのでしょうか……」

「それは僕も知りたい。本人がかなりそういったものに疎いのも含め、かなりしっかり言い含めているはずなのに未だに頷《うなず》かないんだ……。それ以外なら僕の頼みは大抵聞いてくれるのに」

「ちょっと、キシュタリア様。お姉様におかしなことを頼んでいないでしょうね？」

「頼んでいたら、アンナに睨《にら》まれて母様から蹴りが飛んでいるよ」

じっとりと睨んでくるジブリールに、キシュタリアが肩をすくめてみせる。

学園の女子生徒が黄色い悲鳴を上げる流し目に対し、胡散臭《うさんくさ》そうなものを見たといわんばかりにジブリールが顔を歪《ゆが》める。

「あれだけ口説いているのに、お見合いの釣書を薦められかけた僕の気持ちわかる？　姉弟としてあり得ないほど際どく触ってもにこにこ無防備に笑っているし――あとで母様にバレて説教だったけどね。僕が我慢しているのに、アルベルは相変わらず僕の腕を平気で取るし抱き着こうとするし……僕はもう子供じゃないし『可愛い弟』で終わるつもりはないのに」

「おっふ……お姉様相変わらず生殺しの所業」

その光景が目に浮かぶ。アルベルティーナのことだ、可愛い義弟《おとうと》の戯れだと多少のことは流して受け入れたのだろう。

もとより、アルベルティーナは心を許した人間に対しては寛容だ。溺愛する義弟に関しては、さらに甘いといっていい。完全にザル警戒だ。

「それをいうなら、私は手紙で散々好意を伝えたつもりが『気になる女性はいないのか』と面と向かって聞かれたことがあるが」

「あー、ありましたわ。つい最近、わたくしも覚えがありましてよ」

「嫌われている気配はないが、周囲に浮ついた気配を感じると嬉《うれ》しそうにされるのはなかなか辛《つら》いな。純粋に私に良縁を望んでいるようだが、彼女自身は候補として外すことが前提の口ぶりだしな……」

ミカエリスの平たい声に、ジブリールは頭を抱えて唸《うな》った。

そういえば、アルベルティーナはミカエリスの縁談を気にしていたが、あれは当事者としてではない。ただ、幼馴染を案じての様子だった。

「好意を告げはっきりと肉欲の対象として感じているといったのに理解されなかった挙句、直後に胸に腕を埋められたことがありますが？」

「ジュリアス・フラン。お前はこの話が終わったら訓練場まで来なさい」

「また成長していましたよ、あのポンコツ。中身の危機管理能力はオムツはいた幼女の癖に、なんでああも無駄に成長するんでしょうか」

「ジュリアス、お兄様をけしかけましてよ？」

ジュリアスの唐突にぶち込まれた発言に、サロンルームが凍りつく。

しかし、腕を組んだ麗しい従僕は眼鏡の奥の眼をしんなりと細めただけだった。笑っているが寧ろ本心は逆だろう。

詩吟でもするように滑らかな声音は優雅であった。ジブリールが赤い瞳に苛烈な感情を燃やして睨み返しているのに、びくともしない。

妹に勝手にけしかけるといわれたミカエリスは、静かにジュリアスを見ている。否定しないあたり、懸想する女性を評するためにその様な言葉を投げたことに内心は怒りを覚えているのかもしれない。だが、あくまで表情は変わらなかった。

「しかも、妙にこそこそ商人と話していると思ったら、情報収集していましたよ。小賢《こざか》しい。市井《しせい》の調査とは言っていましたが、馬鹿は馬鹿なりに考えているようです」

「……その話、詳しく」

馬鹿とかポンコツとか散々に言うジュリアスに、先ほどからジブリールの顔はひくひく動いている。ジュリアスの饒舌《じょうぜつ》は、キシュタリアやミカエリスからも温度の下がった視線を受けても止まらない。この眼鏡従僕がアルベルティーナに対して慇懃《いんぎん》無礼を通り越して、時折純粋に不敬なのはなんとなく感じていた。これでアルベルティーナに嫌われていないあたり、この男が食えないところである。立場的にも、その生意気の過ぎる態度は一番よろしくないのだが、その無礼を含めて気に入られている要領のいい男である。

「私がキシュタリア様の従僕として動くと、どうしてもラティッチェ家を留守にしがちですからね。信用できる商人だけ、お嬢様と商談をできるようにしたんです。アンナをはじめとして、必ず使用人はつけさせましたが……最近、平民向けの商品を考えているのは良いのですが、お嬢様がやけに市井について聞きたがると報告が上がっています」

「本気ってこと……よね」

「修道院も本気だったでしょうね。かなり戒律も厳しい場所ばかり選んで、外部から干渉ができない牢獄《ろうごく》……といっても貴賓牢に近い施設ばかり探していたようです。特に入念だったのがグレイセス修道院、ヴァン・ロヴィンソン修道院、ウエリータ修道院……規律が厳しい分、下手をすれば国家からの圧力すら退けるような場所ばかりです。国内だけでなく、国外まで調べていました。あまり本気でないようだったら、公爵に領地内でそれらしい修道院を建てていただいて、気が済むまで安楽な修道女生活をさせても良かったのですが……。意外とアルベル様の調査がしっかりしていたので、急ごしらえでは無理でしょうね」

流石というべきか、公爵から愛娘を任されていただけあり、ジュリアスは有能だった。すらすらとジブリールの気にしていた情報が出てきた。

「でも、修道院は少し諦めたみたいでしたわ……お姉様は市井で生活できるかしら？」

「能力はありますが、現実的には不可能ですね」

「どういうことよ」

「アルベルティーナ様は危機管理が低いですが、発想、知識や能力といった点は悪くありません。また、忍耐力は高い方ですし、純粋な勉学等を見る限り学習能力も高い方です。あのぼやっとした言動に忘れがちですが、頭自体は良い方です。自分をどこへ売り込めばいいか考え、行動すればそれなりに裕福に暮らせると思いますよ。あの方は稀少《きしょう》な属性魔法の持ち主ですし、魔法使いや冒険者などとしても十分身を立てられる魔力量と技術をお持ちです」

ですが、とジュリアスは続ける。

「あの方の容姿は人を狂わせるに十分です。ラティッチェで厳しくしつけられた使用人でも、本物を目の当たりにした瞬間に、あの方の美貌に目が眩《くら》み理性を失った者はいます。ご本人の知らぬところで処分された人間は少なくありません。本人に自覚がなくともアルベル様が持つ発想や知識の真価を発揮する前に、外見に目の眩んだ人間が押し寄せるのは目に見えています。きっと、その辺を歩いているだけで誘拐されて監禁されるでしょうね。そうでなくてもさぞ高く売り飛ばせるでしょうし、良くてお人形、最悪心身が壊れるまで欲望のはけ口にされますよ。アルベル様の魔法は、致命的なまでに攻撃系統が使えないですし、本人がそもそも荒事を恐れる人ですから。多少の理不尽は飲んでしまうでしょうしね」

余程運よく、理性的で有能な人間がアルベルティーナを見出《みいだ》さなければ、彼女は能力があれど平民の生活はできない。

能力があっても、本人の意思があっても、第三者の欲望に追い回されて事実上不可能となる可能性が非常に高い。

さらりとジュリアスが語る。

「まあ、あくまで仮定です。それ以前に、お父上がアルベルティーナ様をその様なところへ置くことを許さないでしょう。それなら、アルベルティーナ様用に一つ街をこしらえた方が早い程です」

「街をこしらえる……？」

「アルベルティーナ様はずっと屋敷暮らしですよ？　そして体力もそれほどあるとは思えない。行動範囲も狭いでしょう。公爵様の御意向もあり、長らく引き籠《こも》り生活をしていました。そんな女性がいきなり見知らぬ場所にいって、動き回れるはずもありません。ならば、最初から公爵家の手の者で揃え、それらしい場所を用意すればいいんです。高名な修道院なら警護も厳しく、治安は当然良いので心配はなかったのですが、平民の生活となるとどうしても警備に穴が開きやすいですからね。それ以外の問題は、あの人見知りのお嬢様が心労で御心が病んでしまわぬかが危ういですが」

　修道院はだいぶ下調べをしていたが、平民になることについてはまだまだ調べが進んでいないようだ。どの街に降りるかまではアルベルティーナはまだ調査していない。

　ミカエリスは同じ領主として、その壮大すぎるアルベルティーナ包囲網に少し引いている。だが、それをしそうなのがあの公爵だ。

「だから、お姉様を修道女にも平民にもさせないために、恥を忍んでお呼びしましたのよ!?」

　忍んでいたか、恥？　――ジブリール以外の三人は思ったが口を噤《つぐ》んだ。

　ジブリールのパンチは痛い。彼らは身をもって知っているから口を貝のように閉ざした。女性らしからぬ、重い鉄拳を再び食らいたくない。

　ジブリールの美少女っぷりにコロッとやられて求愛して、決闘で心をへし折られる若者を、何度も見たことがある。ミカエリスほどでないにしろ、ジブリールの剣の腕前は相当なものだ。手の平に強化魔法を施し、血豆やたこで武骨な手にならないようにしているが「うっかり持ち手ごと圧し折っちゃうのよね」と、特注の頑強な持ち手の剣を注文しているのを彼らは知っている。

「ジブリール、私を含め、三人ともアルベルをその様な場所へ寄越したいとは思っていない」

「……知っていますわ。ですが何故お姉様はああも頑ななのでしょうか」

激昂《げっこう》する妹を窘《たしな》めるミカエリスの言葉に、我に返ったジブリールは項垂《うなだ》れる。

キシュタリアもそのあたりは思うところがあったのか、難しい顔をしている。

ジュリアスが珍しく顔を険しくさせて、歯切れ悪く呟《つぶや》いた。

「可能性として考えられるのは、誘拐事件かその直後くらいですが」

「……確か、王女殿下と取り違えという噂《うわさ》もありますわね」

「ええ、アルベル様のお姿は『王族』の血筋を感じさせるに十分なものですし、余り声を大にしては言えませんが、二つも年下だったエルメディア殿下は当時から大層肥満体形で大きかったといいます。華奢《きゃしゃ》で割と小柄なアルベルティーナ様と、幼いながらに勘違いされた原因の一つとされています」

「ああ、今も大層御立派だがな」

ぼそ、とミカエリスが呟くと、ジュリアスとキシュタリアが遠い目をした。社交界で、見たことがある王女の姿は常に一般のレディとはボディラインが大きく異なっていた。それに求婚するように求められていたミカエリスには同情する。

そして、サンディス王家の美姫として有名な祖母システィーナの面影の強いアルベルティーナと、お肉に埋もれて色々不明なエルメディアを並べて、本当の二人をあまり知らずに近づいた場合どちらが王女に見えるか――など、絵姿詐欺を考えればアルベルティーナを選んでもおかしくない。

当時二人ともお茶会デビューだったため、顔も知られていない。王族とはいえ幼すぎる王女の絵姿も少なかった。アルベルティーナの絵姿など出回らないし、ラティッチェ公爵も愛娘《まなむすめ》を全く当時から外に出したがらなかった。そこには公爵が決闘による強奪に近い嫁取りに起こした親戚や婚家との軋轢《あつれき》もある。

おそらくエルメディア王女の絵姿など正確なのはおくるみ状態な時であるし、絵姿がないなら幼すぎる王女の姿は一般には知られていない。ラウゼス陛下は灰銀髪に近い御髪《おぐし》だが、絵によっては色味が異なり、若い頃は黒に近く描かれているものもあった。

あの誘拐事件は王家と公爵家の禁忌だ。その後の情報には緘口令《かんこうれい》が敷かれている。

そして、被害者のアルベルティーナに対しての真実とは程遠い噂話はともかく、まともな情報は異常なほど隠蔽されている。

「アルベルティーナ様がかどわかされ消息を絶ったあと、暫く誘拐犯に連れ回されていたか、もしくは監禁されていたそうです。その間に心が折れるような何かがあったのは、想像に難くありません」

「僕や母様が初めて会った時も、かなり怖がっていたものね……」

思い出したのか、幼い日に思いを馳《は》せるキシュタリアは苦笑する。それに頷くジュリアス。

少し間を置き、躊躇《ためら》う様にゆっくりと口を開くジュリアス。いつも浮かんでいる笑みを消し、心なしか苦々しそうに問いかけた。

「……お三方は、誘拐前のアルベルティーナ様がどんな方かご存知ですか？」

「いや、私は伯爵家とはいえ、あの催しに王城に招かれるほどの家柄ではなかったからな。おそらく、誘拐事件のときがアルベルのお茶会のデビューだろう？」

「ええ、ではジブリール様もですね？」

「はい。あのお茶会は王子たちの側近候補と婚約者候補を集めたものとも聞きますわ。とてもではないけれど、当時のドミトリアス家は……」

「ドミトリアス伯爵家が無理なら、僕はもっと無理だよ。当時そんなお茶会があったことすら知らなかったし」

三者の答えをジュリアスも解《わか》っていたのだろう、頷いた。

「誘拐される以前のアルベルティーナ様は、非常に恐ろしい方でした。横暴、冷酷、我儘《わがまま》の三拍子。そしてかなりの加虐嗜《し》好《こう》。今のお嬢様からは想像できないほど、幼い少女らしからぬ残虐な方でした」

――は？

三人の知るアルベルティーナのおっとりと温和な姿と、ジュリアスの語る誘拐前のアルベルティーナの苛烈な少女像が重ならないのだろう。

誰ともなく間の抜けた声が漏れた。

「当時のアルベルティーナ様の好んだ遊戯は、失態をおかした使用人を全裸にして部屋から見える木に蜂蜜を塗りたくって縛りつけ、虫が集《たか》り悲鳴を上げて藻掻く姿を眺めることでした。声を上げて、手を叩いて喜んでいましたよ」

想像を絶する遊び方だ。

遊戯ではなく、拷問にしか聞こえない所業である。

今のアルベルティーナからは想像できない姿だ。そして、それを年端もゆかぬ少女が思いつき命ずる。そんな発想ができることすら悍《おぞ》ましいと言える。

キシュタリアは口を押さえて凍りついているし、ミカエリスは眉間にしわを寄せて信じがたいといわんばかりだ。ジブリールは明らかに狼狽《ろうばい》している。

「そ、それは本当にお姉様ですの？」

「ええ、それが誘拐前のアルベルティーナ様です。何をしても許される。反吐《へど》が出るほどご自分の御立場を理解していましたよ」

吐き捨てたジュリアスの様子から、当時のアルベルティーナに対する愛着はないらしい。むしろ、その逆の感情が蟠《わだかま》っている気配がする。

少なくとも三人の知るジュリアスは、良くも悪くも箱入り娘のアルベルティーナをなんだかんだ非常に甲斐甲斐しく世話をする姿である。時折辛辣だが、アルベルティーナにだけは甘さが目立つし、心を許している素振りさえ感じた。

「ラティッチェ公爵が血眼になって探し当て、救出したばかりのお嬢様はとにかく怯《おび》えていました。物に怯え、音に怯え、人に怯え、唯一怯えないのは父親の公爵のみ。お医者様に診せるにも、メイドが世話をするにも、以前とは違う意味で一苦労でした。近づけば泣き叫んで怯えて、会話もままならず、食事すらとらない。泣きながら気絶するように眠り、漸く静かになれば整えられる有様でした。ラティッチェ公爵が視界に入る場所にいれば、かなり落ち着いていました。時間が経って、漸く一部の使用人を受け入れるようになりましたが……それもかなり限られた数のみです。むしろ、使用人選びは以前より厳しくなったと言えます。気に食わないと当たり散らしはしませんでした。逆によほど目に余らない限り我慢して神経をすり減らす傾向がありましたから。ただでさえ弱っているのにやせ我慢をする……それを見分けるのが、本当の意味でアルベル様に許された者たちの役目でした。今思えば公爵の溺愛が酷《ひど》くなったのもそれからでしたね」

ジュリアスは使用人の中でもアルベルティーナと年が近く、華奢な部類でありあまり怯えられなかった。それがきっかけで、専属になったともいえる。

嫌悪と憎悪すら感じていたアルベルティーナがあんなにも無残に泣き叫ぶ姿は胸が空《す》いたが、世話をするうちにだんだんと憐《あわれ》みを覚えた。

「ようやく落ち着いて、まともに話せるようになった頃には今のアルベル様でした。人を人と思わないあの傲慢で悪辣な性質は消え失せ、あのお優しくおっとりとした方となっていました……ですが、人を極端に怖がるようにもなりました。特に自分より体の大きい人間ですね。暗闇や閉所を怖がるのは、箱に詰められていたのが原因だそうですが……。今思えば、兆候はあったと思います。余りにご気性自体の変化が大きすぎて、見落としていたことが悔やまれます」

性格の変貌がきっかけで、つけ上がった使用人の一部が彼女を虐めて追い詰め、その裏で慰めて心を支配し、傀儡《かいらい》にしようとしていた。

未だ誘拐の爪痕は消えず、相変わらず暗闇と狭い場所を怖がる。そんな傷ついた幼い子供すら利用しようとする悪辣さに、怒りを覚えた使用人は少なくなかった。

あの奔放で享楽的な幼い悪女は、可哀想《かわいそう》なほど怖がりの頼りない幼女となってしまった。

ジュリアスは少しでもアルベルティーナの心の慰めになればと、夜闇に怯える彼女を抱きしめてあやした数は両手でも足らない。不器用でへたくそな子守唄も歌ったし、幼児向けのような童話を諳《そら》んじた。アルベルティーナが喜ぶから、苦手で恐ろしい公爵の話もした。美味《おい》しい紅茶の淹《い》れ方を覚え、メイドたちには内緒だと蜂蜜多めのミルクを用意した。

最初はとにかくアルベルティーナを泣き止《や》ませるためだった。それが彼女の笑顔を向けられたいがためにに変わったのは、いつだっただろうか。

「……その、対人恐怖症だが……」

ぽつ、とミカエリスの声が落ちた。

「多分、男性恐怖症はさらに悪化したぞ。恐らくルーカス殿下の一件で、こちらからあまり触れすぎると——特に異性を意識させすぎると一気に顔色が悪くなった」

「……え、ちょっと待って。ミカエリスまで？　他はともかく、僕やジュリアスとかミカエリスとの接触はかなり平気だったよね？」

その点は危機管理が薄いといわしめるほど寛容だった。

周囲が神経をとがらせるほど、無頓着だった。

アルベルティーナはむしろスキンシップが好きだといわんばかりに許容していた。

恐れず接触できる年齢の近い異性など、特にアルベルティーナの周囲にはいない。それは三人の特権というべき部分だった。だからこそ、三人は互いをライバル視しているし、同時にアルベルティーナを守るために暗黙の容認をしている。

「ああ、だが学園に来た時には多少触れても緊張する様子はあったが、畏縮はされなかった。だが、剣技大会では明らかに怯えるそぶりがあった」

「お姉様はもともと恋愛を忌避というか、嫌悪というか、遠ざける印象はありましたが……。もしや、お姉様のトラウマが余計なところでつながってしまいました？」

恐る恐るといったジブリールの確認に、ミカエリスが重々しく、だが「おそらく」と頷いた。

キシュタリアの顔がこれでもかと歪み、少しだけジュリアスの眉が動いた。

少なくともあの時点で触れられたなら、アルベルティーナの精神に何か影響を与える事件なんてたった一つだ。

「ほんと碌なことしないな、糞《くそ》王子」

「キシュタリア様、お言葉が乱れております」

従僕から気のない言葉で、一応は窘められたキシュタリア。

どうせ皆、似たような感想を抱いているはずである。

「うーん、ではお姉様の恋愛や結婚に距離を取りたがるのは誘拐がきっかけということ？」

「男性への忌避が関わっている可能性はあるかと……。あれ以降、公爵様のアルベル様の周囲への眼の厳しさは以前にも増しました。アルベル様が庇《かば》えばかなり目こぼしはされるが、それも度がすぎれば使用人が勝手に始末することも少なくない――まあ、今は近づく前に消えますが」

「まあ、それは貴方とか？」

「さあ、どうでしょうか？」

ジブリールのにっこりとした笑みに、負けず劣らずの完璧な笑みを返すジュリアス。

キシュタリアがその空々しい笑顔の応酬に、思わず温かい紅茶に手を伸ばす。

「以前のアルベルについては知らないが……可能性としては十分ありうるな」

「だけどアルベルに誘拐事件のことを聞くことは公爵家では最大級のタブーだよ」

ミカエリスの言葉に対して、すぐさまキシュタリアが厳しい顔で言った。

キシュタリアも幼い頃、アルベルがトラウマに触れた時の狂乱ぶりを知っている。恐怖に泣き叫ぶ姿を知って、掘り返すつもりはなかった。

そして、アルベルティーナは誘拐事件で体にも消えない傷を負っている。

直《じか》に見たことの無い背中の傷は、塞がっても痕として残っていると聞く。傷跡を消すのは、魔法でも難しい。欠損などならまだ方法がある。既に癒えてしまった傷なのだから、癒《いや》しようがないのだ。もしも治すならば、その傷の上からそれを上回る傷でもつけて癒すというかなりの荒療治となる。それでも、傷が消える可能性がある程度だ。

もし行うにしても、かなり腕のいい魔法使いを調達しなければならない。

それをご令嬢である少女に行うにはリスキーすぎる。

人格が変わるほどの恐怖など、想像を絶する。何かが引き金になったら、今度こそ彼女の心は恐怖に飲まれるかもしれない。

下手に触れて繊細な少女の心を壊すことになってしまえば、後悔では済まされない。

だが、それ以上に四人とも——今のアルベルティーナが完全に別のところから来た人格で、本来のアルベルティーナの壮絶な未来を知ってしまっている故に怯えているなど更に知らないことだ。

誘拐されたアルベルティーナ本来の恐怖心と、その無数の未来で自分に降りかかる断罪への恐怖心が交じり合い凝り固まっている。

乙女ゲームの『恋愛』という、避けては通れないシナリオを恐れている。

そして、誰かを選ぶことによりその恐ろしいエンディングを呼び寄せる引き金になることを恐れている。

自分が『アルベルティーナ』である以上、物語の強制力を恐れている。

そして、ずっと『アルベルティーナ』でありながら、本当の『アルベルティーナ』でないことに怯えている。

偽り続けている自分を誰も知らず、与えられて愛されているのは外側だけなのだろうと漠然と信じ込んでいる。

アルベルティーナは自覚と周囲の認識の齟齬《そご》を見誤っていることに気づかない。

彼女が現実を知る時は、逃げ場もなく追い詰められた時だろう。

「案外さ。アルベルって、結構……いや、かなり？　相当に思い込み激しいからなんか余計なこと考えて自己完結している気がするんだよね」

シスコンを拗らせすぎた義弟がぽつりと漏らした言葉が、ずばりと核心をついていたことを誰も知らない。

幕間　従僕の内心

学園から戻って数日後、ジュリアスは膨大な資料に目を通していた。

自分がアルベルティーナ付きを外れていた間の情報を、すべて見直していたのだ。

あのぼやっとしているくせにやたらと発想力豊かなお嬢様は、少し目を離した隙にまたもやとんでもないものを作り出していた。

万年筆と呼んでいた筆記用具は、従来の羽ペンよりも遥かに画期的だった。

構造上の複雑さもあり重さはどうしてもあるが、耐久性やインクの性能は段違いだ。

同じ黒でも、新たに作ったインクは発色の良さがだいぶ違う。しかも従来のものより耐水性もあり滲《にじ》みにくい。そして、それをインク壺で補充するのではなく、ペン内にあらかじめセットしてあるため多く文字を書くときなどはかなりいい。

インクはなんでも、様々な色を黒く見えるほど高濃度で組み合わせた黒。従来の黒よりも美しいのだ。特殊な粘液で伸びを良くしてあるため、液だれもしない。それをさらに補助するキャップがついているため、周囲も汚れる心配がない。ペン先の保護にもなり、実用的だ。

これは商人や文官などに人気が出るだろう。そして、アルベルティーナが父であるグレイルのためと熱心にデザインも凝らせていた。流麗なデザインは手にフィットしやすく、長時間使用しても疲れにくい。また、高級素材を惜しみなく使っているため胸元に引っ掛けていても浮かないのだ。デザインや素材を凝らせれば、高級嗜好品《しこう》にも変わる。

アルベルティーナが最愛の父、グレイルのために作ったものだ。しかし、残っていた試作品をキシュタリアが欲しいと頼んだ。アルベルティーナは既に義弟のためにも作らせている最中だからもう少し待ってほしいとニコニコと了承していた。おそらくだが、ドミトリアス兄妹《きょうだい》をはじめとする身近な人たちにも、父親に贈るものよりはグレードは落ちるが用意するつもりなのだろう。

関連資料にざっと目を通すと、アルベルティーナの描いたデザイン画がいくつも出てきた。その中に、紫ベースの万年筆を見つけて思わず表情が緩む。多分ではなく、確信に近い形で理解した。ジュリアスのためのものだ。瞳の色をイメージしたのは、前回のくす玉のアミュレットで察せられた。

胸元の内ポケットに指を入れると、大きく引き裂かれたアミュレットだったものが出てくる。

以前、学園の様子を公爵に直に報告しに行ったとき、グレイルに思い切り胸を貫かれた。

何度思い出しても血が凍り付き、怖気の走る感覚だ。あれほどまでに、唐突にそして明確な死を感じさせられたことはない。

グレイルはと言うと、無事なジュリアスを心底つまらなそうに見ていた。

「……何故アルベルはお前のような身の程知らずに情を掛けるのだろうか」

しみじみといったグレイルは、驚愕で固まるジュリアスを冷めた眼差しで見下ろしていた。

剣先で器用に取り出したのは、ジュリアスがアルベルティーナから貰ったアミュレット。

既に役目を終えたアミュレットを傷つけないように床に落とした。

「……公爵様」

喉奥で、つんとした鉄錆《てつさび》にも似た血の臭いがする。

「ああ、少し試したかっただけだ。私のものを使ってしまったら、折角のアルベルからのプレゼントが壊れてしまうからね。思った通り使い切りだったようだし、お前で試して正解だった」

あっけらかんと言うグレイルには、血の気の引いたジュリアスの顔などよく見えていたはずだが、堂々と言い放った。

あのやり取りは、悪夢として何度もジュリアスを苦しめる。未だに一言一句が、一挙手一投足が脳に焼き付いているのだ。

どうせこの魔王と呼ばれる冷血公爵のことだ。使用人であるジュリアスが死んだり大怪我《けが》を負ったりしても、気にも止めないのだろう。

グレイルにしてみれば、ジュリアスはいくらでも替えが利く存在なのだ。真実、グレイルにとってはアルベルティーナ以外はすべてそうであってもおかしくない。

ジュリアスを刺殺したのは、気まぐれであり日頃からよく思われていないから。

昔から、時折感じていた。視線が、態度が、言葉が、ジュリアスを嫌悪していると伝えてきた。

従僕であっても、耽溺《たんでき》するように愛情を注ぐ娘に近づく異性は気に食わないのだろう。貴賤《きせん》問わず、そういったことはあるが、グレイルの苛烈さは一般の域に収まらない。

アルベルティーナの有望な才能が、それにさらに拍車をかけていた。

アルベルティーナは自立したがっているが、グレイルは一生手元に置きたがっている。

ジュリアスも、グレイルの気持ちが分からなくもない。あのぽやんとした世間知らずは、いいように使われて搾取《さくしゅ》されてしまうのが目に見えている。致死クラスの攻撃から守るなど、富を持った人間が喉から手が出るほど欲しいものだ。それをポンと作ってしまう軽率さも危なっかしい。

グレイルが父親であり、公爵家の庇護《ひご》下であればこそ何事もないといえる。

幸い、アルベルティーナは自分の能力をひけらかすタイプではない。しかも社交界とは無縁だ。非常に大人しく、安全地帯であるグレイルの手の中に収まっているような少女だ。

かなり行動を制限され、束縛されている。だが引き籠《こも》りを苦にしないアルベルティーナは快適そうである。

箱庭育ちアルベルティーナは外の常識を知らない。

ニコニコと箱庭で安穏に生活しながら、とんでもないものを生み出してしまう。

調味料、料理、ドレス、宝石、アミュレット、そして今回の万年筆と挙げればきりがない。この中の一つだけで財産を築けるのだ。

だが、あの育ちと人柄なので、余程に運よく誠実で有能な人に拾ってもらえなくては無理だ。確率で言えば、たまたま釣りをした川で龍を釣り上げるレベルに無理である。

アルベルティーナは自分の出したアイディアを軽視している。

ふんわりと「あったらいいなぁ」という願望や想像を、具体性のあるデザインやレシピとして作ってしまうのだ。

そして、そんなアルベルティーナの願いを叶えることに、一切の躊躇《ためら》いのないグレイル。公爵家の莫大な資金と人脈を余すことなくつぎ込めば、アルベルティーナを守りつつも、欲しいものを作り出せる。

それに一枚も二枚も噛んでいるのがジュリアス。

ジュリアスの鋭敏な勘が放置してはいけないと訴えた。目の前にあった好条件と好奇心を、放置できなかった。

流行を、常識を変えたのは一度や二度ではない。

冷めた性格をしているという自覚のあるジュリアスだが、ローズブランドの急成長と影響力を見て幾度となく興奮した。世界を変える姿をつぶさに目にして、高揚した。

アルベルティーナの発想は、すべてが莫大な価値を持つ原石である。目の前に転がる宝石の原石を拾えるのは、形にできるのは傍にいるジュリアスだけ。

纏うドレスに、屋敷の調度品など一流に接しているアルベルティーナの感覚は鋭い。

彼女が満足できるところまで仕上げるのはジュリアスや職人たちの仕事。そして、アルベルティーナに認められた品はヒット間違いなしである。

普段は流されやすいお人好しなのに、クオリティに関しての妥協はしないのだ。

その才能と性格のアンバランスさに魅了された人は多い。

ジュリアスも間違いなくその一人だが、キシュタリアとミカエリスも相当入れ込んでいる。

ふと、窓から庭を見下ろすとアルベルティーナが庭師と歩いている。

かなり老齢であるが、ラティッチェの庭を取り仕切っている。アルベルティーナとも親しく、好みを熟知している。

もじゃもじゃした髭とぶっきらぼうさもあってとっつきにくい御仁であるが、アルベルティーナは気に入っている。あの老庭師も、新しい苗が植えられるたび、花が咲くたびに一番に喜ぶお嬢様を可愛がっている。

グレイルは庭に薔薇が咲いていようが、人食いウツボカズラがあろうが気にしない人間だ。アルベルティーナに関わる問題さえなければスルーである。アルベルティーナが喜ぶなら、庭にラフレシアの花畑を作ることだって許可するだろう。

ジュリアスはハッとした。広大な庭を占拠するラフレシアを想像し、思考が飛びかけていた。

現実の庭ではアルベルティーナが鉢の前でうろうろしているのが見える。

アルベルティーナは、レイヴンから貰った薔薇を小まめに観察しているので、今回もそうだろう。蕾ができ始めてから、とても楽しみにしている。だが、庭師が言うにはここからが本番らしい。

虹薔薇が咲くのを、アルベルティーナは楽しみにしている。

遠くからの後ろ姿でも、無邪気な笑みや柔らかに弾んだ声が聞こえてくる気がした。

グレイルという最強の守護者と、ラティッチェという鳥籠で守られたジュリアスの唯一。

(囲い込む屋敷を買うなら、色々と準備が必要だな。あの方は花が好きだから庭は広い方がいい。喧騒の多い王都よりも多少鄙《ひな》びても、治安のいい田舎の方がいいな。しかし外部から見られない様に高い塀……出来れば内堀と外堀が欲しい)

アルベルティーナの行動範囲は狭い。それはここ十年で調査済みだ。ジュリアスにとってはありがたいことだ。

何せ人の目に触れるだけで、危険が増す。あの傾国の美貌のみならず、性格も相当な誑《たぶらか》しっぷりだ。幸いと言っていいか微妙だが、彼女はグレイルの束縛すらケロッとしている軟禁上級者だ。

ジュリアスもかなり愛情が重く、執着心が強い。アルベルティーナに関しては、かなりしつこいという自覚もあった。

その隠していた激情を、よりによってアルベルティーナに晒してしまったことが有った。

戸惑いがあったものの、時間と共に薄れていった。気を許した者に対する甘さと、温室育ちの警戒心の薄さでジュリアスの感情を許容した。

ジュリアスの恋情を受け入れはしなかったが、その恋情自体を嫌悪しなかった。

使用人相手に、お優しいことだ。その慈悲深さが、愛しい。でも、時折悔しさや虚しさを感じる。

アルベルティーナの過去を知る使用人たちには「誘拐時に、母親の腹に置いていった人の心を見つけてきた」と言われるほどだ。

以前のアルベルティーナは、使用人を庇ったり救おうとなどしなかった。失態を犯した人間をせせら笑い、どん底に付き落とすくらい平気でやる。

昔のアルベルティーナならばレイヴンを再教育などせず、自ら罰し潰すくらいしただろう。

今のアルベルティーナの優しさや純粋さを好ましく思うが、同時にジュリアスを苦しめた。

ジュリアスのような不相応な人間が、懸想する相手ではない。手折るべきではない。想うことすら罪深いと感じるときがあった。

身分だけでなく、余りにもその性質が違い過ぎた。

ジュリアスの葛藤を他所《よそ》に、アルベルティーナはすくすく美しく嫋《たお》やかに成長した。それはもう、ジュリアス好みど真ん中の美貌とスタイルに育った。中身に純粋無垢な幼女が住み着いたまま、レディになったのだ。頭は良いはずなのに、駆け引きが下手でしょっちゅうジュリアスの言葉に転がされている。

ふと、ジュリアスに気付いたアルベルティーナが手を振る。背伸びしているので、大きく腕を動かすたびにフラフラと危うい。また転ぶのでは、とアンナや庭師たちがそわそわしていた。

屈託のない笑みが向けられると、暗澹《あんたん》としていた思考が一気に引き上げられる感覚がした。

ジュリアスが手を振り返すと、アルベルティーナはぴょんぴょんと跳ねて――後ろに転んだ。

ジュリアスは足を踏み出しかけたが、それは徒労だった。既に位置取りを済ませていた庭師たちがアルベルティーナを支える。老人とその弟子の若者だ。アンナは斜めの体勢で固まっているアルベルティーナの手を引いて、正しい角度に戻した。

ちゃんと立ってようやく硬直が解けたアルベルティーナは、恥ずかしそうに顔を押さえている。またやってしまったと、申し訳なさそうに眉を下げていた。

無意識に窓に張り付いていたジュリアスも、いたって無事な姿にほっと胸をなでおろした。

「本当に、目の離せない人ですよ……貴女は」

苦笑しながらも、その安堵の隠しきれない声はそっと屋敷に吸い込まれていった。

三章　大好きなお父様

なんだか衝撃が多い剣技大会を終了後、居たたまれない気分を発散するためにレシピを書いていた。

ズバリ内容はもちもちなドーナツ。幸い、私の我儘《わがまま》によりラティッチェ領に大豆食品はいっぱいある。白玉粉とか片栗粉《かたくりこ》でも代用できるけどね。代用素材は色々あるのです。

美味《おい》しいものは人を幸せにする。異論は認めない。

醤油《しょうゆ》、味噌《みそ》、お豆腐は既にクリア済み。それに伴い豆乳やおからといった副産物もある。おからはローカロリークッキーをはじめとする、ダイエットスイーツに変えることができる。お豆腐もお菓子に使うことによりローカロリースイーツにできる。

お豆腐さんは万能なんだ。素晴らしい食材なのですよ。

麻婆《マーボー》豆腐や湯豆腐といったご飯メニューだけでなく、お菓子にもなるんだ……。

お父様は結構お豆腐好きなのよね。

セバス曰《いわ》く、お父様はあまりお食事とか興味がなかった方だったそうなのだけれど、娘の私が食いしん坊で美味しいものを貪欲に求めるので、興味を持つようになったそうです。

美味しいご飯を食べられないって人生の大部分が損をしていると思いますわ。

お父様、資産家なので美食を求めてもいいと思うのですが、残念ながらそうはならなかったのですね。ですが、娘の道楽に付き合ってくださって嬉《うれ》しいです。

よし、と。とりあえずレシピはこんなものね。

ジュリアスはいつ戻ってくるのでしょうか。セバスはお父様に付いて行くこともあれば、主人不在の屋敷を取り仕切るのに忙しそう。そして私が仕事を安心して任せられるのはごく僅かです。レシピはとシェフに一度預けましょう。うん、そこはプロに振りましょう。

そこでシェフたちにお願いして、お父様の誕生日ケーキの練習をさせてもらった。

おうちにいる時は、基本毎日しているの。

毎日自分で全部食べるのは飽きてしまうから、不出来なものだけど使用人たちにも食べてもらっている。素材は最高級だし、素人の私だけでなくプロのパティシエやシェフたちの全面バックアップだから派手な失敗はしていない。

みんな美味しいと言ってくださるヒキニートにも優しい人たちです。

シェフたちはお父様のお誕生日パーティ用のメニューを考えています。私にも意見を聞いてくださるのです。

「お父様はお豆腐がお好きですから、お豆腐のステーキとかもいいかもしれませんね」

何気なく言った言葉に、ぎゅるんとシェフたちの眼が爛々《らんらん》と輝いてこちらを向いた。

ぴえええええ！　怖いです！　思わず肩をはねさせびくついたわたくしに、「怖くないですよ～、ですから教えてくださいね～」と皆さんはじりじりずりずり近づいてくる。熱気がすごい。それを見たアンナがすっぱーんと丸めたランチョンマットで近づく使用人たちを引っぱたいた。

「お嬢様に書いていただいて後でレシピを回しますので、近づかない様に。次は首が物理的に飛びますよ」

「すっ、少し驚いただけですわ！　そこまでしなくても……」

「お嬢様がお許しになっても、お許しにならない方もいるのですよ」

あ、はい。うちのお父様とかお父様とかですね。うん、お父様しか浮かばない。娘ＬＯＶＥにして超過激派。

他にも色々前世知識を掘り起こしつつレシピをまとめた。

転生前の知識は私にとって唯一武器といえるようなものだ。

もし、市井《しせい》に落とされてもこの知識は商人をはじめ色々な人たちが欲するだろう。私は、その時に信用できる人を見分けなくてはいけなくなる。慎重な行動を求められる。

だが、相手とて私がどこまで知識があるかなんてわからないから、私を金の卵を産む雌鶏《めんどり》と思っている限りは丁重に扱うはずだ。最も危惧するのは、私の知識が資産になると理解できない人たちに情報が渡り、別の人が上前をはねて碌な稼ぎがこちらに回らないこと。

搾り取られるだけ搾り取られてしまえば、私はおしまいだ。

うむ、余り上手く立ち回れる自信がないでござる。

やはり修道院がいいです。そんなリスキーな事はしたくないです。清貧生活なら我慢できそうです。

それに、平民になったらジュリアスが地の果てまで追いかけて捕まえる的な脅しをしてきましたし……むぅ、あのジュリアスを振り切れる気がしませんわ。あのスーパー従僕はやべーくらい有能なのです。ポンコツ世間知らず令嬢に勝率なんてないでござる……。

頭を抱えて天を仰ぐ。

あれ？　わたくしの平民生活って詰んでる？

すぐにお父様のもとに連れ戻される？　もしかしてジュリアスを置いて出たことをネチネチ怒られるのかしら？　いいえ、あのジュリアスのことです。帰り道におはようからおやすみまでネッチョリな説教をするに決まっていますわ。

意外と粘着気質なのよね。ジュリアス通さず贔屓《ひいき》の商人さんとお話ししたりするだけで、必ず聞きつけて忘れたころにネチネチと……小姑《こじゅうと》といったら倍の説教食らいそうですから黙りますが……うう、想像だけでお腹《なか》いっぱいです。

い、いいえ！　ネバーギブアップというものです！

諦めたら試合終了とA西先生も言っていました！　まだ猶予はあるはず……ですよね？

そもそもゲーム軸の時間終わって、何もなかったら私の努力って空回り？

原作においての婚約者の破滅フラグ第一のルーカス殿下。わたくし、ルーカス殿下に一方的にいじめられました。レナリア嬢とは会話すらしたことないですし……殿下をたきつけたのはレナリア嬢ならば、逆に私が被害者？

次に本来のアルベルに関わりありそうなキシュタリアはレナリア嬢を毛嫌いしているようです。レナリア嬢に懸想するどころか私に近づかせぬようにし、私を過保護に庇護《ひご》しています。レナリア嬢に対してのあの様子を見るに、今からフラグを立たせるには大分無理がありますわ……。

他の攻略対象たちも、私が社交界から遠ざかり、学園にも行かなかったので関係性は極めて希薄。

ゲームと現実が変わりすぎですわ……。

どうすればいいのでしょうか。

今更誰かに、私の正体を明かしますか？

実は異世界からの転生者で、アルベルティーナの人格に上書きされた日本人ですなどといって誰が信じるでしょうか？

それだけはできません。お父様は『アルベルティーナ』を愛している。その中身が、愛娘《まなむすめ》を食いつぶした別人格だと知ったら――お父様はどう思われることでしょうか。

国王陛下はクリスお母様を喪《うしな》ったお父様の失意は見てられないほどだったといいます。そして、血眼になり探し当てた娘は既に壊された後と知ったら、今まで娘と信じ育てていたのが娘の皮を被《かぶ》ったナニカと分かったら……。

私はお父様に嫌われる。

本物の娘でないなら必要ないと、お父様に拒絶されたら私はどうしたらいいのだろう。

お父様にどうでもいいような冷たい視線を向けられると考えるだけで、血が凍り、心臓が悲鳴を上げる。胃の底から冷たくなって、足元がおぼつかなくなる感覚がする。

お父様から嫌われるのが殺されるよりも恐ろしい。

居場所が、意味が、私の存在がわからなくなる。

結局は、自分が可愛《かわい》いのだ。

その身勝手さと、浅ましさ、利己主義はずっと自分ですら誤魔化してきた。

いい子でいたかった。

必要な子でいたかった。

お父様の『アルベルティーナ』でありたかった。

それがお父様を騙《だま》すこととなっていても、もう今更やめることなどできはしない。

だから最後まで演じ切らせて欲しい。

お父様の『アルベルティーナ』を。


そんな風に考えていた矢先、お父様に平民計画がバレてしまいました。

うわーん！　隠していた計画書まで奪われましたわー！

アンナの裏切り者ぉお！

お父様は目を通した計画書を暖炉に投げ入れるようなことはせず、スマートに持ったまま魔法で消し炭にされてしまいました！　というより、灰も残らずボボッと燃えてしまいました！

「まだ修道院のほうがマシだよ、アルベル。お前を小汚い街になど住まわせるわけがないだろう。そんなに欲しいなら、屋敷の近くにお前に似合う美しい街でも作ろうか？」

違うーっ！　それ違うわ、お父様！　そんな壮大なおままごとというか、ドールハウスを作る感じに安易に言い出さないでください……本当にやりそうなのが怖いわ。セバスも後ろで頷《うなず》かなーい！

私の知らぬところでジュリアスの語っていたことが現実になりそうであったが、首を横に振って断った。

「ですが……」

「アルベルが何を心配しているかは知らないが、お前が望めばなんだって叶《かな》えてやりたいとは思っているよ。だが、アルベルに危険が及ぶようなことだけはダメだ」

平民計画はお父様的にはかなりアウトだったようです。かなり厳しく拒否されてしまいましたわ……まだ修道女となるほうがマシですか……。

お父様を困らせたいわけではない。しかし、お父様の表情は非常に困らせてしまったと如実にわかる。私を心配そうに見つめる青い瞳に、罪悪感が募る。

「お、お父様……」

「なんだい？」

「ご心配をおかけして……その、ごめんなさい。お父様にご迷惑をおかけしたかったわけではなかったのです」

肩をすぼめて、俯《うつむ》いて頭を下げる。私が修道院に行くことも平民になることも、少なからずお父様にご迷惑がかかるのは解っていた。

すると、その頭に温かい手が乗った。

本来、私は貴族の娘として、ラティッチェ家の繁栄のためにしかるべき場所に嫁ぐのが最も角が立たず――当たり前のことなのだ。今までのうのうとヒキニートをしていられるのはすべてお父様の御恩情に他ならないのです。

「私の可愛いアルベル。お前の幸福こそが、私の生き甲斐《がい》だ。そんな顔をしないでおくれ」

「お父様……」

顔を上げた瞬間、私の良心が大絶叫を上げています。

おやめください、こんなヒキニートにそんなにお心を砕いていただく価値などないのに……っ！

筋金入りのファザコンとしてはお父様の美貌が哀《かな》しみに染まるとは正直、メンタルがぼこぼこになります。

罵られたほうがまだマシですわ。

気づいたら平民にはなりませんとお約束していました。

……あれ？　あるぇえええ？？？？

お馬鹿！　わたくしのお馬鹿ー！　何をあっさり説得されているのです、あの決意は公爵家とお父様のための決意ですのよ⁉

お父様の哀願に流されて……はい、流されました……。

うわーん！　わたくしのポンコツ！　ヒキニート！　これだからジュリアスにいじられ、キシュタリアに幼女扱いされ、ミカエリスに苦笑されるのですー！

この悲しみをお父様の誕生日ケーキ（練習）に込めます。力いっぱい込めます！

……いつもより上手くいったのが解せぬ。

「お嬢様は、どうしてそうまでしてラティッチェ家を出たがるのですか？　出たいのなら、他家のどなたかへ御輿入《こしい》れをすれば嫌でも出ることになりますが」

「どなたかの奥方なんて……わたくしに社交ができると思いますか？」

「キシュタリア様やドミトリアス伯は最初から気にしないと思いますが。……まあ、使用人の中にもそういった人間はいますね。あの男は間違いなく、お嬢様を娶《めと》ることができたなら一生涯、外に出さなそうな気すらします」

「……なぜ三人に絞られているのですか？」

た、確かに三人はヒキニート令嬢である私に唯一接点があり、かつ好意的な男性だ。

年齢的にも近いし能力も申し分ない。

正直、家柄などはお父様さえ頷けばどうとでも出来るだろう。どこかへ一時的に養子に行き、由緒ある家名を得る。身分差のある婚姻をする場合において、常套《じょうとう》手段だ。

ルーカス殿下とダチェス男爵令嬢のラブロマンスも、キチンと段階を踏めばよかったのよね……。

「身分など、公爵様の口添えでどうでも出来ますしね。養子に入るなり、公爵様がお預かりしている爵位の委譲をされるなり……。お嬢様の触れる異性で、かつ婚姻するに適齢であり、公爵様と最低限渡り合える能力を持てるとなると絞られます……流石にセバス様は御歳が違いすぎますし」

うぐーっ！　自分の激しい人見知りが憎い……特に男性がダメなのよね……。

アンナは「わたくしはお嬢様がどこへ御輿入れしてもついていきますが」とさらりと言ってくれる。

ふええ……アンナだいしゅきぃ……って、喜んでいる場合じゃなくてよ。

……そもそもなんで私は嫌がっているのだろうか。

フラグが色々と圧《へ》し折れているのだけれど……。

ふと、試作品の万年筆が目に留まる。従来の羽ペンより耐久性が高く、ペン先に特殊な彫り込みの入ったものなので、羽ペンよりインク持ちがいい。当然ペン先も頑丈なので、いちいち調整に削る必要がない。

お父様には瞳の色と同じアクアブルーの物をお渡しするつもりだ。

鉱石を削り出したものと、ユニセフィリムという一角獣の角を加工したもの、青い幹の樹木を加工したものと持ち手だけでも三パターン。鉱石は色が良いのだけれど、少し重いの。一角獣はとにかくお高い。木製のものは重さもちょうどいいのだけれどちょっとざらつきのある手触りが少し気になる。

うーん、やはり角一択かしら。

ふと、お父様を思い出して心が翳《かげ》る。

優しいお父様。私が本来のアルベルティーナを塗りつぶして奪い取っている存在と知ったら、どんな反応をするでしょうか。

この肉体は間違いなくお父様の娘のものです。

私はお父様が大好きです。でも、お父様の愛情は『アルベルティーナ』のもの。

私の意識は、ほとんど個の記憶のない日本人女性のものです。どんな容姿で、親きょうだいや友人をはじめとする縁のあるはずの人たちの顔をほとんど覚えていません。

かわりに、私の記憶はアルベルティーナと馴染《なじ》みました。

私の父親はお父様しかいない。年を追うごとに前世の人間関係は記憶からどんどん消えて、でもなぜかこの世界と関わりのあるゲームのことはよく覚えていて、その中で『アルベルティーナ』の末路はなぜか一層鮮明だった。

アルベルティーナと元の私の心や感情は、時間や重なる恐怖とともに徐々にリンクしていった。知らない体に入って混乱した大人だった私と、恐怖で砕けた幼いわたくしの心。

お父様が望んでいるのはどちらなんて、わかりきっている。

原作のアルベルティーナは悪辣に育ちながらも、誰もが止められなかった。その後ろにはお父様の深い愛があったのだろう。愛娘の願いを全て叶えたいという、残酷なまでにまっすぐな愛情。

それすら踏み台にして欲望の怪物としてのし上がり、そして失墜した悪役令嬢。

私はすべてを知り、偽り、騙している。同じように他者を利用し、愛情を利用し、平穏を貪っている。

お父様にしてみれば、どちらが忌まわしい存在だろう。

お父様は、この事実を知ったら私を切り離す決意をなさるでしょうか。

お父様の愛娘は誰なのだろうか。

こんな嘘《うそ》だらけで、逃げてばかりの卑怯《ひきょう》者など誰が愛すのだろうか。

キシュタリアも、ジュリアスも、ミカエリスも彼らが知るのは『お父様の娘』であることに縋《すが》り付いて、恐怖から逃げ回るために演じた『公爵令嬢』だ。

本当の私は臆病でポンコツでなんにもない。

だから逃げる。

アルベルティーナを愛するという人たちから、逃げたくてたまらない。

何もかもがぐちゃぐちゃなのだ。

全てを間違えている。私は失敗している。そう、最初から。

もっと早くに誰かに相談していれば、謝っていればまだよかった。

偽り続ければいいと思う反面、正直に話してしまいたいと思うのも事実。どちらがお父様が傷つかないかなんて、やはり分からない。

取り替えっ子というのはたまにあるらしい。貴族の正妻の子と妾腹《しょうふく》の子が入れ替わったり、子供が死んでしまったりして急遽《きゅうきょ》代用で赤子を用意する――大抵が、第三者の都合でその子供に罪なんてない。それでも騙されたと冷遇されて追い出されることはままあるのだ。

私は精神だけが異物。

望んできたわけでないが、気がついたら立場を乗っ取っていたのは事実。

それを除外することなんてできるのだろうか。

うーん、魔法の世界だしあるのかな。

精神干渉ってできるのかしら。ちょっと調べてみた。

闇魔法系統で、精神の支配や混濁、記憶の捏造《ねつぞう》は可能みたい。元となる感情がないと破綻しやすいとかあったし、無条件でできるというわけではなさそう。

でも、すごく繊細で危険な魔法らしく、詳しいことは禁書扱いだった。元祖アルベルティーナはノリノリで使いそうですわ。私には怖くて無理。

むしろ私の場合、精神より魂？　そこまで来るとかなり高次元なんだけど……生贄《いけにえ》とか悪魔とか高位精霊の協力が必要なタイプ。結構大掛かりな準備を要する。

お父様ならそれくらい可能でしょうけれど、失敗して残るのは生きているだけの抜け殻の肉体だけになるのでは？　精神干渉の魔法以上に、魂に干渉する魔法は強力かつ繊細なのだ。一方的に使役するなどの縛りは割と簡単な部類だが、分離や操作は上の領域ではないだろうか。

そもそもですが、もし元祖アルベルティーナの精神が生きていたら、ヒキニートの朧《おぼろ》豆腐よりも脆《ぜい》弱《じゃく》な精神は秒で駆逐される。

勝てる気がしない。

アルベルティーナのもともとの精神はほぼ記憶という形だけで私に引き継がれている。かろうじて、家族と近しい使用人を覚えている程度。中途半端に元のアルベルティーナを残す私は、周囲からはショックで性格が変わったと思われている。

魔導書をぱたりと閉じて机に突っ伏した。

「わたくしって……なんでこう地雷が多すぎなのかしら？」

過去未来現在進行形でフルタイム地雷。

本来の乙女ゲームヒロインのレナリア・ダチェスは、私を攻略した相手と弾劾するのは難しい状況にはあると思う。今や立派な罪人ですもの。

お父様のブラッディカーニバルに巻き込まれたけど、首チョンパはされていないはず。

調べたいけれど、学園にいる皆さんは文面越しに『私には関係のないことだ』と圧が凄いのです。

今回の一件で殿下たちはかなり失脚したし、私にどうこうするのは難しい……はず？

逆恨みされていないといいなぁ。いや、ヒロインが逆恨みとかやべーでござる。それはヒロイン失格でござる。

一応、『君に恋して』のヒロインは、一途《いちず》で可憐《かれん》な……あ、ハーレムルート目指しているあたり、もう一途じゃないっすわ。ついぞ顔はよく見ることができなかったし……。

こんなことといっては何だが、レナリアこそ逆恨みで刺されても知らんぞ。

股がけされた攻略対象はもちろん、その婚約者たちからの恨みはきっと半端ない。

ヒロインは庶民に毛の生えたような男爵家の令嬢だ。

現在、彼女は第一王子という最強の後ろ盾をお父様に木っ端にされているはずだ。もし学園に残るとしても、針の筵《むしろ》ではないでしょうか……いや、案外他の攻略者とよろしくやっているのでしょうか……良くて謹慎、最悪処刑だ。貴族から除名されて家に帰されている可能性も十二分にある。

この世界は華やかで甘そうで、意外と残酷だ。唐突に人の命が消える。

悪役令嬢の末路がスポットライトを当てて陰惨なように見えるが、あっさりとした文章で流されているけれど結構死人も出ているゲームなのだ。

バッドエンドだと攻略キャラとヒロインが死んでしまうこともある。

振られておしまいじゃないんだよ、案外。

バッドエンド、ノーマルエンド、グッドエンド、トゥルーエンドと大きく分けて四種類ある。キャラによっては二～三種類のエンドのもいますが……。

バッドエンドは基本死亡、追放、大怪我《けが》を負うなどで攻略キャラと結ばれず悲恋となるパターン。ノーマルエンドはお友達エンド。グッドエンドは普通に攻略して結ばれるエンド、トゥルーエンドはハードモードの代わりに超大団円。二周目以降に解禁されるものだ。

ハーレムエンドもトゥルーエンドの一つなんやで、あの泥沼一歩手前が。

ちなみに全基本キャラクターを攻略すると、隠れキャラが出てくるものもあるらしい。

『キミコイ』は人気ゲームだったから、移植によって攻略キャラも増えていたんだよね。

基本、第一王子のルーカス・オル・サンディス殿下、第二王子のレオルド・ミル・サンディス殿下、宰相子息のグレアム・ダレン、謎多き教師フィンドール・トラン、魔法の申し子カイン・ドルイット、公爵子息のキシュタリア・フォン・ラティッチェ、伯爵騎士ミカエリス・フォン・ドミトリアス。

通常キャラで七人もいるもんだから、スチル網羅も大変だった。

移植版数重ねると、更に増えたエピソード。欲張りすぎじゃないかな？

私は初版をやり込んだタイプだった。だけど、課金要素が強いアプリ版とか追加パッチはあんまりやってないのよね。燃え尽きたっていうか……情報をちょこっとしか知らない。

しかし、ヒロイン普通に最低七股を目指していたとか肉食女子すぎて引く。

そこまでいくとえぐいわ。王女に続きヒロイン像まで砕かれた。なんとなくそんな気はしていたけど、改めて思うとさらに粉々。

平民計画はお父様にばれるし、お父様を悲しませるし、推しヒロインはハイエナ女子だったし……。

辛《つら》い、ふて寝しよう。

人生は上手く行かないモノです。

最初はラティッチェ家で引き籠《こも》っていればいいと思っていましたが、わたくしは思った以上に業が深いのです。

悪役令嬢に大団円ってあるんでしょうか？


いよいよやってきました！　決戦の日ならぬ、お父様の誕生日！　この日の為に、私も準備をしてきました。

真っ白なクロスを敷かれたテーブルにはずらり並べられた料理。

活けられた花は、料理の邪魔をしない様に香りの薄い品種のカスミソウと薔薇《ばら》。

胡桃《くるみ》パンと白パンに香草とポテトサラダ、豆と鶏肉とチーズのテリーヌ、鴨《かも》のローストのオレンジソース掛け、コンソメゼリー寄せ、ビシソワーズ、豆腐のステーキ、プチグラタン——ラティッチェ自慢の料理の数々。大半が、私の我儘により生み出された現代料理復刻版。ラティッチェでも凄腕《すごうで》の料理人たちが執念と創意工夫を凝らして作られたものたちだ。

お父様の好物も並んでいるのだけれど、なんだか私の好きなものもいっぱい並んでいる。

コース料理形式ではなく、並んでいる料理を使用人が給仕するスタイルだ。

「お父様、お誕生日おめでとうございます」

私の声を皮切りに、キシュタリアやラティお義母《かあ》様からも祝いの言葉が上がる。

サンディス王国では十六歳からお酒がＯＫなのだけれど、ノンアルコールである。

いつかお父様と飲んでみたいものですが、お忙しいお父様にはなかなかそんな時間がないのだ。

わたくしが以前、お誕生日を当日にお祝いしたいと言ったものだから、ただでさえ忙しいお父様は更に忙しくなってしまった。自分のお誕生日に興味などないお父様は、普通に仕事をする予定だったのでしょう。ですが溺愛するヒキニート娘のお願いにコロリと頷いてしまわれたのです。

大事なお父様のお時間を、わざわざ作っていただいているのです。できるのならば、素敵な一日にして差し上げたいのです。

今日、ご自分のお誕生日にお時間を取っていただいたのも私が我儘を言ったから。

本来、お父様はご自分のお誕生日にすら無関心なのです。

お父様、ラティッチェどころかサンディス王国の大黒柱レベルの存在でしてよ？

ポンコツなりに頑張ってお祝いするぞと息巻いているのですが、なぜか周りは物凄く微笑《ほほえ》ましく眺めています。何故ですか。解せぬ。

お父様は公爵でしてよ？

このお屋敷のトップというか、国でも上から数えた方が早いこと間違いない権力者でしてよ？

日々を国とポンコツニートのために頑張っているお父様を慰労するチャンスでしてよ？

「ありがとう、嬉しいよ」

うん、お父様の眼には安定の私だけしか入らない状態みたい。

お隣のラティお義母様はもう気にせずワインを傾けている。キシュタリアもワインですと？　私だけノンアルコールなの⁉

わたしがちょっと不満げな顔で見ていると、キシュタリアにクスリと困ったように笑われた。

「夜会では、多少は嗜《たしな》むからね」

「わたくしもいただきますわ！」

「「ダメ（だよ）（よ）」」

何故そこでハモるのですか、ラティッチェ公爵家。

私は酒乱の気でもあるのですか？　お酒なんてホットミルクに香る程度に数滴ブランデーを垂らしたものや、ほぼほぼアルコール成分のとんだ蜂蜜ワインくらいですが、わたくしも立派なレディというべきお年頃でしてよ。

納得いかず、思わずムキになってお父様に問う。

「なぜですの？　わたくし子供ではなくってよ」

「……仕方ないね、セバス」

「はい」

くしゃりと顔を歪《ゆが》めた姿はとてもじゃないけど、年頃の令嬢のするものではないだろう。お父様が言えば、すっと隣にやってきたのはセバス。

磨き上げられたワイングラスに薄っすらとミントグリーンの色のかかった——ワインですの？　これ？　ワインって白と赤が主流じゃないのかしら？　あ、そうだ異世界だった。

「グリーンセラミコットのワインでございます。四十三年物で、熟成されたまろやかさと爽やかな酸味。甘く軽い口当たりで若い女性にも飲みやすい、ドミトリアス領ヴィンツ産の銘柄です」

ごめん、セバス。全然わからない。

グリーンセラミコットって葡萄《ぶどう》の品種らしい。稀少《きしょう》な葡萄らしくあまり一般には出回らないそうですわ。マイナーなのかしら？　四十三年物ってすごいのかしら？　でもお父様がにいわれてセバスが用意したモノなら変なもののはずないわよね。

目玉がぽんと出ちゃいそうなお値段だったりしないかしら？　怖いけど、ここで引いたらいつ飲めるのか分からない。有難く頂戴する。

恐る恐るグラスを傾けると、鼻に抜けるような爽やかさと甘さが広がった。

「まあ、美味しい！」

……でも全然アルコールって感じしないわ？　独特の苦みとか香りがしないし……。

なにかジュースでも飲んでいるようなのですが。

予想以上の美味しさに思わず破顔すれば、お父様は優しく目を細めた。

「気に入ったかい、アルベル？」

「ええ、大変結構なお味です。美味しゅうございます。ありがたく存じますわ、お父様、セバス」

「そうか、なら毎日の晩餐《ばんさん》にでも用意させようか」

「あら、寧ろたまにがいいですわ。特別な感じがして、一層美味しくなりますわ」

休肝日って大事だと思いますわ。それに、アルコールってカロリーが高いと聞きますし、色々と太るもとになりそうですわ。

お父様って年齢とか感じさせないといいますか、本当にすらっとして無駄なところが全くないといいますか……お父様と同じペースで食生活をしたらわたくし、あっという間にぷくぷくになってしまいそうな気がします。

食事に興味がないという割に、出されたものはちゃんと食べますし……。

「アルベルのケーキ、とても美味しいよ。まさか、娘が私のために料理をする日が来るとはね……年は取るものだ。私は幸せだよ」

「ふふ、ありがとうございます」

お父様、この世においてアンチエイジングに励む女性たちに呪い殺されそうなほど年齢不詳疑惑が増すばかりの美貌。

正直、わたくしが誘拐されたときからあんまり変わっていないというか、変わらなすぎのお父様にそんなこと言われても首を傾《かし》げてしまいますわ。

お父様、カッコいいですけれど。大好きですが、なんだか釈然としませんわ。

ついでにいうなれば、混ぜるだけではなくオーブンで焼く許可や、包丁を使う権利も欲しいですわ。

お父様は美味しいといってくださいましたが、わたくしの料理の腕など所詮素人……。

「お父様、次はオーブンで焼くのは……」

「火傷《やけど》なんてしたらどうするんだい？　そんな危ないことは許可できない」

「……包丁……せめてピーラーはダメですの？」

「アルベルの指先の薄皮一枚で、調理場にいる全員の首が落ちることになるけれど、それでも使いたいかい？」

撃沈！

ラティお義母様もキシュタリアも当然のように黙々と食事をしている。

過保護すぎではありませんか？　お父様の過保護がうつったのではありませんか？

これはあれか？　もはや刃物を使わない料理方法を探す方が早いかもしれない。

「お父様にもっと美味しいものをお作りして差し上げたいのに……」

ぽそりと落ちた言葉に、お父様がぴたりと止まる。

む？　むむむ？　反応アリですわ。先ほどまで、わたくしの妥協案をサクサク切り捨てていたお父様がわかりやすく躊躇《ためら》いを見せた。

じっとお父様を見ると、困ったように眉を下げる。

「アルベルのおかげで、私は十分美味しいものを食べているつもりだよ。これ以上私の舌を肥えさせてどうするつもりだい？　屋敷から出られなくなってしまうよ」

「まあ、それは素敵ですわ！　お父様がずっと一緒ですのね！」

ファザコンとしては実に魅力的なお話である。

最近は本当に忙しくて、お茶もご一緒できないことばかり。屋敷に戻ると、ちゃんとわたくしに顔を見せてはくれますし、なるべく先触れを出してくださるのですが、それでも会う機会は減ってしまっています。

お父様不足の私としては是非とも大歓迎。

お父様に満ち足りた生活。とても素敵。思わずニコニコとしていると、困り顔で眉を下げながらも、お父様もそれを蕩《とろ》けるような眼差《まなざ》しで眺めている。

この前、学園では酷《ひど》い目に遭った。本当におんもが怖いでござる。お父様の傍《そば》が安心安全すぎて、マジで外出たくない。ラティッチェ領や屋敷近辺くらいならまだしも、他の街は絶対に嫌。ですが、ヒキニートという親のすねかじりをいつまでやっていていいものなのでしょうか。

……お父様は大歓迎の気配がしますが、そこに頼ったら本当にダメな気がしますわ。

そもそも、お父様がお忙しいのはレナリア嬢の件もあるのです。

誰一人あの後の沙汰――というか、レナリア嬢のことを教えてくれません。お父様にまで「そのうちにね」とにこりとかわされてしまいました。

セバスが後ろでスンと表情を消したので、なにかあるのは間違いなさそうなのですが……。

いつもの疲れた顔ではなく、何やらお父様やジュリアス、キシュタリアがたまに浮かべるうすら寒い予感のする虚無顔？　なんといったらいいのかしら……。

「本来なら、わたくしはどなたかへ嫁いでいくべき年頃ですのに……」

ついお父様に甘えてしまいますわ。居心地が良すぎて、お父様はわたくしに甘いから。

ぽつん、とまたこぼした一言に一気に空気が重くなった気配がした。

それを誤魔化すように、私は白身のポワレを切り分けて口に運んだ。美味しいけど、ソースがほろ苦い。ふわりと広がる魚肉と香草とバターの香りが素晴らしいのだけれど、なんだかちょっとしょっぱい気がした。

こくん、と一口飲み込んだところで気づく。

何故か、皆が私を凝視している。

お父様、ラティお義母様、キシュタリアだけでない。セバスやジュリアス、アンナ――給仕をしていた他のメイドやシェフをはじめとする使用人たちまでもが見ている。

しかも、皆一様に顔から表情を抜け落ちた真顔である。超絶怖い。

それなのに眼だけは底なし沼のような虚《うつ》ろな気配でこちらを凝視しているのです。

「……アルベルティーナ」

「は、はい」

おとうさまがちょうこわい。

こんなこわいおとうさまはじめて。

ひきにーとはもうなきそうです。

すでに戦意喪失。犬だったら後ろ足はガクガクで股の間に尾っぽがくるんと挟まっていそうなほどの状態だった。敵前逃亡。そんな言葉が脳裏をよぎる。

にこりと微笑んでいるはずのお父様が、先ほどの蕩ける微笑はどこへやら。ダイヤモンドダストが見えそうな寒々しい気配。思わず、近くにあったワイングラスを確認したけど凍ってなかった。

「………どこの馬の骨だ？」

ゆっくりと顔の前で指を組んだお父様は、その手を額を押しつけるようにして俯いた。

じっくり間を置いてお父様が言った。

いつも腰砕けになるよう甘いバリトンボイスが、絶対零度すら生易しい極寒を伴っている。

馬の骨？　今日ってスペアリブとか骨付き肉系のお料理ありましたっけ？

馬肉のお料理ってありましたでしょうか？　シェフに本日のメニューは一応聞きましたが、割と素材はスタンダードであったと思うのですが。

首を傾げるけれどラティお義母様もキシュタリアも緊迫した様子で私を見ている。

「ああ、すまないね。私の可愛いアルベルティーナ。お前に怒っているわけではないよ。お父様はただ、気になったんだよ。大切な私の天使がどこかの男を悪《にく》からず思い、どこかに嫁ぎたいと思っているのではないかとね」

「え。他所《よそ》に？　嫌ですわ」

思わず本音がポロリ。

貴族の結婚なんてめんどくさいこと間違いない。社交なんて碌にできないわたくしが嫁ぐって、こんなにラティッチェ家で甘やかされ放題のヒキニートなんて絶対いびられるわ。

ラティッチェ公爵家という安心安全がプライスレスな温室でのびのび育ったわたくし。他所に行っても碌に役に立てず、お飾り夫人として肩身の狭い思いをするに決まっています。遠回りな自殺行為ですわ。

下手すればわたくし、もろにお父様への脅しネタに使えましてよ？

はっ、もしや……。

「……っ……いにお父様はわたくしの縁談をお考えなのですか……？」

「私の可愛いアルベルを任せられるような場所があると思うのかい？　それなら、その家を掌握して丸ごとアルベルの玩具《おもちゃ》にできるように、きちんと教育と調教をしてから渡すよ。どこか欲しい家があるならいってごらん？」

お父様即答。

んん？　ちょっと会話が噛《か》み合ってないかも？

そもそもそれってどっかの一族を掌握してって……ええ、ちょっと荷が重いような！

「わたくしはラティッチェが、お父様の御傍が一番好きですわ。……ですがお父様がお望みならどこへでも行きます……わたくしも、曲がりなりにも貴族の娘ですもの。育てていただいたからには、責務は果たします」

「困ったな、アルベル。そんな可愛いことを言っていると、私は一生お前を離してあげられないかもしれないよ？」

「問題があるのですか？」

いや、あるか。こんなお荷物ヒキニートなんぞ一生養わなきゃならんなんて。

今はまだ美少女だけど、年取れば中年になっておばあちゃんにもなりますわ。だって人間だもの。

お父様、いくら娘大好きだからってこんな不良債権をいつまで大事にしてくるのでしょうか。

それにお父様がもしそんなことしたら絶対次期公爵であるキシュタリアにも余波が飛びまくりですわ。前回の学園の騒ぎも相当でしたし……。

なんだかさっきから会話に質問が飛び交っているけど、やっぱり噛み合っていないような？

お父様が困ったように笑っている。

でも、さっきみたいにずどーんって重たい空気は纏っていないからいいのかしら？

他所のおうちは嫌なのですが、お父様が望むのであれば従います。お父様のお役に立てるなら、ヒキニートは頑張ります……本当は修道院のほうがいいけれど、嫁ぐのが本来の貴族の令嬢の役割ですもの。

「もう、お父様ったら。お父様が優しすぎて、わたくしいつまでたっても親離れができなくなってしまいそうですわ……」

「おや、嬉しいことをいってくれるね」

「冗談じゃなくてよ、お父様。お父様が素敵すぎて、わたくし初恋すらまだですもの！　恋多き人生を歩みたいわけではありませんが、理想ばかりが高くなりすぎている気がしますの……」

困ってしまいますわ。本当に。

頬に手を当ててため息をついてもお父様はにこやかにグラスを傾けている。わたくしと目が合うと、一層笑みが柔和に蕩けていく。

私はファザコンという自覚がある。

元祖アルベルには一切そんな記述はなかったはずだし、これは私の個性なのだろう。

お父様というチートが常に傍にいるので、並みの異性には靡《なび》かない。多分。

お父様は傍《はた》から見れば魔王だの怪物だのと物々しい言われ方をするけれど、わたくしから見ればひたすら甘々な親馬鹿パパンである。

「そうですわ。お父様にお誕生日プレゼントも用意させていただきましたのよ！　登城にも使えるマントや、お仕事に使えるペンをご用意いたしましたの」

お父様の瞳に合わせた青い持ち手のペン。手にフィットするように、流麗なデザインをしている。

現在、この国のペンは羽ペンが主流だが、このペン――万年筆のほうがインク持ちも良い。

最初はインクをちょんちょんと付けるタイプを考えていたのですが、ちょっと我儘を言ってカートリッジ式にしました！　替え芯の製作は苦労しましたが、保護キャップをつけてペン先の品質維持とインク漏れ防止すればなかなかの品に！

これでどんな長いお手紙もすいすいですわ！

「これはまたアルベルが考えたのかい？」

「ええ、いちいちインク壺《つぼ》にペン先を入れなくてもすぐ書けますわ」

さっそく万年筆に興味を持ったお父様。

実はキャップのところにはラティッチェ家の紋章も入っている。

セバスがさっと紙を用意するとお父様はサインを走らせた。インクの伸びもいいし、どの方向にもかすれがない。

インクはかなり凝ったのです。幸い異世界には現世にない不思議素材のオンパレードだったので、再現できました。

「うん、いいね。書きやすいし形もいい」

「喜んでいただけたのなら、嬉しゅうございますわ」

娘の折り紙ですら喜ぶお父様なのだから、喜ばないはずはないのだけれど実際にプレゼントしたものを使っている姿を見ると嬉しい。

未だに折り紙のくす玉を大事にお胸に飾って登城すると聞く。是非ともやめていただきたい。なので、私は次の手を打ったのです！

「それに、新しいアミュレットも。お父様、最近ますます忙しそうで心配ですわ。わたくしの結界魔法を付与したものですの。前の折り紙より、ずっとよくできましたのよ」

本当はお父様の瞳に合わせた淡い蒼《あお》の魔宝石が良かったのですけれど、私が魔法付与できる宝石で相性が一番よかったのはサンディスライト――濃い緑の魔宝石だった。

サンディスライトはサンディス王国原産の石。その中でも特に美しく純度の高い宝石として価値も、魔石としての価値もあるものは本当に限られている。

取り外しできる金具は、マントの留め具にもブローチにもタイピンにもなる様にしてあるため、これならお父様の勲章がゴロゴロしているお胸に輝いていてもおかしくないはずである。

むふー、とドヤっているとお父様はまじまじとそのアミュレットを見ていた。

え、ちょっと待って……確かに自信作ですが超一流魔法使いでもあるお父様にしてみればちゃっちい子供だましかもしれないのでやっぱりそんなに見ないで……。

「良くできている。随分と練習しただろう」

「ええ、お父様にお渡ししたのは会心の出来ですわ」

「他の失敗した石も全部出すように」

「えっ」

「サンディスライトは稀少な魔石だ。ましてや、それに魔法が付与されていたら、値段も価値も跳ね上がる。高度な魔法や特殊属性に関しては更に付加価値がつく。いくら失敗したもので、アルベルにとっては価値がないものでも放置してはいけないんだよ」

「……そうですの？」

実はひび割れとか起こしたり、なんか変色してしまった石が結構あったりするのです。

正直、そんな失敗作の山をお父様にお出しするのは超絶嫌。ヒキニートにもプライドがあるのです。ですが、お父様にそう諭されてしまえば出すしかない。

結構数があります。材料費にかなりお小遣いを使い込みました。

見栄張って、成功したのしか出しませんでしたが。

ゲームでは魔力や知力の能力値が高ければ錬金術師さながらにポンポン色々な魔道具作成していましたが、リアルでは失敗率のあまりの多さに心が折れかけました。家庭教師の先生には優秀な生徒として扱われていましたが、リアルではこんなものです。お父様へのプレゼントでなかったらめげて諦めていた自信があります。

「アンナ、後で確認するから屑石《くずいし》だろうが欠片《かけら》だろうがすべて探し出して提出しなさい。ジュリアス、念のためアルベルが用意したものと数や重さの整合性をとっておくように」

「畏《かしこ》まりました」

みゃあああっ！　バレる！　失敗の山がああ！

一人だらだらと冷や汗をかいてオロオロしていると、キシュタリアに座るように促された。うえええん、泣いてませんわ！　わたくし立派なレディですもの！

消沈した私を見かねてかキシュタリアが私の口にチョコレートを摘まんで持ってきた。

……美味しいですわ。

「父様は怒ってもいないし、呆《あき》れてもいないよ。ただ、少し気になっただけだよ」

「……本当？」

「アルベルの結界魔法は稀少だからね。ああやって、物に込められるのは更に珍しいんだよ」

「とても難しかったですわ」

「だろうね。僕もできるけど、あまり得意じゃないな。相性もあるけど、とにかく繊細な作業だからね。魔力に対して、魔石が耐えられないことが多いしね」

「キシュタリアの魔法はすごいもの」

うん、納得。しかも多属性をかなり高レベルに扱えるのだからさらに凄い。

お父様も複属性タイプらしいですが、あまり見たことない。なんでも、過去に戦場では結構ド派手に使って逸話を残していらっしゃるようなのですが。

ちらりと見れば、さっそくお父様がアミュレットを身につけていた。うん、気に入ってはくれたみたいですわ。

それを見ていたセバスやジュリアスの視線がなんだか微妙なのは気のせいかしら？

お父様は元帥でいらっしゃいますけど、最前線にも赴かれることもあるのですから必要なものだと思いますわ。

ちなみにラティお義母様のプレゼントは何かお手紙を渡していた。

お父様は興味なさげに開封して目を通す。中身は不明だが、それに目を通したお父様はなぜかうすら寒い笑み。だけどにっこりと私を見て微笑んだ。とりあえず微笑を返しておいたけど、ワケワカランでござる。

……後で知ったのだけれど、ラティお義母様が社交界で得た敵対貴族たちの弱み情報だそうです。

キシュタリアは何かの古い本。なんでも、精霊言語や古代の極大魔法を記載した魔導書の写本なのだそうです。それだけで立派な一等馬車が買えるお値段はするそうです。一見ばっちいのですが結構な価値があるそうです。キシュタリアは「もう読んだし、押しつけてきた先が気持ち悪い奴だから手放したかった」とプレゼントにあるまじき理由だった。

うん、極大魔法って超ハイレベル魔法。キシュタリアやお父様レベルに魔力量がないと無理かもしれないけど……ある意味、実用的ではあると思いますわ。なんだか産廃押しつけるような、お祝い感がない贈り物な気が？

極大魔法は精霊や悪魔など高位の存在と契約すれば、そこそこの人間にも行使できるらしいですが、単独でやるとなると極限られた天才のみでしょう。

「あの本、なんだか妙に甘い匂いがしますわね」

「うん、臭いからいつも風の魔法使いながら外で読んでいたよ。アイツの使っていた香水か何かしらないけど鼻につくんだよね」

あ、お父様がなんか魔法使った。

お父様もちょっと嫌だったみたいですわね。なんだか、甘いのですけど人工甘味料の安っぽいというか合成感たっぷりな健康被害な気配を感じる甘さというべきか……。

「うっ、やっぱり父様は魔法が巧いなぁ……僕も消そうと思ったんだけど、魔導書にかかっている魔法が反応して消せなかったんだよね」

ちょっと凹むキシュタリア。そっとその柔らかそうな髪の頭に手を乗せてなでなでしたら、珍しく逃げなかった。

キシュタリアは頑張っていると思いますわ。

お家《うち》でほえほえ笑って茶を啜《すす》っている令嬢もどきのヒキニートの、この怠惰っぷりを見てごらんなさい。お父様に甘やかされて、こんなにファザコンを拗《こじ》らせていますわよ。このどこに出しても恥ずかしい義姉に比べれば、キシュタリアのちょっとできない魔法のなにそれなんて誤差よ！　誤差！

撫《な》でていると、甘えたい気分なのかキシュタリアは私に身を寄せてくる。うーん、立派な青年になってしまったキシュタリアを私が抱きしめようとすれば、逆に私がすっぽり腕の中に納まってしまう哀しい体格差……でも頑張って撫でますわ！　ささやかにでも慰めてみせますわ！

私が一生懸命手を伸ばす。

ぱちん、とお義母様が扇を締めるとそれを合図のようにさっとキシュタリアが身を離した。

あれ？　慰めタイム終了？　もうちょっと撫でたかったのに……。

私が物足りなさにワキワキと指を動かしていると、ジュリアスが無言でその手を拭く。そして、グリーンセラミコットを注いだワイングラスを持たせた。

「でもよかったの、キシュタリア？　あれは珍しいものだったのではなくて？」

「確かに稀少であるんだけど、あれを寄越した相手が胡散臭《うさんくさ》すぎて……」

とにかくとってもよろしくないお相手だったらしい。

でも、貰《もら》ったものがなまじ貴重だったから処分にも困っていたのだろう。

いいのかしら？　お父様が喜んでいるのだから、多分いいのよね？

なんでかちょっぴり笑顔が怖いのは気のせい？

「次に戦や小競り合いが起こったらどっかの地形が変わるかもしれないね」

……お父様に本当にお譲りしてしまってよかったのかしら？

心なし遠い目のキシュタリア。

地図が改訂なんてことにならなければいいのですが。

楽しいひと時はあっという間に過ぎた。お料理は好評でしたし、お父様に喜んでいただけたし、思う存分お父様を祝えて満足ですわ。

部屋に戻ったわたくしは、ふと気になってジュリアスに聞いてみた。

「ねえ、ジュリアス。グリーンセラミコットのワインって手に入れられるかしら？　とても美味しかったのよ。少し用意できないかしら」

「無理です」

「え？　なんでですの？」

「グリーンセラミコットのワイン醸造は秘匿中の秘匿。極上であり至高のワインの一つ。これらは王家にのみ納品されるものです。サンディス王家以外であれば、臣籍降嫁した姫君や臣籍となった王子の家に譲られることもあります。また国へ多大な貢献をした貴族や騎士にも叙勲や陞爵《しょうしゃく》などに稀《まれ》に下賜されます。下賜されるそれらは平均して、年に十本あるかないかです。公爵様は王侯貴族の中でも屈指の実力者ですので、ため込んでいたのだと思いますが……普通はホイホイ出すものではありませんね。あれ一本で屋敷が買えます」

「ぴゃあ……」

「どんな悲鳴の上げ方ですか。貴女《あなた》は小鳥ですか。あざとい手乗り鸚哥《インコ》にでもなったつもりですか。二度と飛べない様に羽を切って、特注の鳥籠に入れられて今すぐどこかに隠されたいんですか？……まあ、貴女にそんなつもり毛頭ないのは解《わか》っていますが。……公爵様としては、甘口はそれほど好まれないのですが、クリスティーナ様はお好きだったと聞きます。今まではその惰性で集めていたのですが、今後はアルベル様のために集めるようになるんでしょうね……」

　何故か物凄く流暢《りゅうちょう》に罵られつつ答えられた。

　なんで怒られているの、私？　ジュリアスは時折、訳の分からない葛藤をしているのですが……。

　それ以上に出てくる衝撃情報に私の脳みそはオーバーロードです。驚きのキャリーオーバーです。

「ぴぇえ……」

「どっからそんな情けない声が出るんですか……本当に困いますよ、ポンコツお嬢様。まあ、そうでなくても王家の賠償金と一緒に年に一本はグリーンセラミコットのワインもついていたと思いますよ。アルベル様が欲しいといえば、公爵様は財力と権力に物を言わせてありとあらゆる場所からむしり取ってきてくれますよ？　おねだりしますか？」

青い顔になってぷるぷると横に首を振った。そんな怖いことしたかねぇでござる。

蚤《のみ》の心臓のヒキニートが、そんな恐ろしい裏話を聞いたうえで「もっと美味しいワイン欲しい♡」なんて脳みそ浮ついた言葉を吐けるわけがない。

「流石にグリーンセラミコットは無理ですが、アルベル様にも美味しく飲めるワインを探しますから、それでよろしいですか？」

「お、お願いしますわ！　無理はしないでくださいましね？」

「しませんよ。これでも商人にも貴族にも顔は広い方です。楽しみにしていてくださいね」

「はぁい」

後日、ジュリアスだけでなくキシュタリアやミカエリスまでお薦めのワインを持ってきてくれた。

ワインもいいけど、この世界にカクテルってないのかしら？

カシオレとか、ファジーネーブルとかピーチフィズとか。確かあれって、フルーツリキュールを混ぜて作るのよね。カルーアミルクのようなのも良いのですが。

恒例のごとく私の前世の再現したい欲求に気づいたジュリアスにより、徹底的に案を吐かされることとなる。

ジュリアス、私は公爵令嬢。わたくしイズ公爵令嬢!!　一応主《あるじ》!　お嬢様!

この従僕にはわたくしの欲望センサーでもついているの?　そんなもの搭載してどうするのよ。

——その後。

「アルベル、なんかさっきジュリアスが真っ青な顔して廊下で座り込んでいたけど何があったの?」

「え?　ちょっとお酒の試飲をしていたけど……」

「……どれくらい飲んだの?」

「…………いっぱい?」

ジュリアスが試作品を次から次へと出してくるからちみちみ飲んでいた。

実際はどれくらい飲んだとか分からない。ジュリアスも多少試飲していたけど、私の方が飲んでいたような?

しかし、私は特段アルコールに強いという自信もないし、そもそも飲み始めたのは最近だ。

ジュリアスがどれくらいの強さかは不明だが、失態をするような飲み方をするタイプではないはずだ。そもそも、そんなアルハラみたいなマネをしたつもりもない……はず?

首を傾げている私を見ていたキシュタリアは、ふと何かに気づいたように近づいてきた。

「アルベル、ちょっといい?」

「うん?」

「あ、やっぱりこのバレッタ、解毒のアミュレットだ」

「解毒？」

するりと伸びた手は、後頭部でハーフアップにしていた髪に触れる。そしてぱちりと金具を動かしてバレッタを取り外した。それをじっと見つめるキシュタリアは合点がいったように苦笑を浮かべた。

「うん、アルコールくらいなら効かなくなるね。でも、やっぱり昼間からそんなにお酒は飲んじゃだめだよ……」

「うう、つい美味しくて……気を付けますわ……」

いつの間にかつけられていた魔道具に助けられたけど、危うく醜態を晒《さら》すところだった……。

その後、キシュタリアにも感想や意見を聞こうとちょっとカクテルを飲んでもらったら、潰れた。

甘さに騙されてさらっと飲んでしまうので、結構ヤバいみたい。

社交界で夜会慣れしているはずのキシュタリアまでもが撃沈とは……うーむ。

アンナやラティお義母様には好評なので、もうちょっと分量やアルコール量を要調整かしら？


お誕生日から数日後、お父様は再び屋敷から発《た》つこととなった。

なんでも、北部でスタンピードが起こったのだという。

幸せの埋め合わせの様に悪いことが起き。幸せの余韻は霧散し、それはもう落ち込みます。

これはお父様のお仕事。軍事であり政治であるのですから、わたくし如きが反対できることではありません……。

出発当日。寂しい気持ちを抑えて、お父様のお見送りをすることになりました。

「お父様、お怪我には十分気をつけてくださいましね」

「勿論だよ、アルベルティーナ。お前の顔を翳らせるようなことはしないよ」

心配のあまり、眉が自然と下がってしまう。

元帥というお立場でありながら、サンディス王国有数の魔法の使い手であるお父様。当然、お父様にしかできない仕事がある。それが戦いにまつわることが多いのは詮無いことなのかもしれません。ですが、それでもやはり危険な場所へ赴くと分かってしまえば、どうしても快く送り出すことなどできない。そんな私の頬を労《いた》わるように撫でるお父様。

そんな情けないわたくしとは違い、お父様はいつも通りの平静さで立っている。顔には不安も焦燥もありはしない。

胸に蟠《わだかま》る辛さを押しやり、お父様と抱擁を交わす。

お父様が遠征に行くことは珍しくはありません。ですが、今回は長期になるそうです。

お父様はわたくしと長く離れることを嫌いますが、それを避けられなかったということは、お父様という強力な魔法使いを必要とする危険な遠征なのかもしれません。そして、お父様も、自分の代理を立てられないという見立てで動いている可能性が高い——そんな場所に行くのです。

いつもの定期遠征のタイミングと違うのが、一層不安を掻《か》き立てます。胸騒ぎが収まらず、お父様の姿を目に焼きつける。

「キシュタリア、留守は任せる。セバスもいるから問題は起きないだろう」

「ええ、行ってらっしゃいませ。父様」

簡潔な挨拶を終え、お父様とキシュタリアはあっさりと別れを済ませた。

お父様が乗り込んだ遠ざかる馬車を見送る。

胸の前で指を組み小さくなっていくその姿を心に刻み込んだ。

「大丈夫だよ、アルベル。父様はとてもお強いのだから」

「……ええ、わかっていますわ」

私の心配を読み取ったように、キシュタリアが優しく声をかけてくれた。

だけどうまく笑顔も作れず、俯いてしまった。

「風が出てきた。屋敷に戻ろう」

「……ええ」

キシュタリアに促され、屋敷に戻ります。

スタンピードは魔物の大量発生。魔素溜《だ》まりが噴出し、辺り一帯の普通の動植物たちが魔物化してしまうパターンや、ダンジョンという魔物の巣が何らかの原因で地上に出現することにより起こる。

この二つがよくある原因だ。

ダンジョンはしばらくたてば落ち着くのだけれど、魔素溜まりによって発生したスタンピードは生態系を大きく崩す恐れがあるうえ、いつ終わるか分からないので早急にその場所に封印を施す。または、消し飛ばす必要がある。大抵は、スタンピードで魔素を使い果たして沈静化するらしいのですが。

スタンピードでは、普段出ないような強力な魔物も出現する。そして、稀少な素材も手に入るのですべてが悪いというわけではない。でも、放置をすれば国土に大打撃を与えることは間違いない。数年前、虫型の魔物が穀物を食い尽くしかけたこともある。オークやゴブリンなんかは近隣の小さな村を襲って壊滅させることもある。

戦争が無くても、この国から軍が消えることはないだろう。

ファンタジーの世界ならではの災害があるのだ。

キシュタリアは今、ラティッチェ家に戻っている。学園でのあの大騒ぎにより、今までのルーカス殿下をはじめとする一派の横暴にメスが入った。貴族の多い学園でその影響は大きく、落ち着くまで生徒は実家に帰されたのだ。

今まで王家の威光でうやむやになっていたことも含め、すべて洗い直しとなっているそうだ。罪状が次々明るみになって、さらに一からやり直しになっているそうです。

お父様のテコ入れ後にこれだけ大騒ぎって、どんだけやらかしているのよ。

ルーカス殿下とレオルド殿下は王宮の一角にある貴賓牢《ろう》で謹慎中らしい。特にルーカス殿下の処分は重く、出歩くこともままならず軟禁状態という。

宰相子息のグレアムは自宅で謹慎中。ルーカス付きの騎士のジョシュアも同様。カインはその膨大な魔力もあり、特殊な牢に入れられているという。

そして、ルーカス殿下と同じく主犯格といわれているレナリアは現在牢に入れられている。

王族への犯罪教唆、上級貴族の殺人教唆、狂言、脅迫、詐欺行為、様々な不敬罪と罪状に事欠かないらしく重罪は確定。処刑がされていないのは、余りに多い罪状をまだ調べ切れていないためという。良くて自決を求められる。毒杯を賜ることは、貴族の尊厳は守られる。だが、レナリアはその温情すらなく死ぬまで犯罪奴隷として扱われ様々な労働を課せられるか、すぐさま死刑にされるというのがキシュタリアの見解だった。謹慎なんて生ぬるいものじゃない。

ヒロインの余りにもという末路だったが、罪状を聞けばそうなるしかないのだろう。

同じ詐欺や教唆でも平民より貴族、貴族より王族に行った方が当然罪は重い。

「ダチェス男爵家は取り潰しを免れないだろうね。いくらあの女が勝手にやったこととはいえ、事が大きすぎるから」

「まだお若い女性ですのに……」

「そのお若い女性とやらにアルベルは殺されかけたってわかってる？　しかも完全な逆恨みだよ？」

「……わたくし、正直ルーカス殿下がとても怖かったことしか……。その方と面識がないもの」

珍しく表情を厳しくさせて、私に言い聞かせるキシュタリア。

ううう、この様子だとキシュタリアはだいぶあのご令嬢をお嫌いみたい。

ラブロマンスは程遠いようね……あの事件は偶然なのかしら？　それとも、やはり私が悪役令嬢だからかしら？

どちらにしても、『キミコイ』のヒロインは素朴で可憐な割にはガッツのある性格ではあったけど、逆恨みをするようなタイプではない。接点もないはずだし、わざわざ男爵令嬢が公爵家に喧嘩《けんか》を売るような真似をするって、なんの得があるのかしら？

王家ですら敬遠するはずよ。ラティッチェ公爵家に危害を加えようなんて……。

いずれにせよ、ダチェス令嬢はハーレムルート失敗といっていいのでしょう。

キシュタリアやミカエリスの好感度も低いとしか思えないこの状況は、ゲームの攻略条件と照らし合わせてもまず間違いない。そして、現実的に見てもこれだけ罪状を連ねた令嬢など、どこにも相手にされないだろう。彼女は償う時間さえ与えられず処刑される可能性が高い。

「面識なんて持たせるわけないよ。あんな汚らわしい女——男をとっかえひっかえ侍らせて、その男たちの権力をいいように使って我儘放題していたんだよ？」

「……男の人をたくさん侍らせて、周りの方に威張り散らすのってそこまで楽しいことなのかしら？」

恋人は、自分をちゃんと見てくれる、愛してくれる人が一人いれば十分だと思うのですが。

元祖アルベルがまさにそれだったけど、私には理解できないわ。

ダチェス男爵令嬢はハーレム狙いのようでしたが……この世界は恋愛ゲームを擬《なぞら》えているようであっても現実なのですから、そう上手く行くはずもないのです。

「随分楽しそうにしていたね。少なくともあの女は」

「……不潔ですわ……」

思わず鼻の周りにきゅっと力が入る。顔を顰《しか》めるのはよくないが、不快なのは仕方のないことだ。

『キミコイ』のファンとしては、ハーレムルートはゲームとしては楽しいけれどリアルでは引く。ドン引きにも程がある。貴族の地位も剥奪され、命も風前の灯火《ともしび》のダチェス令嬢の現実を見ると、やはり堅実が一番だと改めて思う。

一応ゲーマー魂としてはヒロインに愛着があるが、キシュタリアから聞いた罪状には引くしかない。乾いた笑いすら漏れない。

ジュリアスの淹《い》れてくれたとっても美味しい紅茶のはずが、なんだか今日は苦く感じる。

国王が複数の妃《きさき》を持つことはある。貴族でも基本は一夫一妻だが、跡取りに恵まれない場合は第二夫人や愛人を迎えることはある。逆に女性が相続権のある場合でも同様だ。王侯貴族は血脈を尊ぶ。

まあ、下手に第二夫人や愛人を家に入れれば、家督争いが勃発する恐れが高いので、うちのように分家から養子をとることもある。

……ますますハーレムルートってヤバくない？

ヒロインが誰の相手か分からない子を……とかないよね？　いや、いくら何でもそこまでビッチではないよね？　ヒロイン像をこれ以上木っ端にしないでください。

そもそも、ハーレムルートってかなり難しいはず。

同時進行で、各キャラクターの攻略イベントをこなしていかなくてはならない。

当然時期が重なる部分は、プレゼントや会話などの回数をこなして調整し、補わなくてはいけない。

攻略対象に応じて必要な能力パラメータも存在するため、はっきり言って能力引継ぎ機能とアイテム引継ぎ機能の両方を使って三週目以降がお薦めだ。

しかもエンディングは、攻略対象全員のうちで一番好感度の低い数値をもとに決められるというシビアなもの。バッドエンド率が普通に高い。

私だったら一本に絞っても怖いので、普通に卒業する友情エンドというノーマルエンドを選択する。パラメータがもろ反映されるエンディングでもあって、それによって魔力が高ければ魔法使いになったり、魅力が高ければちょっといい子爵家との縁談が組まれたりとエンディングテキストが色々変わる。ちなみに魔力と知力が両方高いと、王宮魔術師としての推薦を得られたりもする。社交などが高ければ、貴族の作法の家庭教師とかにもなる。

これが堅実で、現実的よね。

私なら間違いなくそっち一択だわ。

ハーレムルートを開いたってことは、ヒロインさんはもしかして私と同じ転生者……？

そうだったら、いや、そうじゃなくても相当な男好き？　どっちにしろチャレンジャーすぎやしないでしょうか。

一人頭を悩ませていると、キシュタリアがそっと頭に手を乗せて撫でてきた。

「大丈夫だよ、アルベル……次こそは守るから。あんなことは二度と起こさせはしないから」

大きな温かい手の平は、お父様を思い出す。

キシュタリアって分家筋なのに、アッシュブラウンの髪色といいアクアブルーの瞳の色といいお父様に似ているわよね。わたくしよりも、実の子ですと言われて説得力がありますもの。

この貴公子然とした整いに整いまくった甘い美貌。それに相応《ふさわ》しく、声音も甘く耳朶《じだ》に響き腰砕けになる。微笑を浮かべるその容貌は、目に毒なほど――らしい。ごめん、ポンコツヒキニートは幼い頃から培った弟フィルターが全力作動しまくっているせいか、イマイチ理解できないのです。

今日もキシュタリアは優しいなぁとほっこりした感想しか出てこない。

多分、普通の令嬢なら頬を染めるタイミングなんだろうけど、ガチファザコンヒキニートでもある私には、その容姿にお父様要素を強く感じちょっとジェラシーすら感じる。

美容の最先端を行くラティッチェ領、そしてローズブランド。当然、当家で使われている石鹸《せっけん》をはじめ、シャンプー、リンス、ヘアパックなどたくさんある。

メイドや従僕などの使用人たちが手間暇かけて磨いてキラキラ三倍増しくらいのはずのキシュタリアは、私の反応が相変わらずポンコツなのを理解して苦笑する。

キシュタリアは好きなのですが、異性としてかといわれると首を傾げる。

私は草食系女子を通り越して、苔《こけ》女なのではなかろうか。

キシュタリアよ、こんなお綺麗《きれい》なイケメンにすくすく育ったのに、なぜこんなヘボ女に引っかかったのだ？

じいっとキシュタリアを見つめる。最初は笑顔を浮かべていたキシュタリアだが、十秒ほどを過ぎたところでだんだんと顔が赤くなってきた。

耳まで赤くなって、視線をそっとそらしてぷいと横を向いた。

カッコいいくせに、そのうえ可愛いだと……？　いえ、もともと紅顔の美少年ではありましたよ。出会った当初は、本当に可愛かった。女装させたくなるほど可愛らしかったが、気づけば私の身長を超え、すくすくと立派な青年に。なのに……。

こっちの方がよほど乙女力高いでござる。

なんてこった………。

女子力すら、キシュタリアに劣るだと……？

「今すぐマリモになって、冷たい湖の底に沈みたい……」

「は⁉　何言っているのアルベル？　父様が出られて寂しいのは解るけど、何そんな危ないこと言っているの！　風邪ひいて、下手すれば死んじゃうよ⁉」

何故か物凄く心配されて、お布団に運ばれた。

別に熱なんてないですわ！　ちょっと寂しかったけど！　嫉妬していただけで！

でもオフトゥンの魔力は圧倒的で、心配そうなキシュタリアに手を握られたままぐっすり寝てしまった。

幕間　公爵子息の婚約者

眠りについたアルベルティーナを見下ろし、ほっと溜息をつくキシュタリア。

義姉《あね》である少女は気づいていないが、父親のグレイルが出かけるたびにアルベルティーナは今生の別れの様に青白い顔して、その姿を見送るのだ。登城するくらいであれば、それほどではないのだが、長期の遠征の時などは大きな緑の瞳を涙の膜で潤ませ、赤い唇を小さく食いしばり——無理に笑みを作って見送る。

温室どころか、結界育ちと周囲に言わしめる極度の箱入り令嬢が、見送る時は早朝であろうが、深夜だろうが、雨が降ろうが、雪が降ろうが、風が吹こうが公爵の乗った馬車が遠く小さくなり、屋敷の外門から出て閉じるまで動こうとしない。

一度、アルベルティーナが無理して外にまで見送るのを気にした公爵が、彼女が目覚める前に出て行った時があった。アルベルティーナは怒りもしなかったし、咎《とが》めもしなかった。ただ、何か自分が父に対してしてしまったのかと困惑して暫く部屋ですすり泣いていた。その日は碌に食事もとらず、屋敷に残った公爵家総出で慰めた。それでも口にしたのが、蜂蜜入りのホットミルクだけ。

その報告がグレイルの耳に入ったのか、三日もせず帰ってきたグレイルの弁明により、アルベルティーナは安堵《あんど》の笑みを浮かべてようやくいつものように食事をとれるようになった。

普段、人でなしそのもののグレイル・フォン・ラティッチェがあれほど動揺しているのは見たことがなかった。

本人が思っている以上に繊細なアルベルティーナ。

遠慮がちに小さくノックが響く。僅かな音にアルベルティーナは身じろぐ様子もなく、瞼《まぶた》すら動かない。感情豊かな彼女から表情が無くなれば、精緻な人形のようだった。それも稀代《きたい》の芸術家が作った至高の美術品である。起きる様子がないのを確認し、小さく「入れ」と許可を出す。

そっと入ってきたのはアルベルティーナ付きの侍女であるアンナと、従僕のジュリアスだった。

その手にはティーセットがあった。柔らかな香りのハーブティーと、アルベルのお気に入りの蜂蜜の入った瓶。白い皿には小さな焼き菓子が乗っている。

「大丈夫、すぐに寝たよ」

「そう……ですか。キシュタリア様、お嬢様についていていただきありがとうございました」

アンナはあからさまなほどの安堵を浮かべ、礼を述べる。普段、冷静沈着なアンナであるが、アルベルティーナに関しては話が変わる。

義姉の無自覚な人誑《ひとたら》しぶりは身をもって知っているが、今は苦笑すら出ない。

持ってきたティーセットは、緊張を解きほぐす類《たぐい》の物だろう。アルベルティーナがすぐに休む気配がなければの時のために。

近づいてきたジュリアスは香炉を持っていた。手早く火を入れベッドサイドに置く。ややあって、甘く爽やかな香りが漂い始めた。

アルベルティーナが好みそうな優しい香りだ。

「……昔から公爵様の不在には神経を尖《とが》らせる気がありましたが、最近は特に顕著ですね」

褥《しとね》に沈むいつもより白い顔を見て、ジュリアスは僅かに眉をひそめた。

潜めた声にキシュタリアも同じく小さく答えながら頷《うなず》いた。

「やっぱりそう思う？」

「ええ、気落ちされるのはいつものことですが、キシュタリア様が学園に上がられるようになって以降からでしょうか。アルベルティーナ様のお心の翳《かげ》りようは酷《ひど》いと言えます」

アルベルティーナ付きの侍女はもっと肌で感じていたのだろう。

ベッドサイドに静かに歩み寄ったアンナは、アルベルティーナの頬に少しかかった黒髪を払い、少しだけ襟元を整えてベッドの天蓋を解いて下ろした。

いくら幼い頃から見知っているとはいえ、妙齢の令嬢の寝顔をいつまでも晒《さら》すのは、侍女として見過ごせなかったのだろう。

アルベルティーナは知っている人間の気配であれば、多少の物音では起きない。

逆に不慣れなメイドや従僕の足音には敏感で、部屋に入った途端にパチリと目を覚ます。しかも、恐怖で強制的に目覚めたような狼狽《ろうばい》した様子で。

一度でも気を許せばザル警戒の癖に、そのあたりの線引きはかなり強いうえにシビアだ。

「あとルーカス殿下の一件ですね。外へ赴かれるのを……というより、馬車を好まなくなりました。あと男性との接近や面会を以前に増して敬遠しております」

「本当に碌なことしないな、あの糞《くそ》王子」

「キシュタリア様、眠っているとはいえアルベルお嬢様の前ではおやめくださいませ」

「……ごめん、つい」

漏れた悪態を恥じるように、キシュタリアは手を口に当てる。

アンナの少しとげのある視線に射抜かれ、キシュタリアは素直に謝る。

だが、アンナのそれは王子殿下を貶《けな》すことを咎《とが》めるものではなく、アルベルティーナの前で口汚い言葉を使うことを咎めている。

ルーカスに対しての碌でもないや、糞などという言葉に対しては一切咎めていない。

つまり、アンナも似たり寄ったりの内心なのだ。

来年度、キシュタリアやジブリールは学園の最高学年になる。

アルベルティーナはキシュタリアが学園を卒業したら、修道院に入ろうとしていた。

きっと、自分は今後公爵家の邪魔になるだろうから――寂しげに瞳を揺らし、かつて自分の告白を拒んだ。

（……アルベルティーナは、その程度で本当に僕から離れられると思っているのかな？）

嫌いだ、疎ましいと拒絶されるならともかく、将来キシュタリアや公爵家に降りかかる不利益を思って身を引くといわれてしまえば、その裏にある深い愛情にだって気づく。

昔からそうだ。アルベルティーナは、いつだってキシュタリアに対して愛情深い人だった。

成長するにしたがって、貴族社会の絢爛《けんらん》で苛烈で陰惨な世界を見て、聞いて、経験してきた。良い人も、悪い人も、立派な人も、下種《げす》な人も見た。

だからこそ、こんな世界でアルベルティーナのような人が自分の身近に現れてくれたのが奇跡だと理解した。

分家の中でも零細といえる名ばかりの貧乏貴族。しかも、その愛人の息子。そんな義弟を受け入れ、愛してくれる人などそうそういない。ましてや、アルベルティーナの血筋も家柄も最上級といえた。

そんな人が義姉となり、キシュタリアに親愛をもって接してくれた。

だが、キシュタリアの中に芽生えたのは同種の感情ではなかった。

数多《あまた》の人間との関わり合いを持っても、常にキシュタリアの特別はただ一人だった。

だが、キシュタリアは当主になってラティッチェ公爵家の全権とまでいかずとも、ある程度実権を握れたらすぐさまアルベルティーナを還俗《げんぞく》でもなんでもさせ、無理にでも公爵家に戻す。

身近にいれば、アルベルティーナの無防備さと無欲さの反面、彼女自身の持つ莫大《ばくだい》な価値がいつどんな形で災いとなるか分かってくる。身を守るすべを持たなすぎる彼女を、放置などできない。

どうせ、父のグレイルだって愛娘《まなむすめ》が目の届かない場所へ行くなど、当の娘の懇願をもってしても受け入れがたいはずだ。

アルベルティーナはラティッチェ公爵家が大貴族で権力を持っているとは理解していても、それがどれほどのものかを理解しきってはいない。表の権力も、裏の権力もその手にゆだねられている——影の王家といって、差し支えないレベルで。

アルベルティーナの王家の瞳を理由に担ぎ上げれば、今の王家を引きずり下ろすのが容易《たやす》いほどに。

グレイルもアルベルティーナも、王家との交流には消極的だ。そして、そもそも権力欲が二人ともない。自分の手の範囲の大事な人さえ無事で幸福であればいい。それ以上は深く望まない。二人は似ていないようで、似ている。

二人揃《そろ》って王族になどなりたくないと思っているのだ。王子たちとの婚約すらあっさり振ったあたり、縁故すら拒んでいる。

そもそもグレイルは、傍《そば》でアルベルティーナが幸せに笑っていればすべてが丸く収まるといっていい人間だ。冷酷無比で人でなしだが、その点はキシュタリアとも意見が一致している。

ちらり、と控えている従僕を見る。

アルベルティーナのお気に入りの従僕。今はキシュタリアの従僕だが学園生活が終われば、またアルベルティーナの従僕に戻るだろう。彼は非常に有能で、理知的な容貌はとても端正だ。使用人だが、同時に護衛も兼ねている。彼もアルベルティーナに対して並々ならぬ執着を持っていることを、キシュタリアは知っている。同じものを持つ者同士だから。

（というより、下手に目を離したらコイツは、アルベルを誘拐して国外逃亡くらい平気でしそうだしな……）

ミカエリスのほうがまだ相手をしやすい。

彼は真面目で真っ当だ。正攻法が基本なので、手順を守ってアルベルティーナに求婚するだろう。だが、厄介なのは三人のうち異性として圧倒的に意識されているのがミカエリスだということだ。押しが弱いとジブリールはぎりぎりしているが、ミカエリスのその慎重さと心遣いはアルベルティーナに信用や信頼といった形で確かに積もっている。

キシュタリアには義弟、ジュリアスには従僕兼兄という呪縛がある。

だが、少なくともまだ猶予がある。アルベルティーナは誰の手も取っていない。素振りすら見せない。求愛され、それがきちんと伝わればしっかり断っている。

余計な期待すら持たせてもらえないのだ。

残酷で真摯な対応といえるだろう。

様々な高貴な子息たちを誑《たぶら》かした学園の悪女を見習えとはいわないが、もう少し浮ついて欲しい。

しかし、あのレナリアとかいう女は不気味だった。

ほとんど秘匿されているアルベルティーナをさも知っているかの言動。とんだ的外れな言動であったが、それを現実だと信じ込んでいた。狂気すら感じるあの思い込みは、自信たっぷりすぎて知らない人間は騙《だま》される可能性があった。

レナリアはアルベルティーナを気にしていたが、今思えばアルベルティーナもレナリアを気にしていた。

単に、キシュタリアたちの学校の様子や交友関係に興味を持っていただけかもしれない。でも、ジブリールもレナリアに興味を持つ様子を気にしていた。身分差ラブロマンスなどと当時は言われていたが、蓋を開けてみれば犯罪の見本市である。

以前、ジュリアスが誘拐前のアルベルティーナは嗜虐《しぎゃく》趣味であったといっていた。もし、あのままのアルベルティーナが義姉となっていたら、確かにレナリアの言うことは現実になっていただろう。

実際は絶世の美少女で中身幼女成分多めなぽやぽや令嬢であるが。

アルベルティーナに叩《たた》かれた記憶といえば、身長を追い抜かした時に拗《す》ねてしまってポカポカと子猫のような軽さで胸を叩かれたくらいだ。あれなら、転んだアルベルティーナに倒れ込まれて頭突きされた時のほうがよほど痛かった。

「ジュリアス、アンナ」

「はい」

「アルベルに叩かれたりしたことってある？」

「誘拐以前のアルベルティーナ様になら、頭から紅茶を掛けられて蹴られたことはあります」

「同じく誘拐以前のアルベルティーナ様にならオルゴールを投げられたことがあります。あと乗馬鞭《むち》で叩かれたこともあります」

前者がアンナ、後者がジュリアスだ。

実際に目にしたことの無い、誘拐前のアルベルティーナ。幼いながらに残虐と冷酷の権化のような子供だったらしい。本当にそれはアルベルティーナなのかと疑いたくなる。

「今のアルベルには？」

「ありませんね。しいて言うなら……自分で本棚の本を取りたいとおっしゃったお嬢様が脚立から落ちかけ、それを支えそこなって下敷きになったことはあります」

「無理に敢《あ》えていうなら散々おちょくった時にむくれて軽く叩いてきたなら数え切れないほど。ダンスの練習中にステップを間違えや転びかけて思い切り足を踏まれたことはありますが……。階段などから足を踏み外して転びかけた時もありましたね……あとは……」

まだあるのか、というよりほとんどアルベルティーナのドジや事故だ。そしてやっぱりジュリアスは自業自得もある。

キシュタリアは思った。これに好かれてしまったアルベルティーナに同情する。

ジュリアスはかなりアルベルティーナをからかうのが好きだ。それはもう笑顔でいじるのだ。そのいじり方はアルベルティーナ以外の令嬢にしようものなら懲罰ものである。

アルベルティーナもにゃーにゃーと子猫のような猫パンチで抵抗を試みているが、それも込みで遊ばれているといっていい。

むしろ、それを目撃した時のアンナのゴミを見る目のほうがよほど危険だと言える。

一度、アンナがカップやポット、お湯のたっぷり入った薬缶《やかん》やシルバートレイ、ケーキスタンドまで揃ったティーセットを乗せたカートでジュリアスの足を轢《ひ》いたのを見たことがある。磨かれた革靴の上に、ごりっと乗り上げる寸前に、絶妙のスピードをつけて角度を変えて狙いつけていた。確実に態とである。

ジュリアスは露骨に飛び上がったり、顔を歪《ゆが》ませたりはしなかったものの流石に一切無反応とまではいかなかった。

ジュリアスはもの言いたげに見ていたが、アンナが鋭く冷たい一瞥《いちべつ》で黙らせていた。

周りがつい守ってしまうほどアルベルティーナは庇護《ひご》欲を覚えるタイプの人柄なのだ。

「……例の発作の時は平常心をなくしておりますので、暴れた拍子に引っかかれたり蹴られたりはしましたね」

静かにジュリアスが呟《つぶや》く。その声は、怒りではなく哀《かな》しみや優しさが滲《にじ》んでいる。

最近はだいぶ減ったが、アルベルティーナの暗闇恐怖症や閉所恐怖症は残っている。人に対する恐怖心も、その事件からだという。

広めの馬車程度の空間であれば平気なため、日常を送る分にはそれほど問題はない。

ベッド脇に置かれた魔石のランプがまだなくなったわけでないと教えていた。

ゆっくり椅子から立ち上がって、魔石に魔力を注いでランプに光をともす。カーテンを閉めれば、ほんのりとした明かりが柔らかく室内を照らす。

キシュタリアにも使用人たちにも当たり散らさないようなアルベルティーナを、レナリアは悪女だと侮辱した。ありもしない噂《うわさ》を作り流した。

投獄されているという話は聞いているが、キシュタリアの腹にはまだ煮えくり返るような怒りが残っている。

今のキシュタリアでは力不足だ。

大切な人を守ることすらままならない。義父であるグレイルは他愛《たわい》もなくやってのけることすらできないのだ。

「そろそろ出ようか」

どうか、彼女が暗闇でも眠れる日が来ますように。

怯《おび》える夜がありませんように。

社交場と呼ばれるお茶会やパーティで色々な人と出会った。デビュタントの可愛《かわい》らしい令嬢や社交界の華と呼ばれるような美女にも。だが、キシュタリアの胸には何も響かない。

甘くねだる声も、しな垂れかかる柔い体も、熱を帯びた眼差《まなざ》しも白けたものにしか見えない。

キシュタリアはそれらの令嬢よりも美しく可憐《かれん》な少女を知っていた。

幼いあの時から、ずっと変わらずに。今もキシュタリアの胸にいる。どんな声よりも甘く響いていた。彼女が名を呼ぶ瞬間が、なんと甘美なことか。

ずっと一緒にいたい。

ずっとその声を聴いていたい。

そのためなら狭く歪《いびつ》な作られた楽園を、生涯をかけて守り続けることすら構わない。

かつては、きらきらと胸に秘めていた初恋だった。それが気付けばどろどろとした執着に様変わりしていた。

こんなもの、あのアルベルには見せられない――義弟として、ずっと胸に秘めているつもりだった。

アルベルティーナは嫁がない。ならば、次の当主である自分が彼女を留めれば、ずっと傍にいられるはずだ。義父を説得する方法はあった。アルベルティーナはラティッチェ家が大好きなのだから、それを利用すればいい。

ゆっくり、ゆっくり彼女がこちら側に落ちてくる瞬間を待てばいい。

落ちたことすら気づかないほど緩やかに、ゆっくりゆっくり沈んでしまえばいい。

気が付けば、自分がいなければ息ができなくなるほどに溺れてしまえばいい。

キシュタリアが知らず彼女に溺れたように。


今年で十七になるキシュタリアは、現在フリーだ。

婚約者もいなければ候補すらいない。言い寄る女性は多くいるし、社交場に出るたびに囲まれるといっていい。簡単に人垣ができるレベルに寄ってくる。

つまり否応なしにその手の話題がガンガン降ってくるのだ。

犬も歩けばではないが、少し人がいる場所に行けば令嬢やその父親や母親が寄ってきて、自己紹介のお茶会や夜会のお誘いだのが押売りされる。

何か瑕疵《かし》物件や事故物件でない限りは、上位貴族で婚約者がいないなんてことはない。大抵が十歳になる前に決まるといっていい。

だが、キシュタリアは故意に作らずにいる。

幸い義父のグレイルも特に縁談を組みたいとは思っていないため、事なきを得ている。

だが、そうであっても見合いだの婚約者の打診だのの話題は次から次へとわいてきてキリがない。

時折、形だけでもそういった場に行かなければならない時もある。

今、手にしている堆《うずたか》く積まれた釣書もそうだった。

キシュタリアが億劫な気持ちで書類に目を通していると、ひょっこりとアルベルティーナが現れた。

義弟の手にある物が、お見合い用の釣書だと気づくと、無邪気に問いかけてきた。

「ねえ、キシュタリア。貴方《あなた》は気になるご令嬢はいないの？」

「え？　なんでいきなり？」

(目の前にいるけど)

「だって、私はともかくキシュタリアに婚約者がいないのはおかしいでしょう？」

「まあ、僕個人じゃなくて公爵家の問題だからね」

(君以外はどれも同じ)

「悩んでいるようなら、私も一緒に選んであげるわ！」

「うん、絶対やめて」

(父様にバレたら候補じゃなくて確定になる！)

ある意味、公爵より人でなしなところがある義姉は、善意で極悪な言葉を口にする。

公爵子息のキシュタリアを陥れようとする陰湿で悪辣な貴族たちをいなすよりも、無垢《むく》で善良な好意からキシュタリアに見合う令嬢を探すアルベルティーナのほうがよほどキシュタリアにとっては強敵だった。そして心臓に悪かった。

アルベルティーナは時折自分の影響力を分かっていないところがある。

うっかりでもどこそこの令嬢がキシュタリアとお似合いだと思うなどと言われてしまえば、それが翌日には確定になりかねないのだ。

時間差で来るのも恐ろしいが，公爵家の使用人も当主もやたらフットワークが軽いところがある。

特にアルベルティーナ絡みについては凄《すさ》まじいと言える。

残念そうにお見合いのポートレート付きの釣書を持つアルベルティーナ。

それを没収したキシュタリアは、取り返そうと手を伸ばす彼女の頭に触れ、そのまま髪を梳《す》く。

数少ない人間にのみ許される特権。ゆっくりと手を動かせば目を気持ちよさそうに細めるアルベルティーナ。柔らかく艶のあるブルネットは絡まりを知らない滑らかな指通りで、ほんのり香油が薫る。

本来の姉弟でもしないだろう触れ合いに、疑問を持たないアルベルティーナ。それをいいことに頬や首筋にゆっくりと触れる。怖がらせないよう、優しく。

「くすぐったいわ、キシュタリア」

「そう？　ごめんね」

今はまだ、このままで。

コロコロ笑うアルベルティーナに笑みを返しながら、背後から静かに監視している従僕に気づかないふりをした。

アルベルティーナが嫌がっていないのであれば、これくらいは許される範囲だ。

家族の特権を満喫するキシュタリア。

義姉に溺愛されている自覚はある。キシュタリアの背がとっくにアルベルティーナを追い越していても、その降り注ぐ愛情に翳りはない。

その温かさが歯がゆく苦しく、そして面映ゆい。

後日、あのすまし顔の従僕が密告したのだろう。キシュタリアは実母のラティーヌにしこたま怒られる羽目となる。

本気で切れた母はヒールがテーブルの脚にめり込むほどの蹴りを入れて、恫喝《どうかつ》じみた叱責をしてくるのだ。テーブルが木製だとめり込むが、これが金属製だとヒールが折れる。

その剣幕はあのすました従僕も後ずさり、長年仕えた執事も青ざめ、公爵すら首を傾《かし》げて回れ右をする代物だ。つまり滅茶苦茶《めちゃくちゃ》怖い。

家で共に過ごすことが多いからか、すっかり義理の娘であるアルベルティーナを溺愛しているラティーヌ。年頃になり、ますます美貌に磨きがかかるアルベルティーナの前では実の息子ですら害虫扱い。というより、前科が多すぎたのだろう。

幼い頃は微笑《ほほえ》ましげに容認していたが、結婚適齢期に近づくにつれて母の目は厳しい。

実母のラティーヌも、男関係で嫌な思いをしたことが多いからかもしれない。

アルベルティーナがそのあたり全く無知なのも原因だろう。狭い世界で生きていた彼女に、比較対象はほとんどいない。これは公爵の教育の賜物というべきか。

ラティーヌはアルベルティーナにキシュタリアの危険性を伝えるべきか、いつも悩んでやきもきしている。迂闊《うかつ》に教えて意識させては、かえって危険かもしれないと頭を悩ませ――結果、すべてを知っていてちょっかいを掛けるキシュタリアに激怒する。

そんな裏事情も知らずにいるアルベルティーナをたまにアホ扱いしている失礼な従僕のすました顔が頭に浮かび、無性に腹が立った。

アルベルティーナも怒るのだが、その怒り方は可愛らしいだけであった。なまじ、周囲の怒り方が激しかったり、凄まじかったり、悍《おぞ》ましかったりものだったりする分、彼女の怒り方は可愛らしく拗《す》ねている程度にしか見えない。

一応、彼女なりに一生懸命に怒っているのだ。

だが、大抵がその怒りすら微笑ましげに捉えられてしまう。

普段は頼りになる従僕だが、どうもアルベルティーナと距離が近すぎる気がする。

アルベルティーナが頼りにする従僕であり幼《おさな》馴染《なじみ》兼兄のように慕っているジュリアスはどうも公爵と似た匂いがする。そして、自分と近いものも。

（ジュリアスめ……）

だが、その予想は外れ、まさかのアルベルティーナ専属侍女からの密告であると判明する。何よりもお嬢様を敬愛するアンナは、お嬢様の健やかな日々を守る為ならなんだってすると、常日頃から堂々と宣言していた。その為なら、次期当主のお坊ちゃますら許さないという強靭な覚悟すらあった。

普段は淑《しと》やかに控えるアンナの茶色の瞳に、母のラティーヌと同じものを見た。

逆らってはいけない何かの眼。

ジブリールといい、なぜアルベルティーナ絡みになると強力になる女性が周囲に多いのだろうか。

アルベル過激派がラティッチェ家に多い。

四章　お留守番

レイヴンの薔薇《ばら》が蕾《つぼみ》を付けました。

その報告を聞き、いそいそと温室に向かう。

例の学園の事件は記憶から抹消したいレベルに怖かったけれど、レイヴンのくれた薔薇に罪はない。

今はどこにいるか分からないレイヴンを偲《しの》ぶ、唯一のものだ。死んでいるみたいないい方であるが、お父様のいう再教育というのが過酷そうとしか分からないので、そうなってしまう。

私と同じくらいの身長の小柄な男の子。浅黒い肌と彫りの深い顔立ち。真っ黒な髪は丸く形のいい頭もあって撫《な》でるのが好きだった。

従僕兼護衛だったレイヴン。余り表情が変わらない、黒い子猫のような少年だった。

「レイヴンは元気にしているかしら……」

「お嬢様……」

「使用人の再教育というものがどれほどのものかは存じませんが、やはり時間がかかるのでしょうか」

アンナと庭師の青年が一瞬顔を見合わせる。

二人とも使用人だし、何かを知っているのかしら。

口を割らせることは、立場的に可能だろう。でも、誰かに迷惑をかけてまで必要な事ではない。

「ごめんなさい、詮無いことを聞いてしまいました。では引き続き、薔薇をお願いしますわ……大切なものなの。花が咲くのが楽しみですわ」

「はい、お嬢様。謹んでお受けいたします」

庭師のお爺さんはにこやかに応じる。厳《いか》つい顔立ちで、お髭《ひげ》がふさふさなので分かりにくいが確かに笑っていたと思う。

だが、土入りの鉢を持ち運ぶのには腰が痛むのか、青年がそれを持って温室にしまいに行った。

ジュリアスであればきっと、二人よりよっぽど知っているだろう。

あのエリート従僕はその有能さ故、爵位を得た。子爵であるが、一代で一気に成り上がった新興貴族が男爵を飛ばして得た爵位としては異例だ。

欲しいものがあると以前も言っていたが、教えてくれる気配はない。

ただ意味深な笑みを返される。

そんなに欲しいなら、使用人ではなく貴族として動いた方がいいのではないだろうか、
そう思ったが、正直ジュリアスがラティッチェ公爵家を辞めてしまうのは寂しい。そもそも、あの頭脳明晰《めいせき》なジュリアスが使用人のままでいるということは理由があるはずだ。

ふと、子爵というワードに何か引っかかりを覚える。

――子爵籍くらいでしたら用意しますよ。それで我慢してください。

………

…………

…………え、あれってプロポーズ……？

あの時は久々にジュリアスの淹《い》れたお茶が飲めると浮かれていて、深くは考えていなかった。

子爵って、やっぱり貴族じゃないと無理ってことじゃないとしか思っていなかった。爵位は下がるが、立派な貴族だ。

今更に気づいたジュリアスの求婚。物凄く今更だ。

ジュリアスは冗談か本気かよくわからないからかいや要求をよくするので、結構振り回されるのだ。

「い、今からでもちゃんと断ったほうがいいのかしら……？」

「どうしたんですか、お嬢様？」

「ジュ、ジュリアスに求婚されていたみたいなの。ちゃんとお断りしなきゃ！」

「はあ!?　あの鬼畜眼鏡が？　あの調子づいたジュリアスがお嬢様に袖にされるのは大変結構ですが、ムカつくので今すぐカチ割ってきます！」

「アンナぁああ!?」

何を割るの!?

眼鏡？　眼鏡のレンズなの!?　眼鏡よね？　眼鏡であって欲しいわ！

眼鏡がゲシュタルト崩壊しそうですが、アンナの持った武器代わりと思われるのが壁にインテリアとして掛けてあったもの。よりによって斧《おの》！　小型だけど斧！

普段物静かなアンナの豹変《ひょうへん》。私がおろおろしているうちに、アンナは勇み足で別のメイドに私の傍《そば》付きを頼んで出て行ってしまった。

数分後「セバス様に止められました」と無表情の中に不服そうな感情を滲《にじ》ませながら戻ってきた。でも手には斧はなかった。
セ、セバスぐっじょぶ！
何事もなかったと安堵《あんど》したのもつかの間、お茶の時間に現れたジュリアスがいつもと違う眼鏡をしており、しかも眼帯をつけていた。
セ、セバス、怒ったの……？　まさか、あの優しいセバスが？　まさか、セバスがジュリアスを殴ったりしませんわよね？　もうお爺ちゃんのセバスが？
私の疑問を察したのか、達観した表情のジュリアスは言った。

「セバス様は、ラティッチェ公爵家の家令長。そしてあのグレイル様付きの執事ですよ？　ただの御老人なわけがないでしょう」

とりあえずジュリアスが器用とはいえ片目でお仕事はきつそうだし、とにかく見ていて痛そうなので治癒魔法をかけた。

ジュリアスは何故か困った表情をしていたけれど、なんでかしら？

良く晴れたあくる日に、ちょっと気分転換をしに部屋の外に。ここのところ、ふさぎ込んで、籠《こも》ってばかりでしたものね。

すると玄関でキシュタリアが、外出の準備をしていました。

「あら、キシュタリア。お出かけ？」

「うん、ちょっと領地の視察。といっても、屋敷の近くだから午後には戻るよ。父様がいない間は、ある程度なら僕が当主代行するから」

「まあ……凄いのね、キシュタリア」

まだ十代なのに公爵家当主代行とか。

お父様がスタンピードを鎮めに行って早二週間。魔物はいまだに滾々《こんこん》と湧き出ているらしい。湧き水ならともかく、魔物が湧くのは怖い。

義姉ときたら、相変わらずヒキニートだというのにこの弟の立派さよ。

我が身の情けなさに泣けてくる。あの学園事件以降、碌に外に出ていない。もともと屋敷の敷地外に出ることが少ないのが、ますます出不精と化していたのだ。

「そんなに凄くはないよ。本当に馬車から街を見回るだけ。ラティッチェ領はとても栄えているから、たまに金の匂いを嗅ぎつけた無法者も来るからね。後ろ暗い連中にしてみればラティッチェ家の家紋が入った騎士や馬車が通るだけでだいぶ牽制《けんせい》になるから」

「馬車から……でしたら、わたくしもご一緒したいですわ！」

ラティッチェ公爵子息が乗っている馬車なら、当然護衛もつく。

キシュタリアもいるならば、怖いことはないはずだ。何せ、ここはお父様の御膝元なのですから。

私の発言に軽くキシュタリアは目を見開く。

「大丈夫？　外だし馬車だよ？　怖くない？」

「その、なんともないと言えば嘘《うそ》になります。ですが、キシュタリアもいますし、護衛を信頼しておりますわ。それに、お父様のラティッチェ領で何か起こるとは思えませんもの」

優しいキシュタリアはすぐさま私の心配をしてきたが、なんとか笑顔で答える。

端正な顔立ちを憂いに曇らせる姿すら麗しいキシュタリア。顔面偏差値が年々やべーでござる。内なる喪女がキラキラビームに瀕死となる。じゅわって蒸発しそう。主に罪悪感で。こんなダメニートが義姉で申し訳ねえと五体投地したくなる。

近くだし良いかな。ダメかな、とキシュタリアを見つめていると、苦笑を浮かべて「わかったよ」と頷《うなず》いてくれた。

今日も義弟が優しい。こんなに外見も中身も立派な青年になって……！　キシュタリアはこの美少女のガワ被《かぶ》ったヒキニートのお世話係をいつまでしてくれるのかしら……。

「でも、出かけるのにそのままでは軽装すぎるから少し用意していこうか？」

「ええ」

肩にかけていたストールを軽く撫で、すっとセバスの方を向いた時、キシュタリアの表情は一変していた。

『優しい弟』ではなく『当主代行』の顔となっていた。

「セバス、アルベルに外套《がいとう》を用意して、いや着替えるべきだな。あとアンナも連れてくるように。護衛も五年以下の新人は抜いて精鋭に変更。御者もある程度戦闘のできるものに切り替えろ。何かあったら、僕よりアルベルを迷わず守るようにくれぐれも叩《たた》き込んでおいて」

……大ごとになったー!?

私がアワアワしていると、ちょっと呆《あき》れ顔のキシュタリアがぽんぽんと頭を撫でた。

「父様不在時にアルベルに何かあったら、みんな首が吹っ飛ぶから。本当に吹っ飛ぶから、これくらい当たり前。いくなら準備万端で、安心して楽しんでいける方がいいでしょ?」

「そ、それもそうですわね!」

うん? そうだね! ちょっと厳重すぎやしないかと思いますが、私よりそういうことに詳しそうなキシュタリアがそう言うならそうなのかな?

お父様が、キシュタリアごと使用人の首を吹っ飛ばすなんて……ないとは言えないのが、お父様クオリティ。私以外は塵芥《ちりあくた》がデフォルト。うん、やりそう……。

思い付きで頼むべきじゃなかったかしら。お父様のお誕生日のお願いでもそうでしたが、身支度をして出かけようとしているキシュタリアを見ていたらつい口が我儘《わがまま》を。

でも、キシュタリアの指示のもと執事のセバスはすっかり護衛の再編成も済ませ、アンナを呼んでいる。きびきびと周りが動き回るなかで突っ立っているお嬢様が私。

うぅむ……役立たず! 周りが有能でやることが……あ、お着替えですわね。

ペールグリーンのドレスから臙脂《えんじ》のドレスに変わった。臙脂のドレスの方がかっちりとした素材で、多少の風くらいなら通さない。明るい場所だと鮮やかな真紅にも見えるが、馬車の中であればそれほど派手ではない。胸元はフリルブラウス風でリボンタイがついており、さらに青い宝石のブローチがついている。そして、耳には髪と瞳の色を変える変装イヤリング。

髪は緩く一つに編み込んでみつあみにした。ドレスと同じ臙脂のリボンで束ねて、こめかみあたりには三連の真珠のピンで飾った。

ボンネットと万一の日傘も準備万端で、さあいざ馬車へと思ったらキシュタリアがひょいと私を抱き上げて一緒に乗り込んだ。

……？

私っていつの間にペットに就職したんだっけ……？

私の腰をしっかり抱きかかえ、自分に寄り掛からせるようにしたキシュタリア。

あんまり近づくと、白粉《おしろい》がキシュタリアの服に付いちゃう。流石に顔拓が取れるような厚化粧ではありませんけど、お外に出るからにはそれなりに整えている。うごうごと避けようとしていると、キシュタリアがきょとんとした顔で覗《のぞ》き込んだ。

「痛かった？　ごめんね、ちゃんと気を付けたつもりだったんだけど……」

「いえ、そうではなくて……近過ぎますと化粧がついてしまいますわ」

「いいよ、別に。馬車から様子見だけだし。人に会う予定はないよ」

お洗濯しているメイドさんに謝りなさい！

日本のウォータープルーフまでとは言わずとも、それなりに落ちにくいのが化粧品だ。

メイドさん泣かせな発言をしたキシュタリアは「ね？」と微笑を浮かべて、そっと自分の額を私の額に押し当てる。しかし、アンナの咳払《せきばら》いに少し顔を強張《こわば》らせ、居住まいをただした。

しかし人肌とは温《ぬく》いものです。ヤバい。ごとごとと適度な揺れが眠りを誘う。自分から外を見たいと言ったのに、眠気に負けてどうする。

「眠いの？　寝ていいよ。お休み、良い夢を。アルベル」

優しい声に促され、すとんと眠りに落ちた。


寝たか、とキシュタリアは肩口でふわふわ揺れる頭をしっかり自分の方へ寄せる。

相変わらず令嬢としてはあるまじき無防備さだが、向かいで茶色の瞳を炯々《けいけい》と光らせているメイドがいる限り何かできるはずもない。

この大人しげで冷静そうなメイドが、武器を持って同僚に襲い掛かろうとした話はキシュタリアの耳にも入っている。

アルベルティーナを溺愛するこの専属メイド。ジュリアスが何をしでかして、アンナの怒りに触れたのかは分からない。だが、アルベル過激派であることが間違いない彼女が怒り狂うなんてアルベルティーナ関連以外あり得ない。

アルベルティーナは、父のグレイル不在に心細げにしている。

普段は領地の見回りに率先してついていこうとしないのに、今日はついてきた。そもそも我儘らしい我儘をほとんど言わないうえ、家にいることを好むアルベルティーナ。

重度のファザコンである彼女は、寂しさを紛らわせるためにキシュタリアについて回ってきたのはいささか複雑だが、あんな縋《すが》るような視線を受けて無視できるほどキシュタリアは冷淡ではなかった。

自分も相当なシスコンで、初恋を拗《こじ》らせている自覚もある。

アルベルティーナが可愛《かわい》いので、多少のことは全て許してしまう。

それはラティッチェ公爵家において家人、使用人問わず共通だった。

護衛の中には、本来休みだった警備隊長もいた。だが、馬車にアルベルティーナが乗ると聞いた途端、備え置きの武器ではなく自前で一番の武器を持ってきた。他の護衛も甲冑《かっちゅう》で隠れるからと、普段身繕いを雑に済ます者たちも慌てて顔を洗い、髭を剃り直してシャツやズボンを新品の物に改めていたという。

何故ここまで気合の入れ方が違うといえば、基本アルベルティーナは外出を滅多にしないからだ。

そして、キシュタリアは下手な騎士たちが束になって襲い掛かろうが魔法で一網打尽が可能であるため、役目が護衛（ただし主人の方が強い）という哀《かな》しい現実がつくのだ。

キシュタリアですらそうなのだから、グレイルに至ってはさらに上を行く。

ラティーヌも護衛はつくが、陰惨な社交界で奮闘している公爵夫人の護衛は気が休まらない。毎年ハニートラップやロミオトラップに護衛やメイドが数名引っかかる魔の試練会場へのご案内だ。

ラティーヌはそんな社交界を颯爽《さっそう》と歩き、牽引《けんいん》する存在だ。普通にメンタルが強い。麗しきラティッチェ公爵の後妻となったラティーヌを妬む者は少なくない。護衛を出し抜き近づいてきたものの、ラティーヌに鉄板仕込み扇で返り討ちにされることもある。

以前、貧乏貴族の家で愛人をやっていた時とは段違いの強さを色々な面で見せつける母に、遠い目になったキシュタリアは悪くない。

唯一母が嘆いたのは「アルベルに貰《もら》った扇が歪《ゆが》んでしまったわ」の一言である。修理で普通に直って、もっと硬い金属を仕込み直したそうだ。怖い。ちなみに、扇がない時はピンヒールが唸《うな》る。怖い。

そして、滅多にないラティッチェ公爵家の天使ことアルベルティーナの護衛。

深窓のご令嬢そのものであり、ラティッチェ公爵家の至宝。

ご褒美枠として名高いそれは、同じ敷地内でも別邸に移動する際がほとんど。

修羅場とは無縁で、可憐《かれん》でか弱い姫君がご機嫌麗しく恙《つつが》なく移動ができるように専念する。基本朗らかなアルベルティーナなので、とにかく癒《いや》されるともはや職務か分からないレベル。

基本は、男性を怖がるため騎士たちも遠巻きに眺めることしかできない憧れの存在を傍《そば》で拝める絶好のチャンス。

基本、従僕兼護衛のジュリアスが専属をしていて徹底的に追い払われるが、今日はそのジュリアスがいない。以前いたレイヴンも先輩に倣い、最低限に近づくことしか許されなかった。

アルベルティーナは正真正銘、無力なご令嬢なので護衛たちは気合を入れて勇んで護衛をする。

また、最近ルーカス殿下による暴挙で恐ろしい思いをした我らが姫を守ろうと躍起になっているともいえる。

(まあ、悪い傾向ではないな。アルベルは攻撃魔法が使えないから、何かあれば防御一辺倒で対応しなきゃならなくなる……。もとより荒事から徹底的に遠ざけられていたアルベルには向かないことは間違いない。折角やる気ある護衛がいるのだから、好きにさせてやろう)

そんなこと、起きる前にすべて芽も根も摘むのがキシュタリアの仕事だ。

グレイルほど手馴《てな》れてはいないが、セバスの補助があればそれなりにできる。

学園で容姿が晒《さら》されて以来、アルベルティーナには山のような縁談が来ている。

家柄とあの美貌であれば多少のことは目を瞑る、とあからさまに居丈高な打診も来ていた。それもちろん丁重にお断りさせてもらった。二度とそんなことを考えない程度には。

カラン、カランと音がする。遠くで鐘が鳴っている。時刻を知らせる時計塔の鐘の音だ。だいぶ目的地に近づいたな、とアルベルティーナを起こすべきか一瞬躊躇《ちゅうちょ》する。

キシュタリアに身を預ける重さすら心地よく、瞼《まぶた》の落ちた無防備な寝顔が見納めとなってしまうのは惜しかった。

だが、そんなキシュタリアの思いとは裏腹に長い睫毛《まつげ》に縁どられた目がぱちりと開く。

「……ん。ありがとう、キシュタリア。すっかり寝入ってしまいましたわ」

「いいよ、これくらい。寒くはない？」

「ええ、快適ですわ。重かったでしょう？　ごめんなさいね」

「そんな軟じゃないよ」

「……そうね、もうすっかり大人ですものね」

昔に思いを馳《は》せているのか、アルベルティーナの眼が懐かしげに細められる。

どことなく哀しげであるのは気のせいではないのだろう。

キシュタリアは結局アルベルティーナの望む『弟』にはなれなかった。出会った時から生まれてしまった特別な思慕は年々増すばかりで、抑えようとした傍から溢《あふ》れていった。

僅かに残る申し訳なさを紛らわすように、外を示した。

「もう街だよ。ほら、だいぶ整ったでしょ？　アルベルが街道の舗装の整備や上下水道にかなり資金を投入したおかげで、すっかり綺麗《きれい》になった」

「まあ、ずいぶん賑《にぎ》わっていますのね」

「仕事がある場所には人が集まるからね。それにここは新しくて綺麗だし、移住者も多いんだ。最先端の集まる街だし地価もかなり上がっているから、あっちの貴族街は王都の一等地より高いよ」

「そんなに……？」

「旧市街も再開発が進み始めているよ。色々と羽振りが良いうちにって区画整理しているんだ。整った場所のほうがやっぱりみんな住みやすいしね」

馬車の窓から見る真新しい街並みは、ここ数年で急激に発展したラティッチェ領でも最近作られた場所だ。やみくもに作ったのではなく、計画的に作られていたので当然整然となっている。

アルベルティーナが不潔は嫌だと珍しく主張するものだから、人を雇って定期清掃にも力を入れている。道が綺麗だと、不思議と犯罪も減った。

公爵家の家紋のある馬車に気づいた領民たちが笑顔で手を振っている。子供たちなど、転びそうなほど必死に手を振っている。その様子からも、ラティッチェ公爵家の求心力がわかるというものだ。

その中の一人の小さな少女がコロンと後ろに転がりかけ、慌てて兄らしき子供が支える。

その迂闊《うかつ》さがアルベルティーナに似ていて、それを微笑《ほほえ》ましげに眺め手を振り返す。

子供に手を振ったはずが、汚いくらいの高い嬌声《きょうせい》が上がった。キシュタリアの微笑にあてられた町娘からマダムまで怪鳥のような奇声を上げたのだ。アルベルティーナはびくりと震えて少しキシュタリアの腕にしがみついた。やけに柔らかくふくよかなものが当たっている気がするが、敢《あ》えて無視した。気にしたら負けである。

キシュタリアに近づく形になったアルベルティーナも、窓から見えたらしい。

数人が初めて見る絶世の美少女に停止する——が、ややあって凄《すさ》まじい興奮をもって騒ぎ始めた。

「あの、キシュタリア様……まずくないですか？」

「そうだね、アルベルは滅多に出ない深窓のご令嬢。だけど僕より領民の生活のために積極的な、聖女様だからね。私財を投入して王都や隣領地まで街道整備した平民の救世主だ」

「なんですの、それは？」

「ラティッチェ領民の、アルベルに対する評価」

「わたくし、ただお尻が痛いのが嫌で整備しただけですわ……」

「うん、そうだね。でも普通それは領地から徴収した税金で行うものだ。アルベルの私財にあたる王家からの賠償金や、事業で得たものを投資してやるものじゃないよね？　アルベルはあっさり出したけど、結構莫大《ばくだい》だよ？　そもそも、大抵の貴族は街道に文句を言いつつも自分の懐を痛めないようにぎりぎりまでやらないものだよ」

「認識の相違が激しいですわ……」

おろおろと当惑しているが、貴族にノーブレス・オブリージュがあるといえど、私腹を肥やすことに腐心する人間は多い。平民を勝手に増える家畜のように見ている者だっている。

公爵であるグレイルとて一定水準を保っており、領民の蜂起が起こるような事態でなければ態々《わざわざ》そこまで財を投じない。

アルベルティーナから発想を得て起こした事業が大当たりして資金が潤沢であったこともあるが、愛娘《まなむすめ》たっての願いもありラティッチェ領の街並みの美しさや街道の便利さは周囲と一線を画す。

商業でも公共事業でも多大な投資をすれば多大な資金が動き、ますます経済が回る。

アルベルティーナは余り金銭に執着しないのに、懐に勝手に入ってくるタイプだ。アルベルティーナの何かを作りたいというおねだりは、しょっちゅう経済界に一陣の風どころか、超巨大サイクロンを巻き起こす。それを上手く調整しているのがジュリアスやセバス、そしてラティッチェ公爵のバックボーンがあるから大きな混乱は起きていないのだ。

「でも領民は知らない。おかげで色々な輸送が楽になったし、人の行き来も増えた。アルベルの狙い通り、お尻も痛くならない。互いに利益があったんだよ」

「なんだか、申し訳ないですわね」

「下手に馬車を止めたら取り囲まれるよ。だから本当に見て回るだけ」

目をぱちくりさせる姿が幼くて、やっぱりあの子供はアルベルティーナに似ていると一人納得するキシュタリア。

今は魔法でアクアブルーだが、義姉のその瞳は本来この国で最も特別な色をしている。

アルベルティーナの真実を知れば、第一王子の失態と連座で罰せられた第二王子、もとより人望のない王女とくるサンディス王家からすれば喉から手が出るほど欲しいだろう。

世間知らずで大人しいアルベルティーナは傀儡《かいらい》にするにはお誂《あつら》え向きだ。ましてや外見だけでも王族を示すサンディスグリーンの瞳の色と、今は亡き美姫の面影が濃い絶世の美貌が揃《そろ》えば求心力もある。

アルベルティーナの第一印象は最強だ。儚《はかな》げで可憐で非常に庇護《ひご》欲をそそる。ミカエリスから聞いたが、国王陛下も目や髪の色を変えた状態ですらかなり可愛がられていたという話だ。一目で相好を崩していたという。

さらにアルベルティーナを押さえてしまえば、国一番の大貴族であり魔王と恐れられるラティッチェ公爵の操縦も不可能ではないのだ。

本人の意図せぬ善政で領民からの人気も高い。

……そして、アルベルティーナは知らされずグレイルからきつく言われていることがあった。フォルトゥナ公爵家にはアルベルティーナをけして近づけるなといわれている。

クリスティーナの輿入《こしい》れであったといわれる壮大な嫁取り騒動。それもありラティッチェ公爵家とフォルトゥナ公爵家は同じ四大公爵家でありながら仲が悪い。当主たちが、その時の軋轢《あつれき》を未だに引きずっている。

グレイルは忘れ形見の一人娘を絶対会わせないし、フォルトゥナ公爵家とはクリスティーナの葬儀以降の交流は断絶といっていいという。あまりに早く亡くなったクリスティーナに思うところもあったのだろう。

ちらりと窓から外を眺めるアルベルティーナを見る。街の風景をやや興奮気味に眺める姿を、アンナが微笑ましげに目を和ませている。

（アルベル、圧倒的に母親似だよな……）

顔立ち、髪の色、目の色、性格――は不明だが、クリスティーナの部屋を生前のまま残しているグレイル。その部屋にあるクリスティーナの肖像画は、アルベルティーナに年齢を加えたような美しい貴婦人だった。少なくともグレイルのような人でなしな噂《うわさ》は聞かない。苛烈さも。

（僕は養子の癖に似ているって毛嫌いされたけど、アルベルは父様に本当に似てないからな……）

ラティッチェとフォルトゥナ。共にサンディスの栄えある四大公爵家。互いに名家ということもあり、どうしてもある一定のアッパークラスの社交場では顔を合わせざるを得ない。

その時、優雅で慇懃《いんぎん》なオブラートに包み、嫌味をしっかり言われた。アルベルティーナは社交場、せめて茶会くらいには出ないのかと匂わされたことがある。

あと、朗らかそうに見えて実際は全然目が笑っていない。ねっちりとした長年の恨みの籠った目で義父のグレイルを睨んでいた。

グレイルはさらっと流していたが、セバス曰《いわ》く結婚する前からあの調子らしい。

時間とともに風化するどころか、熟成されていると聞く。恐ろしい。

アルベルティーナにクリスティーナの面影を見て溺愛するか、グレイルの血筋だけ見て毛嫌いするかは分からない。

いずれにせよ、キシュタリアにしてみれば興味を持たれること自体厄介だ。

（まあ、どっちにせよアルベルを困らせたらただじゃ置かないけどね）

アルベルティーナはほとんど会ったことのない祖父や伯父たちより、キシュタリアのことを頼るし信じるだろう。

アルベルティーナに心を許された者として、一人の男としてもここで逃げるわけにはいかないのだ。

そんなキシュタリアの心配など露知らず、アルベルティーナは街道沿いの商店や並ぶ屋台に目を輝かせている。

「アルベル、あんまり興奮しすぎると熱が出るよ？」

カーテンを引いて視界をふさぐと、アルベルティーナの不満げな顔が振り返る。

細っこいくせに、割と食い意地が張っているのだ。食べたいとか言い出しかねない。

「だって、とっても良い匂いだったんですもの……」

「帰ったら、料理長が昼餐《ちゅうさん》の用意をしているよ。今日はアルベルが好きなチーズリゾットだよ。コメの料理が食べたいって言っていたでしょ？」

はっとしたアルベルティーナは、ほんの少し躊躇《ためら》いを見せた。

だがアルベルティーナの中で屋台とチーズリゾットが天秤《てんびん》にかけられ、チーズリゾットにこてんと落ちたのが分かった。

米はこちらではあまり食されない穀物だ。最初は慣れない粒の料理に戸惑ったが、慣れれば美味なものだ。海産物と炊いたパエリアという料理も美味だった。

お腹《なか》が空《す》いていないと、折角の美味な料理も美味《おい》しさが半減する。

アルベルティーナの胃はそれほど大きくない。買い食いを諦めたようだ。だが、ちょっと不貞腐《ふてくさ》れたようにキシュタリアに寄りかかってきた。

その様子にこのままだとまた寝るな、とキシュタリアは判断した。義姉の体力の無さはよく知っている。アンナも膝かけとストールを素早くアルベルティーナにかける。良くできたメイドである。

やっぱり寝たアルベルティーナは、帰宅してもまだ熟睡していた。

それを抱き上げて屋敷内に入ると、戻っていたらしいジュリアスが気付き、僅かに眉を動かした。

「キシュタリア様、お手を煩わせ申し訳ございません。僭越《せんえつ》ながら私がお嬢様をお運びします。どうぞ先にお着替えを」

「いいよ、僕が部屋まで送る」

その時、二人の間に凄まじい火花が散った——後にメイドの一人が語ったそうだ。

「ご子息にその様な真似《まね》をさせるわけにはいきません」

「僕がしたいんだ。ならいいだろう？」

バチバチと火花は激しく散り続けている。

まだ真冬でないのに、玄関フロアが凍えそうなほどの冷気を帯びている気がした。氷点下は間違いないほどだった。

キシュタリアもジュリアスも笑顔だ。一見鷹揚《おうよう》そうに見えるキシュタリア、愛想のよさそうな微笑のジュリアス。声も朗らかに響いているが、なぜか空気は険悪一直線。

アンナが無表情の中に、鬱陶しそうなものを滲ませ始めた。良くできたお嬢様第一のメイドは、この男の矜持《きょうじ》がかかった争いすら余計な時間なのだ。

「お嬢様のお体が冷えます。喧嘩《けんか》をするなら別の部屋でしてください。セバス様をお呼びいたします。それでよろしいでしょう？」

「「よくない」」

揃った二人の声に対し、アンナの視線は一層冷え冷えとする。

だが、思わず出た大きな声にハッとキシュタリアとジュリアスは顔を見合わせる。

少し眉根を寄せたアルベルティーナが身じろぎをして目を覚ました。

すぐさま近づいたのはアンナだった。

「おはようございます、お嬢様。今からお部屋にお運びします」

「……ん」

寝ぼけている。目が微睡《まどろ》みかけたままだ。コクンと小さく頷いた姿に妙にほっこりした三人である。

氷点下だった玄関が春先の気候へ早変わりした。

「誰に運んで欲しいですか？」

「おとうさま」

即答。現実は無情である。

「公爵様は今ご不在です。他は誰がいいですか？」

「……セバス、ごほんよんで。赤いうさぎさんとりすさんのごほん」

かなり寝ぼけている。そして幼児退行したような返答である。

だが、目の前にいた運び手予定二人を見事にスルーしてセバスに御指名が入った。

アンナは目を優しく細めた。赤い絵本はアルベルティーナのお気に入りだ。最近はとんと読んではいないが、まだ好きなのは変わらないようだ。アンナ自身も、何度もアルベルティーナに読み聞かせしたことがあるので懐かしさがこみ上げる。

なお、アルベルティーナは私室でセバスが読み聞かせの最中に目が完全に覚めたらしく、真っ赤に恥じ入ってセバスに謝罪していた。

謝罪されたセバスはにこにこと「このセバス、お嬢様に必要とされるのであれば喜んでお受けいたします」と執事の鑑《かがみ》のように一礼したそうだ。


視察から帰ってからも、領主代行をしているせいか、ここ最近のキシュタリアは忙しい。私室の隣にある自分の執務室で難しいお顔をしていることが増えた。

ラティッチェ領は栄えているため、人の出入りが多い。

サンディス王国でも比較的治安のいい場所でもあるが、人が多ければ悪い人も来る可能性が高くなるのだ。人の集まるところにはお金が集まるのだから。

先日街を見た時は活気に溢れ、そんな気配はなかったけれどどこもかしこもそういうわけではないそうだ。

「わたくしに何か力になれることがあればよいのですが……」

「そのお気持ちだけでキシュタリア様はお喜びになりますよ」

でもわたくし実質ニート令嬢。アンナはそうは言ってくれるけれど、いいのかしら？

ジュリアスはキシュタリアの補佐をしている為、再び私の傍を外れることが増えた。

「我が領で何があったのかしら？」

「……奴隷の密売があったそうです。サンディス王国では禁止されていますが、ここは近隣の領からの移民も多いので正式な住民籍を得る前に攫《さら》って他国へ密売しようしていたそうです」

「酷《ひど》いことを……被害はどの程度ですの？」

「すでに何度か攫われて売られた人数はまだ定かでないということです。青血倶楽部《せいけつくらぶ》などと名乗る富裕層の集団が、仮面舞踏会を隠れ蓑《みの》にした競売を行っていたところ一斉摘発したそうですが……。会場で救出された者たちはともかく、既に異国へ売り飛ばされたとなると一人一人の足取りを追うのは難しいかと思われますわ。我が国は白い肌に鮮やかな色彩の髪や瞳、端正な顔立ちの人間が多いので狙われたのでしょう」

サンディス王国は奴隷も人身売買も基本禁止だ。犯罪奴隷は例外的に許可されているが、それは刑罰の一環としてあるもの。死刑囚相当で、二度と一般の生活に戻れないと決められた人間が鉱山や戦線僻地に送られたりする。

ですが、奴隷という制度がないだけでそれに近く金銭で人のやり取りを行うことはやはり裏ではあり、根絶は難しいことです。

奴隷は体の一部に焼き印が押される他に手足に鎖、首輪などを付けられることにより『奴隷』と見て分かるようにされていることが多いそうです。……実物は見たことありませんが。

美形が多いというお国柄でありながら、奴隷制度に厳しい。サンディスの民はそんなこともあり、奴隷市場には回らない。稀少《きしょう》価値の高い人種であるといえるかもしれない。

ちなみに、セルケー族という左右の眼の色が違う人間や、長い寿命ゆえに美しい時間も長いエルフなども高級奴隷として取り扱われるそうです。あと月狼《げつろう》族と呼ばれる戦闘特化の部族も兵士として高く取引され、獣人などは敢えて戦奴になって成り上がり、力試しを行う奇特な方も稀《まれ》にいるそうです……ですが、逆に若い女や子供の獣人はマニアックな貴族が欲しがることがあるそうです。

我が国では何度取り締まっても、奴隷の密輸や競売は大なり小なり毎年検挙されているそうです。

そういえば、わたくしが一人の状態で外にうろついたら、捕まって売り飛ばされるってジュリアスたちが何度も言ってきたような……。

やっぱりお外は怖いのです。引き籠り万歳。

もともとサンディス王家の魔法や魔道具の類《たぐい》が結界特化しているのも、そういった側面から民を守るためなのかしら?

周りは大国強豪国がひしめいているが、保有するのはほぼ攻撃型と聞きます。

サンディス王国の属国や、友好国としてはサンディス王家の魔法が命綱ですわよね。あれがないと周辺国が大戦争になると聞いたことがあります。

サンディス王国はバランサーの位置づけでもあるのです。

……今のうちの次期国王候補たち、醜聞まみれですが大丈夫なのかしら?

幸いなのが、今のところラウゼス陛下が非常に真っ当な政治をしていることです。名君、賢君というわけではないのですが堅実で誠実な施政というべきでしょうか。欲をかいて失敗しない方です。

ですがご高齢故にキシュタリアがラティッチェ公爵家を継ぐ頃には、世代交代が起こってもおかしくない。ラウゼス陛下はシスティーナお祖母《ばあ》様の弟君。ご壮健とはいえなかなかの御歳なのです。

どうか、キシュタリアの負担を減らすためにもポンコツな王太子を選ばないでいただきたい。

そもそも、あんな問題起こしてルーカス殿下とレオルド殿下は王位を継げるのかしら？

王位継承については元老会が選定すると聞きますが、結構な血族主義や王家神話説を振りかざす系の頭カッチコチ系とお聞きします。

傍系から候補を引っ張り出す？

基本男児に王位継承権が行く。国を背負う重圧を伴う政務が過酷ということもある。そんな年頃の子、傍系にいたかしら？　社交界に疎い私には分からない。私も血筋を見れば傍系なのですが、クリスティーナお母様の御実家であるフォルトゥナ公爵家もそうですわよね。あそこには既に打診がいってそう。

そもそも、ラウゼス陛下は二人しかお妃《きさき》様がいませんが、それより前の王様たちはかなり好色とお聞きします。最悪、ご落胤《らくいん》の一人や二人いてもおかしくないはず。

その場合、その方はすごいシンデレラボーイとなるのかしら？

わたくし、絶対お断りですが。

何事も噂や憶測で判断するのは良くないのですが、私の言動にここのところキシュタリアやジュリアスが神経を尖《とが》らせているのです。あのミカエリスからも、お手紙で悩みでもあるのかと探りを入れてきたのです。

修道院計画や、平民計画のせいかしら？　遺憾の意ですわ。ブーイングをしたい所存です。わたくしは自立を目指しているだけだといいますのに！

役立たずは役立たずらしく早々に引っ込んでいようと思うのですが、なかなか上手くはいかないものです。その、わたくしはゲームのように悪役令嬢らしいことは全くしていないつもりです。世間知らずすぎてキシュタリアやジュリアスに迷惑をかけていることは否定できないですが、いじめなどはしていないつもりなのです。

それどころか、いまだに信じがたいことに好意を寄せられているのです。しかも、親愛などではなく恋愛で。

キシュタリアやミカエリスは思い切り攻略対象なはず。ですがレナリア嬢は攻略失敗して、なぜか私とフラグが立っている。ジュリアスは違うはずですが、二人に負けず劣らずの美形ですわよね。うちの国は美形が多いというのは国際的にも認識されているようですが、それを差し引いても端正だと思います。

そうえば、以前レイヴンがジュリアスに対してもレナリア嬢が絡んでいたと言いました。

もしかしてジュリアスやお父様やレイヴンやセバスも攻略対象とか……。

ねーわ、ですわ。

ジュリアスは完全に一般ゲームとしてストライクゾーン。年上キャラで教師のフィンドール・トランもいますしね。レイヴンは少し幼いですが、カインのようなショタ（でも後で成長する）も攻略対象なのですからあり得なくはなさそうです。ですが、流石にお父様とセバスはないでしょう。

お父様はわたくしの実父ですのよ？　私は移植版や追加復刻や続編は知りませんが、親子ほどの年というのは犯罪臭が……ビジュアル的にはありでもお父様がロリコンに走るとかパパっ子の自負があるファザコンとしてはきつい。セバスは独身ですけれど、御老人の域に達していますわ。マニアック過ぎる。

今更ですが、前世でもっと他のもやり込んでおけばよかった。

私は初版十八禁付きバージョンをパソコンでやっていました。なんでパソコンかって？　デカい画面で落ち着いて堪能しながらやりたい喪女だっただからですわ。美麗絵を堪能したいがために推しに貢ぐという名目で画素数の高いものを購入し、美声を満喫したいという名目でゼロが多めのヘッドフォンまで購入しました。

なんでそんな無駄に細かいことを覚えているのに、前世の名前を憶《おぼ》えていないのでしょうか。そんなに名前が嫌いだったとか？　いえ、嫌いであればむしろ何か引っかかりを覚えるので、寧ろ普通に過ぎた？　どっちかしら？

……十八禁ブツのゲームをやっていたし、パソコンを自費で購入していたのだから私ってやっぱりそれなりに自立した大人の女性でしたのよね？

うーん、やっぱり人間個人としての記憶は思い出せませんわ。むしろ昔より劣化しているような？いえ！　でも確かに大人だったはずです！　何故ここではこんなに幼女扱いなのかしら。

身長はあまり高くはないですが、お胸は結構立派な部類だとおもいます。腰もしっかりきゅっと括《くび》れていますし、お尻も張りがありつつきちんと綺麗なラインをしているはずです。後ろ姿ははっきり確認していませんが。背中を見るのが嫌いなので、ちょっとちらっと確認する程度。ですが乗馬でポニーと頑張って鍛えていますのよ？

このスタイルをもってして幼女扱いとは如何《いか》に？

いえ、その大人扱いを急にされても困ってしまう気もするのですが……。

幼馴染たちを好きか嫌いかといえば、好きだと言える。断言できるけれど、誰が一番好きかと問われたら返答に詰まる。

キシュタリアは次期当主として、あの若さにして当主代理を務めるほど立派になっている。

ジュリアスはたった一代でその身一つで、使用人から子爵位を得たといえばどれだけ優秀かなんて察して余りある。

ミカエリスは既に伯爵の地位を得ている。先祖代々から受け継いでいるとはいえ、彼の代で大幅にドミトリアス領は発展した。

見事な貴公子たちの揃い踏み。ポンコツの手に余る有望株です。

ですが、いくら三人が男性で女性よりも婚期に余裕があるとしても、学生時代が終われば大きく変わるはず。本格的に相手を探さねばならない。ジュリアスはいくつも格上から婿養子の打診や、ご令嬢を妻にとの話が来ているそうです……メイド情報網を甘く見てはいけません。

ふと窓の外を見ると、公爵家の紋章の入った馬車が外へと向かっている。また視察だろうか。教えてくれたのなら、見送ったのに。遠ざかっていく馬車はやがて外門へ消えていった。

時間がたち少し日が傾き始めた。ゆるゆると赤みを帯び始めた空と、下がり始めた気温。ストールを肩にかけ、見えもしない馬車を探して目を凝らす。

……まだ帰ってこない。キシュタリアも、お父様も。

アンナの言っていた人身売買の摘発にキシュタリアはかかり切りなのだろう。

本来なら当主が当たるべき程の大きな案件だということは、屋敷に広がった騒々しさからも察する。

セバスどころかジュリアスすら、今日は顔を合わせていない。それだけ多忙なのだ。

北部のスタンピードは連鎖状態らしく、叩いても叩いても魔物が湧き出ていると聞く。

お父様が易々《やすやす》と負ける方ではないとは分かっていても、すでに『君に恋して』としては物語の終盤に差し掛かり始める時期。今年卒業のミカエリスに至っては王手がかかっていなくてはおかしい。

色々な事件が一度に起きる時期でもあるし、ヒロインであるレナリア嬢がフラグを立てるだけ立てまくった四人の事件は起きる可能性が高い。

ですが、王子たちの場合は王位継承権を巡る苛烈な争いと陰謀、そして悪役令嬢アルベルティーナの暗躍があるはず。ですが、悪役が現在ヒキニート類ポンコツ科の残念令嬢なので起きる事件も起きないはず。メギル風邪の対策としてはお薬を用意はしましたが、今のところ兆しは出ていないと思います。

というより、ヒロインであるレナリア令嬢が投獄されているので起きるものも起きないのでは？

「お嬢様、そろそろ晩餐の用意が整います。本日、ラティーヌ様は夜会へ、キシュタリア様は視察に赴かれておりますので別となります。お一人のお食事となりますが、ダイニングホールでお召し上がりになりますか？　それともお部屋にお持ちしますか？」

「部屋にお願いします……ホールでは大きすぎて、かえって寂しくなってしまうわ」

「お嬢様……明日には必ずラティーヌ様もキシュタリア様も朝餐にはおられますとのことです」

「ふふ、それは嬉しいわ。ダメね、すぐにめげてしまって」

苦笑したつもりが、それすらも失敗したらしい。

アンナの冷静な仮面が俄《にわ》かに剥がれ落ちる。優しい茶色の瞳に心配そうな光が宿る。

一礼をして下がっていくアンナ。去っていったドアを見つめ、また窓の方を見る。

どうやらラティお義母様もキシュタリアも帰りが遅いか、明日になってしまうようだ。

すっかり夜の気配が濃くなり始めていた空は、藍色に染まり真っ暗な夜のとばりがおりきる寸前だった。

なんとなく、バルコニーへと出ていく。そういえば、以前、雨の降りしきる嵐の中でキシュタリアが魔法を使って訪れてきたことがある。あの時は、かなり怒られた。いくら義弟とはいえ、若いレディが深夜に男を部屋に上げてはいけないと。

しばらく景色を眺めたものの、やはり外門が動く気配はない。

月が見当たらないので今夜は新月なのだろう。道理で闇が濃いはずだ。

あまり体を冷やしては、アンナにすぐ気づかれてしまう。心配を掛けてしまう。あまり体も強い方でないので、部屋に戻ろうと踵《きびす》を返した。

真っ暗な闇に溶けるように、屋根の陰からずっと私の様子を見ていた存在に気づくことなく。

幕間　二人の王子

貴賓牢《ろう》には第一王子が入れられている。

それは周知の事実であった。学園に入学するまでは優秀だった王位継承権を持つ王子は、そこで男爵令嬢と親しくなった。

節度ある親しさであればまだよかったが、それは最悪の事態を招いた。

婚約者であるアルマンダイン公爵令嬢との仲を冷え切らせ、両家の間に不和を生んだ。良識ある貴族からの諫言《かんげん》を蔑《ないがし》ろにし、一時の熱にのめり込んだ。結果、彼の周りに残ったのは王家の権力の恩恵にあやかりたいだけの愚臣のみとなった。

さらに悪かったのが、その男爵令嬢の性質だった。

一見すると小動物のように可憐《かれん》で素朴な愛らしさがあったが、その本性は毒婦そのものだった。側近である騎士を篭絡《ろうらく》し、それを足がかりに第一王子に近づいた。それだけでは飽き足らず、第一王子付きの宰相子息にも食指を伸ばしていると噂《うわさ》があった。第二王子にも粉をかけており、教師や他の令息にもと噂が絶えなかった。

中には嫉妬ややっかみもあっただろうが、人の噂とは恐ろしいものである。

校舎裏で密会していた、温室で抱き合っていた、とまことしやかに様々な噂があった。

基本、王子殿下らには護衛であり監視もついている――その中には彼らが次期王として資質を調査するためのものでもある。

結果は、散々たるものだ。二人揃《そろ》って女の手の平で転がされた。側近らと競うように宝石やドレスを貢ぎ、男爵令嬢の唆《そそのか》すままに問題を起こす。特にルーカスの乱心ぶりは酷《ひど》かった。男爵令嬢が特に入念にまとわりついていたのが彼だったのもあるだろう。

その横暴ぶりは、ついに学園外にも問題になるほどの事件を起こした。

たまたま、上級貴族のご令嬢が学園に赴いていた。学友の家族と友人に会いに来ていたのだ。それが選りにもよってこの国きっての重鎮の娘で、冤罪《えんざい》で罵倒した挙句に怪我《けが》までさせたのだ。

重鎮――ラティッチェ公爵は激怒のままに、ルーカスを裁いた。

関係者を皆殺しの未来すら否定できないほどの断罪だったという。幸運なことに、その場に駆けつけた公爵令嬢の慈悲により処刑は少数だった。

ルーカスは再三の王や周りの諫言を無視したつけが回ってきた。

あの事件以降、貴賓牢に入れられたルーカス。最初の気落ちの仕方は尋常ではなかった。このまま身心を狂わせるのではないかと言われたほどだったが――すでに周りからの期待すら落ち切った彼にはさほど目を向けられなかった。

彼を是が非でも王にしたかった正妃メザーリンの狂乱ぶりのほうが見ていられなかったという。

ただ、第二王子のレオルドも事件に絡んでおり、彼も叱責されていたためまだ何とかなった。

時間がたつと落ち込んで沈んでいたものの、本来の理知的なルーカスに戻っていった。

男爵令嬢に入れ込んでいた彼は感情の起伏が激しく、短絡的だった。

すっかり食が細くなったものの、大人しく謹慎していた。

「兄上、またお痩せになられたのでは？」

「……レオルドか。どうも食欲がわかなくてな」

「このままではお体を壊します」

以前の半分も食べないと料理人が嘆いていたと人づてに聞いた。

確かにルーカスに失望した人間は多くいたが、まだ彼を慕っている人はいるのだ。

幼い頃からの利発なルーカスを知る人間なら、なおさら情を持っている。

「私は事実上王位継承争いから外れた。誰も気にしないだろう」

「兄上……っ」

らしくもない自虐的な言葉に、思わず咎《とが》めるように呼びかけた。

それに対してのルーカスは達観したように微笑《ほほえ》んだ。やせ細り、もともと端正だった容貌は線が細くなった。乗馬や剣術で鍛えた体も、衰えているのが容易にわかる。まるで、ではなく本当に病人のようだった。

レオルドの知る第一王子である兄は常に立ちふさがる壁だった。

母であり第二妃のオフィールは常に正妃メザーリンとルーカスを敵視していた。お茶会で会う時は優雅に微笑んでいても、実子のレオルドの前では悪鬼もかくやという形相で何がなんでもあの第一王子に負けるなと言い聞かされていた。

優美な振る舞いと支配者の風采を幼い頃から備えたルーカス。今もその所作は気品を感じられるが、以前のような力強さはなかった。

失墜したルーカス。学園での失態についてはレオルドも叱責を受けたが、ルーカスの比ではない。

「レナリアはまだグレアムのところか？　……手放しがたいのは解《わか》るが、もうどうしようもないだろうに」

「ええ、グレアムは相変わらず聞く耳を持ちません――身代わりに牢に入れられた少女は保護できましたが、喉が潰されておりますので回復に時間がかかるとのことです。レナリアの行方も知らないと一点張りと申しております。どこかに隠しているのでしょう。宰相も流石にグレアムのしたことに気づいたようですが、罪状が増えるのを恐れてか隠蔽されました」

「少女は文字が書けないのか？　……貧民街からでも連れてきたのか」

「ええ、しかも我が国ではなく異国からの行商人が連れた奴隷の少女だったようです。大事な証人でもありますから、信用できる先に預けております」

奴隷はこの国では禁止されているが、隣国ではそうではない。

牢に入れられていた少女は、以前よりもいい服と食事を与えられていたので閉じ込められてもさして気にしてはいなかった。ただ、顔を伏せるようにと同じ体勢でいさせられたのは堪《こた》えたようで、助け出した当初はだいぶふらふらしていたという。

以前の主人は奴隷の少女を虐待していたようで、服の下には無数の傷痕があった。

「苦労をかけるな、レオルド。私が不甲斐《ふがい》ないばかりに……カインやジョシュア、フィンドールは？」

「カインは学園から魔術院へ移されました。かなり情緒不安定ですから、王宮魔術師の監視がついています。ジョシュアはダンペール子爵家から勘当され、国境沿いの一兵として送られることが決まったそうです。フィンドールは教師としてこのまま続けるそうです……まあ、彼はレナリアに一方的に気に入られていたという形ですからね。むしろ清々しているのではないでしょうか」

「そうか、妥当だな。フィンドールは若く、教師として優秀だ。彼の未来を潰さずに済んでよかった」

レナリアは自分に夢中だと思っていたようだが、あの教師としては第一王子の歓心を得た令嬢を蔑ろにできなかったのだろう。

当時のルーカスはかなり横暴であり、教師であっても苦言を呈しにくい状態だった。

今思えば、彼は学園側の監視役もしていたのかもしれない。

「以前はレナリアが傍《そば》に居ると睨《にら》んでいたのに？」

「あの時はな。今はもう目が覚めたよ。随分長く悪い夢を見ていた気がする」

淡い緑の瞳を細め、苦笑するルーカス。

その目には以前の滾《たぎ》るような激情は微塵《みじん》もなく、ひたすらに凪《な》いでいた。あの狂気にも似た熱意はすっかりと消え失せている。

念を押す様に問いかける。

「……本当にレナリアは良いんですね？」

「ああ、事を大きくしてしまった一因は私にもあるが、罪は正しく裁かれるべきだ。もはや恩赦を請えるものではないだろう。そんなものを貰《もら》おうとすれば、寧ろ悪化する。……レオルド、お前だってレナリアを追っていただろうに。もう腹は決めたのか？」

「貴方《あなた》よりは早くには」

「言ってくれるな」

もとよりルーカスたちほどレナリアに執着していなかったレオルド。

ルーカスたちが執着し、魅了された少女だからこそ気にしていたという点が大きいことを、未だに気づいていない。

みっともないほど必死に恋をしていた兄を羨ましくも、哀れに思っていたのも知らないのだろう。

それに気づいていたのは、婚約者のキャスリンくらいだ。

長年の婚約者である彼女は呆《あき》れながらも傍観してくれた。正直、彼女がビビアンことアルマンダイン公爵令嬢のように嫉妬に駆られなくてよかったと思う。

あの一見地味な婚約者がなかなかに図太いと今回で初めて気づいた。そして、頭が上がらなくなった。彼女もまたフリングス公爵令嬢という上級貴族で、王太子妃候補として教育を受けた女性の一人なのだ。

ビビアンとの差は義務ではなく、一人の異性として婚約者を本当に愛していたかだろう。あの一見きつい印象を与える少女は、王子ではなくルーカスに恋をしていた。だから、ルーカスを破滅させるレナリアと激しく対立していたのだ。それが、恋に溺れたルーカスの反感を買うと分かっていても、必死で止めようとしていた。自分の恋が叶《かな》わずとも、嫌味の中にレナリアがルーカスの傍に立つ女性として足りないものを身につけさせようとしていたのには、敏《さと》い人間は気づいていていた。

複雑な感情を入り混じらせながら、ビビアンは堪えていたのだ。

その姿勢には、公爵令嬢としての矜持《きょうじ》、人の上に立つ人間の器、そして少女としてのやるせなさが詰まっていたのだ。

問題はグレアムだ。あれほどの事件が起こっても、彼は目を覚ます気配はない。身代わりを仕立ててまでレナリアを脱獄させ囲い込み、ますます傾倒している気配すらする。

宰相が必死に情報漏洩《ろうえい》を防いでいるが、いざ処刑の時にレナリアがいないとなれば当然真実は明るみに出る。

幼馴染《おさななじみ》であり学友のよしみでレオルドも説得を試みているが、碌な成果はない。ルーカスもこれ以上、グレアムに罪を犯して欲しくないと願っている。

側妃の母に伝えるのは危険だった。グレアムは第一王子派であると認識されている。ますますルーカスを追い込もうとするだろう。世間は、グレアムの独断だと判断しない。

残るのは父王ラウゼス。みっともない息子たちのせいで苦労の多い父王に、腹心であるダレン宰相の子息の失態を伝えるのは気が引けた。

だが、ここでレナリアが所在不明はもってのほかだ。放逐したままだと、一度下火になった貴族の不満が紛糾する可能性がある。ラティッチェ公爵もまた怒りが再燃したら、目も当てられない。事の重大さを理解している父王も重罪人のレナリアの捜索を秘密裏に行うといってくれたのが救いだ。

レオルドたちは、引き続き最も有力な情報があるだろうグレアムの説得に当たっている。

彼を捕らえても良いのだが、レナリアは男を唆《そそのか》すのが巧い。そして、素朴で可憐な容貌に不釣り合いなほど、姑息《こそく》なうえ冷酷で淡白な面がある。グレアムの周囲に不穏な空気を察知して、隠れ蓑《みの》を変える可能性が十分にあった。せめてある程度の足取りを追えるまでは、泳がせる方向性となった。生かして捕まえねばならない。レナリアは公衆の面前で『処刑』という形で明確に死罪を与えなくては、皆の心が収まらないほどの重罪人であった。

不満の捌《は》け口として最も適任で、最も罪が重いのだから当然である。

ルーカスが拍子抜けするほどあっさりとレナリアを諦めたのは意外だが、もともとルーカスは王子として公人として私情を切り捨てることに長《た》けている人間だ。学園に入るまで、レナリアと関わるまで、若さ故の多少の粗はあったものの立派な王子殿下としてあったのだから。

「レオルド殿下、そろそろお時間です」

「ああ、わかった。ではご機嫌よう、兄上。次は甘い菓子でも差し入れますか？」

「甘いものには懲りたよ。それより本がいい。クロイツ伯爵が他部族や他国の歴史の文献を貸してくれたのだが、神話や国の成り立ちが意外に興味深い。我が国からだけの見解ではない視点が非常に新鮮だ」

「……兄上、そちらは読み終えたら、私にもお貸しいただくことは可能ですか？」

「クロイツ伯爵に頼んでみよう。彼の私物だからな」

「是非、お願いします」

「……漸くまともに笑ったな。王位継承権争いが苛烈になるにつれ、お前は笑わなくなった。レナリアの前では随分笑っていたから、かなり本気かと思ったんだが」

それはプレゼントされた歴史学や考古学に絡んだ本を貰った時だろう、とレオルドは思った。

レオルドは人前では敢《あ》えて粗野に振る舞うが、実際は物静かに過ごすことが好きだった。ただ、大人しい子供であることを母のオフィールは許してはくれなかったが。

本も帝王学や、王位を得るために必要と分かるもの以外では趣味でも読むのを許されなかった。学園に入れば、多様性の教養の一つという建前で読む機会は増えた。

兄が意外と自分を見ていたことに苦笑する。上っ面だけの兄弟ではなかったと思っていいのだろうか。

レオルドが自分の宮に帰る途中、背の高い人物が向かってくることに気づいた。

こちらに気づくと、彼は胸にさっと手を当てて優雅に臣下の礼を取る。

その顔立ちに一瞬ぎょっとして、体が硬直する。

距離があっても解るグレイル・フォン・ラティッチェを彷彿《ほうふつ》させる秀麗な美貌。

衝撃に狼狽《うろた》えた。だが、ややあって気づいた。彼はかの公爵の実の弟であるから、似ているのは当然だ。

艶やかな淡い金髪と、宝石のような青い瞳。人間離れした美貌だが、彼の方が表情がよほど柔和だ。グレイルよりとっつきやすい、人懐こい笑みや喋《しゃべ》り方で未だに社交界で騒がれる人物だ。ただ、喧騒《けんそう》や権力争いを嫌い田舎で伯爵をしているはずである。

グレイルの弟であるはずのクロイツ伯爵ことゼファール・フォン・クロイツ。だが、兄のグレイルは年齢不詳すぎる二十代後半ほどの外見だが、彼は三十代半ばほどに見える。疲れているのか、顔色が悪く目が少し落ちくぼんでいる。確か、彼は二十代半ばか後半ほどだったはずである。理由など解っている——この騒動で、一気にサンディス王国の貴族情勢は大幅に変化した。失脚する者も成り上がった者もいる。恐らく、田舎に引き籠《こも》っているはずの彼は、王都の騒ぎに無理やり呼び戻されたのだろう。

彼はグレイルほど優秀ではないが、温和で人との折り合いを上手くつけるタイプと聞いた。だが、その優しい物腰と美貌で女性関係の修羅場も絶えないため社交界を避けているとも。

キャスリンに聞けば、もっと詳しいことがわかるかもしれない。

「レオルド殿下、お会いできて光栄です。御久しゅうございます」

「ああ、久しいな」

正直、覚えていない。

彼の噂は知っている。同性でもこれだけ美しければ覚えていそうな気がするか、それよりもグレイルの面影がちらついて落ち着かなかった。

「ルーカス殿下のお加減はいかがでしたか？　もしよろしければと、本を差し入れに来たのですが」

顔立ちもだが、声も似ている。ただ、ゼファールのほうがよほど柔らかい声だ。だが、その優しげな声音に無性に寒気——というより、怖気《おぞけ》が走る。彼は悪くないのだが、どうも動揺する。

ゼファールはレオルドの来た方向から、何をしていたか察したのだろう。

貴賓牢でレオルドが会いに行くほどの人物など、限られている。

レオルドは既に監視付きであればある程度歩き回れるが、ルーカスは軟禁状態のままだ。レオルドの自由は、未だにレナリアを心酔するグレアムの説得やすっかり気落ちしたルーカスを気にした父王の配慮も理由であった——凡庸といわれがちでも、ラウゼス陛下もまた王なのだ。レオルドはルーカスほど色恋沙汰に正気を失っていないと気づいていた。

「悪くはない。貴殿の本を楽しみにしていると聞いた。是非、差し入れてくれるとありがたい」

「それは良うございました。先日会った時は私を見るなり後ずさりして逃げようとなさり……その、随分兄のグレイルが強く当たったようで。臣下として、王子殿下を諫《いさ》めたいと思う彼の行動を否定はしませんが——ラティッチェ公爵は苛烈なので、だいぶ衝撃を受けたでしょう」

否定できなかった。ゼファールのいうグレイルの言動に対してではない。衝撃を受けた、ということだ。ゼファールはだいぶ言葉を濁し、やんわりとした物言いであったが、その柔和な笑みでかき消せないほどの苦い笑みが彼の苦労を物語っている気がした。

あの公爵の実弟では、さぞ苦労が多かったことだろう。

そしてルーカスの気持ちもレオルドにはよくわかった。現在進行中で身をもって体感している。あの時ルーカスに至っては椅子に座らされ、護衛をはじめとする知り合いの生首をテーブルの上に並ぶのを見せられた。その恐怖はいまだに爪痕が根深い。

端正な顔立ちを申し訳なさそうにするゼファール。その顔立ちは嫌でもあの魔王を連想させる。なんであの兄で、この弟がいるのか激しく疑問だ。

兄は魔王なのに、弟のほうは良識がある。ちゃんと人の血が通っていると思える。

「……伯爵が悪いわけではない。兄は、貴殿の本を楽しみにしていたぞ」

嘘《うそ》はついていない。

でも、それ以上はレオルドも言えなかった。彼の容姿が、声が、否応なしにトラウマをほじくり返してくるのだ。

「それは喜ばしく存じます」

眉尻を下げて笑みを浮かべるゼファールは、顔を引きつらせている自覚のあるレオルドの挙動不審さに、何を言うでもなく一礼して去っていった。

レオルドも王族の一人として、露骨に感情や表情を出すなと教育はされている。

しかし、今すぐにあの時の恐怖を克服しろというのは無理である。

そして、ゼファールは兄のやらかすことで様々な人間から、レオルドたちと似たような態度をされることが珍しくないのだろう。不自然なレオルドの様子に、一切触れなかった。

（……そういえばラティッチェ公爵は次男と聞いた。さらに兄もいるのか。彼はどこかに婿入りしたと聞いた……どの家であったかな）

まさか、あの顔に似たものがもう一つあるとかないだろうな。

背筋を震わせながら歩くレオルドが、ゼファールに本を借りたいと頼むのを忘れたと気づいたのは暫くしてからだった。

思い出し怖気がするたびに挙動不審になる第二王子に、控えていた騎士のウォルリーグ・カレラスが思わず医師を呼んだのは悪くない。彼は職務に忠実で、王族を心から敬い守ろうとしているのだから。たとえ、それが盛大な失態をした瑕疵《かし》のある王族でも彼の態度は変わらなかった。

第一王子が貴賓牢に幽閉されて事実上王位継承権が剥奪同然である以上、この国の次期国王——王太子候補は彼のみなのだ。手に刻まれた王印に、いささか青みが強いといえ緑の瞳。老王に新たな子は望めないといっていい以上、直系で王としての資格を残すのは彼のみだ。レオルドも問題が多いので、将来子供ができたらその子供になる可能性も高い。どちらにせよ王家伝来の魔道具は、国防の要なので傍系に王印や王家の瞳を持つ者がいない以上揺るがない。

エルメディアは瞳が青。魔法の才も乏しく王印もどこにもないと聞く——だからこそ、あのように怠惰を表すようなだらしない外見のままで放置されていたのではあるが、ここ最近正妃は、今からでもエルメディアを教育し直せないかと躍起になっているらしい。当然、我儘《わがまま》放題に育った王女は激しく反発していた。

ミカエリスに振られて以来、やけ食いをしてさらに太ったと聞く。

レオルドは辟易《へきえき》した。針金のように細くなれとは言わないが、せめてトロール体形は脱して欲しい。

エルメディアが公務に出せないのは、性格以上に余りに印象の悪い見目もある。

ずっと王妃派はルーカスばかりにかまけており、エルメディアは放置していたのだから今更である。

今頃になって、エルメディアの婿として傍系でもいいので緑の瞳の人間はいないかと血眼になって探していると聞く。過去に何度も大流行したメギル風邪の影響で、魔力持ちの王族、ましてや緑の眼の人間探しは難航しているという。

メザーリン王妃は、目を覚ましたものの弱り切った息子に見向きもしない。

正妃と第一王子の失墜に、レオルドの母のオフィールは非常に機嫌がいい。レオルドは、内心その実母の在り方に嫌悪を覚えたが黙っていた。

美しい宮殿と王城。だが、その中は醜い権謀術策ばかりだ。蹴落とし、引きずり落とし、悲鳴と高笑いが響く。

ルーカスには黙っていたことがあった。

レオルドは、ルーカスより先にレナリアの本性に気づいていた。

あの庇護欲をそそる純朴そうな容姿や仕草を装っていたが、彼女は相手に会わせて人格や態度を使い分けているような節があった。

いつもの兄なら、それくらい見抜けるだろうと放置していたがレオルドの読みは外れた。ルーカスはすっかりレナリアに傾倒した。そして、傍観していたはずのレオルドも気づけば彼女の虜《とりこ》になっていた。

今では、何故あそこまで彼女に執着していたかは分からない。

違和感を覚えながら、レナリアの傍にいるとなぜかその違和感を忘れてのめり込んだ。彼女とともに思い出されるのは甘い香り。お茶会のたびに用意される手製の菓子やオリジナルのブレンドティー。時折まるで見透かされたように渡されるプレゼントや放たれる言葉。すり寄る体。そして、レナリアがこぼす訳の分からない不自然な言葉。

不揃いなピースが、魔窟のような王宮に生きてきたレオルドに警告を鳴らしていた。

何かが足りないけれど、既に点は散らばっている。線では結ばれていないが、もう少しで恐ろしい何かが浮き彫りになる気がした。

早く何か手を打たないといけない。だが、ルーカスほどではないが今回の不祥事はレオルドの自由を大きく奪った。監視は厳しくなり、側近は総入れ替えされた。内密に何かを頼める人間がいないのだ。

まともな人間ばかりなのはありがたいが、腹を割って話し合えるかは別だ。

信用と信頼は別である。

そしてレオルドもまた信用を落とした一人だ。目の前では取り繕っても、世間では馬鹿王子と陰口を叩《たた》いている輩《やから》は知っている。

崩すのは一瞬でも、積み上げるのは時間がかかるのだ。

そんなこと知っていたはずなのに、あの時はなぜ忘れていたのだろう。

兄のルーカスを止めなかったのだろう。レナリアから離れなかったのだろう。あの異様な人間関係から抜け出さなかったのだろう。せめて、あの時点で父王にもっと危険性を訴えていれば――そんなことは今更である。


一方、サンディス王国の宰相である、ダレン伯爵家の一室では憎悪が渦巻いていた。

窓は閉め切られ、分厚いカーテンも厳重に遮られた室内は薄暗い。暗い感情が凝《しこ》る空間だった。

許さない。許さない。許さない。

呪詛《じゅそ》のごとく、妄執のごとく、少女は怨嗟《えんさ》を吐き連ねる。

寝台の上で枕にナイフを突き立てる。ひらひらと白い羽毛が血飛沫《ちしぶき》の代わりに飛び散った。

「許さない、アルベルティーナ。みんな私のモノよ。キシュタリアもミカエリスもジュリアスもグレイル様も。みんな、みぃんな私のモノ。私の世界なのよ、ここは！　主役《ヒロイン》はレナリア《わたし》なんだもの！」

狂気を孕《はら》んだ憎しみは、反省がないことを物語っていた。懺悔《ざんげ》ではなく嫉妬と怨恨が煮え滾る。

「レ、レナリア、どうしたんだ？　そうだ、お菓子を用意したんだ。王室御用達《ごようたし》の——」

「ローズブランドじゃない奴でしょ！　流行遅れなものを食べろって言うの!?」

溢れ出た羽毛を握り、グレアムに投げつけるレナリア。

「す、すまない……」

激昂《げっこう》するレナリアに、肩をすぼめ、謝罪するグレアム。

脱獄してから潜伏生活をしていた。自分の思い通りにならないことが続き、レナリアは徐々にああなっていった。

「はあ……いいわ。使えないアンタに、とっておきの情報を教えてあげるわ。これでお尋ね者じゃなくて、私はみんなに感謝されるあるべき姿に戻るの」

興ざめした表情から、底意地悪い奸計《かんけい》の笑みを浮かべるレナリア。そこに、かつて学園にいた純朴で清楚《せいそ》な少女の面影はなかった。

ただ、人を陥れ。その絶望する様を想像し、うっそりと嘲笑《あざわら》う毒婦だった。

五章　襲撃とお茶会

今日は天気も気候も良かったので、テラスで読書をしていた。

アンナの淹《い》れてくれた紅茶は上品な赤褐色で、芳《かぐわ》しい香りがカップを傾けずとも漂っている。

なかなかに悪くない午前中、キシュタリアが麗《うら》らかな空にそぐわぬ沈痛な面持ちでやってきた。そのすぐ後ろに控えるセバスも、心なしか申し訳なさそうに見える。

「アルベルごめん」

「どうしたの、唐突に……」

「……うちで急にお茶会を開くことになった。王家や他の四大公爵家からの圧力があって、断り切れなかった。外見をいくら着飾っても魑魅魍魎《ちみもうりょう》と権謀術数を混ぜ合わせたような連中ばっかりだから、アルベルは別宅で避難していてくれないかな？」

「構いませんが、お部屋にいるだけではだめですの？」

「近くにいるだけで呼びつけようとする馬鹿はいる可能性があるからね。アイツらは父様がいないうちにラティッチェ公爵家に隙あらば攻撃して、出し抜こうとしているんだよ。こんなこと言いたくはないけれど、アルベルが一番狙いどころだから」

何やらキシュタリアがバタバタしていると思ったら、人身売買摘発以外にもそんな爆弾が。鬼ならぬお父様がいぬ間に我が公爵家をすっぱ抜こうとしているのですか。

非常に申し訳なさそうなキシュタリアですが、正直公爵邸の敷地は広大だ。小さな町や村など余裕で入ってしまうほどに。

まあ、個人宅なのに図書館や博物館のような別棟の建物があるあたりで御察しである。

「それにね……父様と仲の最悪な貴族が招待客にいるんだ。犬猿の仲なんて生易しいものじゃなくて、蛇蝎《だかつ》のごとくっていうレベルでもない。一触即発で、薄氷の傍《そば》で鉄球を振り回して踊り狂っているような危うさというべきか……。何かしらやり玉にあげるだろうから、絶対に絶対にその日だけは本宅の方へ近づいたらダメだよ？　一応、今回の茶会は大規模な奴隷密売を摘発できたことを慰労する意味でもあるんだ……こっちはそれの後始末にもてんてこ舞いなんだけどね」

優しい義弟に真剣に諭されて、わざわざ爆撃予定地に行こうとするような私ではない。

そんな危ないお貴族様が来るなら、絶対に行かないでござる。

引きずり出そうとしても断固拒否です。

キシュタリアの心労を増やさないためにも、ヒキニートをしていましょう。

「そういえば、うちでお茶会を開くの初めてかしら？」

「グレイル様はクリスティーナ奥様の時もそうでしたが、アルベルティーナお嬢様を誰かの視線に晒《さら》すことすら厭《いと》う方です。例の事件以降、その傾向はさらに強くなりました。一切の社交場を本宅では催さなくなりました。王都の別宅では何度か行っていましたが、増えたのはラティーヌ奥様が本格的に社交を始めて以降ですね」

セバスが静かに答えると、キシュタリアも続く。

「ちなみに、それでも迷った振りして何度もアルベルティーナがいないか探そうとした馬鹿は定期的に出たよ。まあ、基本は外門より離れた別宅だったけど、今回は内側でやるから……本宅でやるなんて、どれくらいぶりなんだろう」

「クリスティーナ奥様がご存命の時が最後ですね」

お父様の重たい愛の片鱗《へんりん》を感じる。

ほんのちょっとセバスが遠い目をしているのは懐かしさ以外のものもありそうだ。

お父様という強烈な方にお仕えして数十年単位のセバス。それでも心労が絶えないあたり、お父様って本当にやんちゃさんですわよね。

しかし、公爵家から顰蹙《ひんしゅく》を買う覚悟で私を野次馬しに来るなんて随分お馬鹿さんもいたものである。

「この前の学園の件で、アルベルの容姿が広がってしまったんだ。ほとんどは遠目で見ただけだったろうけれど、はっきり言って公爵クラスの名家の令嬢で、この年齢で未だに婚約者のいないのは極めて特殊なんだ。どこかの放蕩《ほうとう》馬鹿息子が、死に急ぐ真似をするかもしれないから絶対に一人になっても駄目だからね？」

セバスの顔色が悪い。それはお父様が不機嫌にお見合いの釣書を暖炉にくべたり、切り裂いたりしているのを思い出したせいなのだが、私は解《わか》らず首を傾《かし》げた。

「心配しすぎよ、キシュタリア。大丈夫、ちゃんと大人しくしているわ」

「……本当はジュリアスをつけて護衛の騎士ももっと回したいけれど、今回のお茶会は賓客が多くて余り本宅の警備もおろそかにできないんだ。ごめんね、アルベル。居心地が悪くなってしまって」

憂い顔のキシュタリア。これ以上心配をかけたくない。キシュタリアは精一杯私を守ろうとしているのだ。

「いいのよ、キシュタリア。貴方《あなた》も無理しないでね」

腕を伸ばして頬を両手で包むと、キシュタリアは一瞬虚を突かれた顔をしたけど、すぐに目を伏せて微笑《ほほえ》んで頷《うなず》いた。

本来なら、敷地外に移動する手もあるのだけれど、本宅から出す危険性や割ける護衛の数も考えれば本宅のある敷地内の別宅が妥当だったのだろう。

うーん、敷地内に別宅がポコポコあるって本当にラティッチェ公爵家ってすごい。貴族のあるあるなのかしら？

キシュタリアが不安そうに私に事情を説明した後、ラティお義母《かあ》様、アンナ、挙句にジュリアスまで来て再三念を押されて説明された。

……わたくし、そこまで信用ないのかしら？

キシュタリアはアルベルティーナの前では努めて不安がらせない様にしていた。ラティッチェ公爵家は、アルベルティーナにとって安息の場所でならなくてはならない。

万一にも、別宅を探られないためにも囮《おとり》として警備を配置したし、庭や屋敷の手入れも同じように入れさせた。

おおむね予想通りだが、アルベルティーナはキシュタリアの言うことを素直に聞いてくれた。

従順なうえにもともと引き籠《こも》り傾向があるアルベルティーナだから、周囲の注意を押し切って興味本位な行動をすることもないだろう。

お茶会のメニューはアルベルティーナ考案のレシピが至るところにあった。

女性に人気の甘味にケーキ類やクランペット、カップケーキ、スコーンなどの定番のものや新作のフレーバーのマカロン、チョコレートやクレープ・シュゼット。少し食べ応えのあるものとして卵やハム、キュウリ、コールスローのサンドイッチも用意する。クラッカーやパイもデザートと軽食両方に対応している。それ以外にもローストビーフやテリーヌ、チーズなども用意する。

お茶会と銘打ってはいるが、中身は慰労会なのでアルコールも提供されるのだ。なくて困ることはあっても、あって不便はないだろう。

本宅で大規模なパーティが行われるのは久々だ。使用人たちも張り切っている。

若い使用人の中では初めての者もいるだろう。キシュタリアも王都のタウンハウスで行うことは何度もあったが、本宅で取り仕切るのは初めてだ。

当主不在の分、キシュタリアは神経を尖《とが》らせて細心の注意を払いながら指示を出していた。幸い、長年ラティッチェ公爵家に勤める執事長のセバスがいるし、なんとかなりそうだ。

必要な基本的なものは倉庫にあったし、古いものの入れ替えは必要だったがそう困りそうにない。

問題は警備だ。ラティッチェお抱えの私兵や騎士は多くいるものの、今回のお茶会の規模とアルベルティーナの守りを考えると少々不安だった。

一般的には十分すぎて堅牢《けんろう》なくらいの警備であったがそれでも足りない。

分家や他のところから借りることも可能だが、それは避けたかった。アルベルティーナのいる場所に、信用ならない人間をあまり入れたくない。

警備に回せば、おのずとこの屋敷の守り方の傾向や配置を知られる。

もし、それが悪用されてアルベルティーナが狙われてはたまらない。

ルーカスの騒ぎでアルベルティーナの注目はかつてなく上がっている。

社交場で探りを入れられる機会も増えた。その姿が晒されてから一層増えて、キシュタリアは苛《いら》立《だ》っていた。ことあるごとに、どこぞの貴族たちに紹介を求められている。

不快なのは変わりはないが、婚約者のいない未婚の男性が是非にとならわかる。中には露骨に第二夫人や婿養子希望を匂わすとんでもないのもいた。

傷物令嬢なのだからとタカをくっている奴は容赦なくブラックリスト入りさせ、使用人たちにも徹底周知した。

不穏分子はできる限り来られないように裏で間引いたが、それでも招待客から外せない相手もいる。

その一つがフォルトゥナ公爵家。アルベルティーナの実母の実家だ。ラティッチェの次点に勢力があるといっていい、四大公爵家の一つだ。

当主であるガンダルフはアルベルティーナの祖父にあたる。サンディス王国騎士団長であり、元帥であるグレイルに肩を並べる重鎮だ。

だが、滅茶苦茶《めちゃくちゃ》仲が悪い。

それはもう仲が悪く、安易に極寒凍土を作り上げる程だ。空気が冷えすぎてひび割れるような有様である。招待はしたくない筆頭ではあるが、弾《はじ》くことはできない。

キシュタリアも何度か顔を合わせているが印象最悪である。

（こいつらになんか言われないためにも、完璧にやんなきゃな）

終わったら義姉に癒《いや》されよう。

アルベルティーナのことだから、キシュタリアが「疲れた」と匂わすだけで、たくさん褒めて労《いた》わってくれるだろう。

鬼より厳しい義父とそれなりに厳しい母、蜂蜜のように甘い義姉。キシュタリアの自己肯定感の大半は義姉により培われたといっていい。

（アルベルの為にも、頑張ろう）

そう決めて、腹を括るキシュタリアだった。

なんだか嫌な予感がする。そう思いながらも、それを拭うように準備を入念にした。

あのどこまでも恐ろしく、頼もしい義父がいない――それをどれほど痛感させられるかなど、まだこの時のキシュタリアは知りもしなかった。

キシュタリアが気合を入れ直していた頃、アンナはジュリアスと別宅を整えていた。

アルベルティーナが使うということで清掃は勿論のこと、調度品の入れ替えや壁紙や絨毯《じゅうたん》も一部張り直しや改修が行われていた。

もし、来場客が往生際悪く本宅に居座ろうとした場合、アルベルティーナは念には念をということで別宅で一泊することとなるかもしれない。

そうでなくとも、不自由ないように整えられていた。

突発的な我儘《わがまま》などそうそう言わないお人である。何か言い出しても、慎ましいものばかり。その大人しく繊細な気性の少女が、慣れている場所から強制的に移動させられていることが不憫《ふびん》だった。

多数の人が入り乱れる本宅から離す。身の安全を考えれば仕方のないことなのかもしれない。ラティッチェの至宝に傷がついてはならぬのだ。

「こちらは最近、お嬢様が好んでお飲みになっている茶葉です。砂糖やジャムと蜂蜜も相変わらずお好きですが、チョコレートシロップとブランデーを垂らすこともあります」

「ホットワインも用意したほうがいいかしら？」

「既にいくつか好みそうなものを運んであります」

「ならチーズとクラッカーも用意しましょう」

てきぱきと侍女と従僕は用意を整える。

お気に入りのクッションやストール、パラソルなども馬車に詰め込む。同じ敷地の別宅と言えど、かなり距離があるのだ。

アンナはジュリアスが嫌いだが、仕事をするパートナーとしては優秀なのは解っている。

（ドレスと帽子、手袋……衣類や装飾品はもう入れた。あと、お気に入りのぬいぐるみは……）

ベッドに置かれたふわふわの毛並みをしたテディベア。黒い円《つぶ》らな瞳が愛らしい。公爵から誕生日に贈られた、お嬢様の特にお気に入りの品だ。今でも一緒に寝ているし、隠れてコソコソ抱きしめているのを知っている。

グレイルが不在である今、テディベアに触れている時間はさらに増えている。

だがお嬢様に連れて行くか聞いても『大人のレディ』としては不自然だと置いていくだろう。

よくできたメイドは無言で専用ケースに詰めて、別宅行きの荷物に入れるのだった。


お茶会当日、私は別宅でまったりと過ごしていた。

遠くには馬車がやってきて本宅に次から次へと人が招かれていくのが見える。

キシュタリアもラティお義母《かあ》様も大変だろうけれど、わたくしは優雅に有閑貴族っぽく紅茶を啜《すす》り遠目に様子を眺めている。

念のため変装用のイヤリングは装着している。お父様によく似た明るいアッシュブラウンに、宝石のようなアクアブルーの瞳に早変わりした容姿。

某大佐のように『人がゴミのようだ』などとは言わないけれど、長々と列をなす馬車と人の波を見ると蟻《あり》の行列を思い出す。

あれってなんか気になるのよね。子供の頃に温室の隅にそれを見つけて観察に没頭していたら、急に気配が消えたとジュリアスやアンナが大騒ぎをして屋敷中を探し回らせてしまったことがあります。結局のところ、使用人の一人が温室の隅っこで隠れるように寝こけていた私を見つけて、事なきを得ました。観察していたら、いつの間にか寝落ちしていたのよ。

屋敷をひっくり返したような大騒ぎになっていたにもかかわらず、本人はお花を見に行った先でぐっすりしていたとか迷惑すぎるにもほどがある。お騒がせ令嬢である。

使用人も令嬢が床に落ちていたらビビったことだろう。なんせ、当主溺愛の娘である。

よくもまあ、偶然とはいえあんな死角にいたものである。

本宅とは遠いがここからは目と鼻の先にある温室。久々に行ってみたいと衝動的に思ってしまった。

「ダメかしら？」

「あちらであれば護衛を伴うなら問題ないかと」

「嬉《うれ》しい！」

「お嬢様はお花がお好きですものね」

ほんのりとアンナは表情を緩ませる。基本は冷静沈着なアンナ。時折思い出したようにこぼす笑みが好き。綻《ほころ》ぶように、固い蕾《つぼみ》が緩むように微笑するのだ。

「ねえアンナ」

「はい」

「わたくし、貴女《あなた》の笑顔が好きよ。ほんの少し表情が緩むと、とても優しい顔になるの」

なんとなく伝えると、アンナは無表情のまま顔が真っ赤になった。

口がもごもご、と動いたものの結局「ありがとうございます」とその顔を隠すように深く頭を下げただけだった。

護衛も見慣れた相手であり笑みを浮かべて「よろしくお願いします」というと、ガチガチな敬礼と返事が返ってきた。

うむ、真面目そうで何よりですが、そんな緊張しまくりで疲れないのでしょうか？

こちらの温室は、本宅よりも小ぶりだがきちんと整備されている。

天井から日が差し込み、木の葉に程よく遮られて明るくも快適な空気だった。少し湿気が多い気がするのは温室だからこそだ。

置いてあるのは多肉植物や、余り花のない膝ほどの高さの植物が点々と植えられている。だが、香りが良いので香草の一種かもしれない。

大輪の花ごとき華麗さはないが、素朴で愛らしい花を見るのは心が和む。

「素敵な香り……」

スッと清涼感ある感じ。この爽やかな香りはミントかしら？

そういえば、ローズ商会ではチョコレートも取り扱っているし、このミントから成分を抽出してチョコミントとかできるかも？

うん、我がラティッチェ自慢のシェフたちに是非お願いしましょう。美味《おい》しい予感に頬を緩ませてニコニコとしていると、アンナが「ではそちらの香草を使ったハーブティーをご用意しましょう」と提案してくれたので頷く。

ちょっとした空間があり、簡易であれば飲食できそうな椅子とテーブルとパラソルがある。促されるままにそこに座り、アンナがお茶を用意してくれるのを待つ。

きっと本宅では大変なんだろうけど、こっちでは全くそんなことはない。

気遣いのできすぎるくらいな優秀すぎる義弟には頭が上がらないわ。

アンナの用意してくれたハーブティーはミントベースに一緒にレモンとベリー系の甘酸っぱさの中に蜂蜜の甘さを感じた。

おぉう、流石アンナ。わたくしの好みのど真ん中、まさにドストライクゾーンを射抜いてきた。

喜んでふにゃけた笑みで飲んでいる姿を、アンナや騎士たちがほっこりとした心境で眺められているなんて知らず、こくこくとカップを傾ける。

その時、ガチャ、と音がする。思わずそちらを見ると、護衛が立ちはだかるように私の目の前にいた。だが、弾けるような音と共に彼は吹っ飛ぶ。最初の音は、踏み出した彼の鎧《よろい》の音だったのだ。

呆然《ぼうぜん》と煙を上げて動かなくなった護衛を見る。他の護衛たちはさっと武器を構えて、一方を見据えた。アンナは私の傍に素早く寄ってきた。

「やっと見つけた……。探させないでよ、偽物のくせに」

現れたのは、金髪碧眼《へきがん》の少女。愛らしいといっていい部類の容姿なのに、その笑みは不遜で悪辣という表現がよく似合う。うちのメイドの御仕着せにも似た服装だが細部がよくよく見れば違う。

折角の顔立ちが、表情で台無しだ。どちら様なのだろうと首を傾げる。

「あっつ！　アンタのせいで走り回る羽目になったじゃない！」

少女によりバシンと通路のタイルに叩《たた》きつけられたのは、金髪のウィッグ。その下から現れたのは濃い栗《くり》色の髪。

「どなた……？」

「なんでアンタなんかに名乗らなきゃいけないのよ。偽アルベル！　ちょっと美人だからってちやほやされて、グレイル様に可愛《かわい》がられて調子づいているらしいじゃない！　偽物でもいいから、ちゃんと役目を果たせば私は苦労しなかったのよ！」

突如現れた少女の訳の分からない言葉に呆然とする。そんな間にも思ったより護衛はいたようで、温室の中からぞろぞろと現れた。

敵愾心《てきがいしん》を隠そうともせず、侵入者を睨《にら》んでいるのにその少女は全くもって動じることがない。

「ねえ、アンタたちは解っているの？　アンタたちが守ろうとしているこの女、偽物よ。アルベルティーナじゃない！　この髪に、目の色！　全然違う！」

別の意味で、一気に皆が殺気立ったのが分かった。

自分に向けられたものではないと分かっていても、護衛たちの警戒が一気に殺気に変わるのが肌で感じられる。

どこがおかしいのか、少女はケラケラと笑っている。この声、どこかで覚えがある気がするのだけれど……それ以上にこの人が怖い。得体のしれない恐怖を感じる。

何故、王家にすら隠しているはずの私の本当の色を知っているの？

「まあいいや。アルベルティーナはどっちにしろラティッチェ公爵家から消えるんだもの。ルーカス

ルートでも、あの女が邪魔してくるルートでは全部そう！　ちょっと順番が変わっても、結果オーライよね？」

そう言って彼女は手を掲げる。ぶわりと真っ黒な霧が溢《あふ》れ収束して、野球ボールの大きさになった。

良く喋《しゃべ》る子だなぁ、と危なそうな黒い魔力球を見てぼんやりと思う。

ぺらぺら暴露してくれる様子からして、この子って私と同じ転生者？

「でもまあ、折角だから死ぬ前にちょっと役に立ってよ。この際、偽物でもいいからアルベルティーナには死んでもらわないといけないのよ。やっぱりビビアンじゃ代替品にもならなかったみたい。みんな私のこと嘘《うそ》つきや悪者扱いして！　でもここを探せば、アンタやアルベルティーナのやった悪事はバレバレなんだもの！　晴れて私は救国の聖女よ！」

……なんのことかしら？

この別宅はお客様をお泊めする為や、催し事に使うための場所よ？　疚《やま》しいことがあるような言い様ですわね。

管理はセバスがしっかりしているはずだし、変なものはないはずなのだけれど……。

困惑する私をよそに、少女は得意満面すぎるほどのドヤ顔を披露している。

「ついでに王侯貴族を騙《だま》して未来の聖女を投獄させた悪女を退治！　うん、最高のシナリオじゃない！」

全くもって意味不明でわけわからないのですが⁉

一人で納得する女の子はずっと笑顔である。その笑顔がとち狂った気配を感じるのは私だけ？

ぞっとする猟奇的な笑み。愛らしいはずの顔立ちは欲望にまみれている。思わず手を握りしめていてくれたアンナに縋《すが》るような形になってしまった。しかし、アンナはしっかりと抱きしめ返してくれた。

「戯言《たわごと》を……この方は正真正銘アルベルティーナ・フォン・ラティッチェ様でございます。片田舎の小娘が気安く語っていいお方ではありません」

「あっそ。モブには関係ないことね」

アンナの冷たく低い声。あのような声、聞いたことがない。びっくりしたけれどそれどころじゃない。少女は小馬鹿にしたように、アンナを見る。

「最後に教えてあげるわ。私はこの世界のヒロイン、レナリア・ダチェスよ。さよなら、モブの皆さん！　精々私のために役に立ってね！」

……嘘やん。

あの、ただでさえ木っ端だった愛らしいヒロイン像が腐り落ちてヘドロになったのですが。

振りかぶるレナリアが魔力球を投げつけてくる。

ええええ？　やってることむしろヒロインというより悪役令嬢ですよね⁉　聖女ってなに？　キミコイのマルチエンディングで、確かに就職先は色々ありましたが！　なんですか！　その禍々《まがまが》しい、ドスの利いた魔力の塊は！

護衛たちが表情を険しくして、衝撃に備えて構えるのが分かった。彼らは、文字通り肉壁となって私を守る気だ！

今更ながらに気づいたわたくしは、急いで魔法を展開する。

これでも、防御系の魔法には定評があります。先生には褒められたことがあるのです！　キシュタリアたちとは違って、こんなスパルタとも実践的なものとはほぼ遠い授業でしたが……今はわたくししか、護衛たちを守れない。

「ダメ！」

機械がショートしたようなバチンという鈍い音を立てて魔力球は結界に阻まれた。跳ね返ったそれは、ぽかんとしたレナリアの真横に飛ぶ。轟音《ごうおん》と爆風を上げて爆《は》ぜた。人に当たったら、大怪我《けが》をするのは間違いない。

自分や護衛たちは、一人一人ハニカム状の結界に覆われている。みなぽかんとしていた。一人守られていなかったレナリアだけが、爆風をまともに食らって擦過傷と泥にまみれていた。


レナリアがアルベルティーナを襲撃していた頃、いち早く敷地内の異変に気付いたセバスは、穏やかな顔の下に感情を隠し、静かに女主人と、若き次期当主のもとへと歩いていった。

ラティッチェ公爵家の恩恵にあやかりたい反面、引きずり下ろしたくて目を爛々《らんらん》とさせている輩《やから》はいつだっている。振り払っても、叩き潰してもどこからともなく湧いてくるのだ。

ラティーヌもキシュタリアも、それらをいちいち取り合っているわけではない。

必要となれば冷酷に処罰するが、いつもは優雅な笑みの下に刃《やいば》を研ぎ澄ましている。

「いやあ、流石ラティッチェの夫人と公子ですな！　このような素晴らしいもてなし！」

上等なワインをしこたま飲んだらしい、赤ら顔の男が陽気にキシュタリアに絡んでいる。

酔っぱらって気が大きくなっているのか、ゲハゲハとやや品がない。だが、それに対してもそつのない笑みで「お褒めいただき光栄ですわ。ポーマ公爵、こちらのブランデーもオススメですわ」と上品で柔らかい飲み口だが、度数が高いブランデーを勧めるラティーヌ。

見るからに高級酒と分かるボトルを持ち、注ぐ給仕。ラティーヌも小さなグラスを受け取り、流れるような動作で空になったワイングラスの代わりに、ブランデーのグラスを持たせている。

ポーマ公爵の手に渡ったグラスは、独特のカットで中身が小さく見えるがかなり容量が多い。美女に勧められ、鼻を伸ばしながらも受け取るポーマ公爵。

「そういえば、公子の婚約者はお決まりでないそうですな。良い方は探されてはいませんかな？」

やはりこの話題かと二人は思いながらも、笑みは絶やさない。

「こればかりは父の決めることですので」

「ハハハ！　堅いですな、公子！　若いうちは色々遊んでおくべきですよ！　良ければワシの姪《めい》や従姉妹《いとこ》に気立ての良い娘を見繕わせてもらいますよ！」

「ふふ、それは光栄ですね。どちらの学園にいらっしゃるんですか？」

普通に考えればなんだかんだ言いつつ、紹介されるのはキシュタリアと結婚するのに適齢な令嬢だろう。そう言ったように聞こえただろう――だが、ポーマ公爵の紹介したい女性がいかず後家の老嬢、勉強嫌いで学園や学院に通っていない令嬢しかいないことをキシュタリアは知っている。

他にも女性親族はいるが、既に嫁いでいることも調査済みだ。

おおざっぱで鷹揚《おうよう》な態度に騙されがちだが、ポーマ公爵はえげつない攻めをしてくる。

ぎくりとポーマ公爵が言葉に詰まったところで、さっとセバスがキシュタリアに耳打ちをする。

「キシュタリア様、少々お耳を――問題が発生しました」

穏やかにセバスが言うが、鋭く緊急性を嗅ぎ取ったキシュタリアは給仕に「少々失礼」とグラスを預ける。ラティーヌに素早く目配せして、暫く外すことを伝えた。

優美な笑みを湛《たた》えたまま、人の合間を縫いながら人気のない廊下まで移動する。

「何があった」

「侵入者です。本宅だけでなく、複数の別宅で一斉に現れました」

作為と悪意を感じ、キシュタリアは目を眇《すが》めた。


爆発のせいで折れた温室の骨格が剥《む》き出しになった。土が抉《えぐ》れ、色々な植物がすっかり形を変えている。ぐちゃぐちゃになった実がシミとなり、花が散り。葉が潰され、枝が折れて酷《ひど》く無残であった。

ああああ、庭師さんが丹精込めて育ててくださったハーブたちが！

「温室が……」

「うちのお嬢様に手ぇ出した馬鹿はどこ畜生だぁあああ!?」

ただでさえぼろっちくなっていた温室にとどめを刺したのは、身の丈に迫るほどの大きさの斧《おの》を担いだ庭師のお爺ちゃんだった。

あれ？　腰痛は？　そう思ったのもつかの間、当然の大きな斧は入り口に引っかかり、強引に進もうとしたご老人（多分）の猛進に耐え切れず温室の骨組みを巻き込んで破壊していった。メキバキャという形容しがたい音が響く中、結界に守られて無事な私にホッとしたのか今更になって斧を隠す。若い庭師にさっと斧をパスするけれど、若い庭師は重量に負けてとんでもないへっぴり腰になってプルプルしている。こっちのほうが腰痛持ってそう。

私を見て、いつもの穏やかそうな好々爺顔《こうこうや》にさっと変えて「お嬢様、御無事ですか？」と近づく姿は優しい使用人そのもの。立ち上がろうとしていたヒロインさんに横蹴りをかましていなければ。

「あ、あのぅ……あちらの方は？」

「ん？　野良犬が混じっとりますな！　なーに、刻んで西の森あたりに埋めて肥料にするから気にならんでください！　まあ、土にかえる前に狼《おおかみ》どもが掘り返しそうですがな！」

野良犬……ヒロインさん、野良犬……。

お爺ちゃんの口から飛び出るパワーワードにコスモを感じた猫のようになってしまう。

そんな風に呆然とする私に、今更恐怖が襲ってきたのかと勘違いしたアンナや護衛や庭師たちがアワアワしながら慰めの言葉をかけようとする。

「……んで」

緩み始めた空気に不釣り合いな、憎しみの纏《まと》わりついた呪詛《じゅそ》ごとき言葉が紡がれる。

「なんで、私以外の奴が愛されるのよ。大事にされるのよ！　ここは私の世界なのに……っ」

いいえ、あの、普通に皆さんちゃんと生きていますし、意思がありますわ。

薄々感じていた気配にやっぱりドン引きだ。この子、現実とゲームの区別がついていない子なの？

ぶつぶつと何か言っている。ホラー画像のように地べたに這《は》いつくばりながらゆっくり顔を上げた。

「邪魔しないで、邪魔しないでよーっ！」

B級ホラーもといレナリアは闇雲に魔力球を投げつけ始めた。

うわあああん！　この自称ヒロイン怖い！　人の家で何してるのー!?　普通に住居不法侵入と器物破損と傷害罪に殺人未遂ですわー！

自分やアンナ、護衛や庭師のみんなに結界を再度張る。あ、背後からレナリアを捕縛しようとしていた人の邪魔をしてしまいましたわ……余計なことをしてしまいましたわーっ！　職務の邪魔を……わたくしのポンコツーっ！

「死んでよ！　死んでよ！　死んでよぉ！　アンタたち全員邪魔！」

憤怒に顔を歪《ゆが》ませ、無茶苦茶に攻撃魔法を放ってくるレナリア。

先ほどの攻撃で温室はただでさえボロボロだったのに、もはや瓦礫《がれき》と化していた。

まだ屋敷そのものではなく温室だったからマシと言えたかもしれないが、屋敷に被害が行くのも時間の問題だった。

結構な猛攻なのだけれど、私の結界魔法は優秀なようでぺんぺんと簡単に攻撃魔法を弾いていく。

それに苛立ったレナリアがますます攻撃してくる悪循環。

でも、こんな滅茶苦茶なやり方をしていれば魔力切れは時間の問題だろう。しかも、レナリアの攻撃は無計画の塊のようで、自分の方へと攻撃が跳ね返ってくるのも少なくない。それに慌てて攻撃魔法を当てている。かなり無駄打ちが多い気がします。

護衛の皆さん、捕まえたいですと言わんばかりにチラチラと私を見てきますが、私としては魔法が飛び交う中に出したくないのでレナリアの魔力切れを待っている状態だ。

どうやら、この魔法は彼女自身の魔力ではなく、腕に付けた魔石のブレスレットに付加されたものを主に使っているようだ。十発ほど打つたびにパキンと響く音を立てて黒い魔石が割れて崩れていく。

というより、こんなにド派手に魔法を乱発して周りに気づかれるとか考えないのかしら？

いくら別宅で本宅と少し距離があるとはいえ、これだけ爆音が激しく響いていれば様子見に来てもおかしくないわ。

レナリアの魔力が尽きるのが先か、キシュタリアたちが気づいて増援が来るのが先か微妙なところである。

ううむ、と悩み始めたところで事態は急変した。

「そこまでだ！」

知らない声が割り込んできて、放たれた魔法は素早くレナリアを拘束した。

そこにいたのはダンディなイケオジ。撫でつけた黒髪に鈍色《にびいろ》の瞳。カイゼル髭《ひげ》の見事なおじ様は厳《いか》めしくレナリアを睨んでいる。びしりと着こなした黒の礼服は、鮮やかな緑のアスコットタイが洒《しゃ》落《れ》っ気を醸し出している。

見たことのない人だ。御召し物からして貴族でしょうけれど、記憶にない方ですわ。

もしや招待客のうちのお一人……？　いや、なんでこっちにいるのかな⁉

助けてもらったのはありがたいのだけれど、知らない人――しかも男性ということに体が硬直する。

ぼけっとアホ面晒していただろう私は、謎のおじ様にびっくりしながらも近づく気配に思わず後ずさり。

「……あの猛攻を防ぐとは見事な結界魔法だ。王家の血筋に間違いない……。クリスティーナはそうでもなかったが、魔法が得意なのはあの男の血筋か？」

少し忌々《いまいま》しげにあの男、といったのはお父様のことでしょうか？

あ、ダメです。急激にこのおじ様の好感度が下がってきます。急転直下ですわ。おじ様が近づこうとすると、思わず身を縮めて俯《うつむ》いてしまう。

私の体が震え始めたことに気が付いたのか、アンナが背中をさすってくれる。

「……引き籠りとは聞いていたが、挨拶もできんのか。その無礼さも父親譲りか？」

ぶちん、と私の中の恐怖が切れた。

「……お父様を侮辱しないで」

「ん？　何だ、喋れたのか。あれとよく似た煤《すす》けた色の髪をしてみすぼらしい……あの子は見事な黒髪だったのに。一級品は身に着けたドレスと宝石だけかと思ったぞ」

悪意ある揶揄《やゆ》。それに対する恐怖よりも圧倒的に先ほど放たれた無礼な言葉に対する怒りが上回る。

アンナと護衛たちを制し、攻撃魔法ですっかり荒れ果てた床を慎重に歩く。

一歩前に出て、お作法の先生たちに太鼓判を押されたカーテシーを披露した。感謝の意と、嫌味を込めて殊更ゆっくり優雅に。

私は馬鹿にされてもいい。自分で公爵家のマスコットという名のごくつぶしだということは重々わかっている。でも、お父様を、わたくしの愛し、尊敬する人を侮辱するのは許さない。

「申し遅れました。助けていただき感謝申し上げますわ、ミスター。わたくしはラティッチェ公爵グレイルの娘、アルベルティーナ・フォン・ラティッチェと――」

「クリスティーナ」

は？

全力で怒りを押し込めて、顔に淑女の仮面を張り付ける。微笑を浮かべた顔を上げた瞬間、お父様を侮辱したオッサンが目を見開いた。こぼれんばかりに鈍色の瞳を震わせ、いっそ感動すら纏っているような気配がある。

恐る恐るといわんばかりにこちらに近づいてきた。え、ちょ、嫌なのですが。

挨拶しろといったのに遮ってきたし、何なのこの人。

「ああ、クリスティーナ！　なんてことだ！　こんな奇跡があったとは……っ！　髪色と瞳こそ惜しいが、その顔立ちは正しくクリスティーナそのものではないか！　こんなにもよく似て……ああ、生き写しじゃないか！」

触んなヴォｋ……こほん！

余りの嫌悪に内なるヤンキーが私の中で目覚めかけましたが、強制的に追い出す。

わたくしはお父様のためにも、可愛い娘として生きると決めたのです！　こんなオッサンのために美貌を磨いたわけでも、令嬢としての作法を学んだのではないのですわ！

私に触れようと手を伸ばすのですが、アンナが絶妙に下がってくれるので、その指先はすかすかと空を切るのみ。

私も「ナニコイツ」といわんばかりの視線を隠そうともせず、プライベートスペースに割り込んできた見知らぬオッサンに警戒を露《あらわ》にした。

私の冷たい拒絶に気づいたのか、ややあってオッサンはしょぼくれた。しらんがな。勝手に凹んでろっつーげふげふ。嫌だわ。わたくしは公爵令嬢なのですから。

久々に内なる喪女（ド庶民）が出てしまいました。頑張れ、わたくしの中の公爵令嬢！

「君がアルベルティーナだね。改めて初めまして。私はクリフトフ・フォン・フォルトゥナ。クリスティーナの兄にあたる。君の伯父だよ。フォルトゥナ公爵は当主の父だが、私も伯爵としての爵位は得ている。公爵を継ぐのは私だから、これからは栄えある四大公爵家の縁がある同士仲良くしていければ嬉しいな」

先ほどの嫌悪が露の表情が嘘のように眦《まなじり》を下げ、イケオジことフォルトゥナ伯爵は名乗りを上げる。

あの暴言が無ければ、わたくしうっかりコロリと騙されそうなほど好意を隠そうとしない。今にも蕩《とろ》けそうなほど相好を崩している。初孫を目にしたお祖父《じい》ちゃんってこんな感じなのかしら。

正直、伯父などと名乗られても第一印象最悪ですし、碌に話も聞いたことがない親戚の方（多分）ですわ。わたくしって全然祖父母もそうだけど、お父様やクリスお母様のごきょうだいのこと知らないのよね。

王姉のお祖母《ばあ》様の名前がシスティーナってことも、最近知りましたし。

そんな温度差激しいわたくしとフォルトゥナ伯爵の間に、敵意剥き出しの声が飛ぶ。

「違うわよ！　そいつは偽物よ！」

「はあ？　この美しい顔立ちのどこがあの冷血野郎に似ているというんだ。この目、この鼻筋、この口元、どう見てもクリスそっくりじゃないか。可愛い私の姪っ子だ。あとお前みたいな下民が口を開くな。アルベルティーナにその醜い面と声を晒すな」

もはやわたくしにデレッデレ状態のカイゼルオッサンことクリフトフ伯父様。お父様に大変失礼な暴言を吐いたオッサンは次期フォルトゥナ公爵家の当主であり、現在伯爵でもあるという。わたくしに敵意溢れるレナリアにはなんかもう、毛虫のような扱いだ。

まさか同じ四大公爵家とは……四大公爵家は大貴族の中でも特に力のある貴族だ。

ラティッチェは随一の勢力を持っているとはいえ、ヒキニートには荷が重い。

そして隙あらばわたくしに近づこうとするのが大変うざい。どっか行って！　しっしっ！　お父様の敵はわたくしの敵ですわ！

わたくしがじっとりと暴言の恨みを込めて睨んでいるが、その睨みも屈するどころかデレ～っとさらに締まりのない笑みになるフォルトゥナ伯爵。

全く効いていないですわ！　むしろ目が合って嬉しそうにしていますわ！

アンナや護衛たちの背に隠れ、じりじりと逃げたがっていると屋敷からバタバタと音が聞こえる。

「アルベル！　無事!?」

「キシュタリア！」

頼りになる我が義弟の帰還でござる！

さっとフォルトゥナ伯爵から逃げるようにやってきたキシュタリアに抱き着く。

びえええぇ！　変なオッサンに目ぇつけられたぁ！　たすけてへるぷみー！　やっぱりおんもは怖い！　引き籠りたいでござるぅ！

私をしっかりと抱きとめたキシュタリアは、転がるレナリアとやや憮然《ぶぜん》としたフォルトゥナ伯爵に気づいて顔を険しくさせた。

「これが賊ですか……フォルトゥナ伯爵は何故こちらに？　我が姉の窮地を助けていただいたことには誠に感謝いたしますが……本来立ち入りは許可をされていないはずの場所。本日の会場は本宅で催されるとお伝えしたはずですが？」

キシュタリアは至極丁寧な言葉だが、氷の棘のようなものをびっしりと感じる。

賊、と言われたレナリアがショックを受けたような顔をする。何を期待していたの？

不法侵入、器物破損、傷害罪、殺人未遂とすぐ出るだけでこれだけある。わたくしへの先ほどの言葉も不敬罪に入るかしら？　総合的に考えて、レナリアはどう考えても確かに賊だ。

あれ、そもそもこの子って投獄されているはずじゃ？　なんでここにいるのかしら？

キシュタリアに抱きしめられているせいか、私を見るレナリアの目つきがヤバい気がするのですわ。怖い。ヒロインの顔ではないです。びくつく私に気づいたキシュタリアが、レナリアから隠す様に身を挺しながら、さらに抱き込むように腕で囲い込んでくれた。

「伯父が姪に会いに来て何がいけないというのかね？　グレイルの奴が二十年近く我がフォルトゥナ

公爵家を疎み、敷地にすら入れてもらえなかったといえば、わかるだろう？　我が最愛の妹の忘れ形見を一目見たいという兄の心情は、ご子息には理解できんのかね？　はっ、流石あの化け物に育てられた下民の子だな」

お父様に続いて、キシュタリアまで馬鹿にしましたわね、このオッサン！

思わずぎゅっと手を握ると、キシュタリアのタイが巻き込まれてくしゃくしゃになった。

キシュタリアは「気にしないよ」と私の頭を軽く撫でた。むむ……ここで何かビシッと言い返したいのですが、わたくしの罵声の語彙は絶望的だとジュリアスに呆《あき》れられた代物です。

「ほら、アルベルティーナ。そんな小僧ではなく伯父様のところへおいで？　こんな場所に閉じ込められて可哀想《かわいそう》に……伯父様とお祖父様のお屋敷に来ればもっと自由で幸せな生活ができるよ」

「ご遠慮いたしますわ。わたくし、家族はお父様と義弟とラティお義母様がいれば十分ですの」

ぎゅっとキシュタリアに抱き着き、ますます顔を見せるのも嫌！　といわんばかりに背ける。その子供じみた態度に呆れたのか、キシュタリアが噴出した。

だって嫌なものは嫌ですわ！　大好きなお父様とキシュタリアを愚弄する伯父なんて、こちらから願い下げですわー！

私は知らないことでしたが、母親似の可愛い姪っ子に既にメロメロの魅了状態だったフォルトゥナ伯爵は、私のきっぱりとした拒絶に露骨に落ち込んでいたという。

そして、私の明瞭すぎて残酷すぎるフォルトゥナ家への拒絶に、だいぶ溜飲を下げたキシュタリアは見せつけるように私の頭を撫で、長い髪を梳《す》く様子を伯爵に見せつけていた。

ぐぬぬぬ、と湯気が出そうなほど羨ましそうにそして妬ましげにそれを眺めていることなど露知らず、私はぶすくれた顔をキシュタリアの胸へと押しつけていた。

その対照的な姿がますますキシュタリアの優越感を増やしていたことに、それを間近で見ていたアンナと護衛たち以外は気づきもしなかった。

キシュタリアは思い出したように顎をしゃくってレナリアを示すと、用意された魔封じの枷《かせ》と猿轡《さるぐつわ》でさらに拘束された。

絶望と哀切を滲《にじ》ませて途方に暮れるフォルトゥナ伯爵。顔すら見せずに背を向けるわたくしはキシュタリアの腕に囲われ、かなり安心していた。キシュタリアはその姿を見せつけるように、至極優雅に微笑んだ。

「ああ、ヒントをあげましょうか、伯爵」

「は？」

「アルベルは極度の人見知りで、特に男性が大の苦手です。無理やり近づこうとすると怯《おび》えます」

びしりとフォルトゥナ伯爵が固まった。

ワンアウト。

「そして義弟の僕を溺愛しています。下手な実の姉弟なんかよりもよほど可愛がられている自負もあります。僕の悪口を言えば、アルベル本人を罵倒するより深く激しい顰蹙《ひんしゅく》と嫌悪を買いますよ」

フォルトゥナ伯爵の顔が一気に青ざめて、冷や汗が噴き出てきた。

ツーアウト。

「そして、それを上回るファザコンです。僕を貶《けな》すより、父様を貶す方がよほどアルベルに失望されます。アルベルにとって、強くて優しくてカッコいい父は理想の男性像だそうです。他に対してはともかく、父様もアルベルを溺愛していますし、アルベルもそれを受け入れています。さて、伯爵はいくつやってはいけないことをしてしまいましたか？」

灰となって塵《ちり》となって消えそうな燃え尽き加減のフォルトゥナ伯爵。

スリーアウト、チェンジ。

フルコンボだ、ドン。

フォルトゥナ伯爵は超シスコンだった。最愛の妹が冷血と名高い化け物公爵に嫁いでいくことを父のフォルトゥナ公爵とともに最後まで反対していた。嫁いだ後、たまに手紙が届くだけで一切会えなくなった。一人娘が生まれたが、それを祝いにすらいけなかった。

愛憎入り混じる姪っ子は夢にまで見たクリスティーナ似。つかの間に夢見た姪っ子との交流はしょっぱなから最大に盛大に失敗。夢は夢のままで叩き壊された。

その現実を突きつけるように、こちらを見ようともしない姪こと私。

魔法のイヤリングで明るいアッシュブラウンに染まった長い髪に指先を絡めるキシュタリアは、当然のように私を抱きしめている。

キシュタリアの完全勝利だった。

その後、真っ青な顔をしたジュリアスがいきなり上から落ちてきた。落ちたんじゃなくて、降りてきたらしく見事に着地していたけれど、唐突だったので驚きました。なんでも、騒ぎを聞きつけて入

ろうとしたものの、入り口が護衛や使用人、やじ馬でごった返していて入れなかったそうだ。外壁を伝って入り込んだらしい。転がるレナリアを見つけて片眉を僅かに上げ、ご機嫌なキシュタリアに抱き着きながらもちょっと不機嫌そうだけど無傷の私を見て苦笑し、じめじめと三角座りをしているフォルトゥナ伯爵に気づいて顔をひきつらせた。

ジュリアスの登場から間を置かずやってきたセバス。勢い有り余ってジュリアスを突き飛ばして駆けつけてきたことにはびっくりしたけど、何でもこちらにたどり着くまでに、屋敷の中に何十人もの侵入者がいて生きた心地がしなかったそうだ。

どうやってそんなに入ったかといえば、つまりレナリアの協力者がそれだけいたということである。

なるほど、あの騒ぎにも増員兵がなかなか来なかったはずである。

うーん、レナリアはだいぶヒステリックな人だったけど男の人を転がす天才ってこと？

ヒロインパワーは攻略対象以外にも有効なのかしら？

でも、キシュタリアやミカエリス、ジュリアスを見る限り効かない人もいるようですけど……。

襲撃により廃墟の様になってしまった温室と、一部損壊した別宅から移動することになった。

本宅のソファで恋人か新婚かのように体を寄せ合う若い男女。

男の名はキシュタリア、女の名はアルベルティーナ。それを苦々しく見るのはクリフトフである。

「……いくら姉弟といえ距離が近すぎではないか？」

「おや？　そうですか。これが僕らにとって普通ですので。アルベルは僕のこと好きだものね？」

賊に襲われた令嬢が、信頼する人間のぬくもりを求めて何が悪いといわんばかりにその腰を抱き寄せるキシュタリア。本当に煽《あお》りよる。非常に煽っていくスタイルだ。クリフトフの眉間にギュッと皺が寄ったのを見て、ジュリアスは内心嘆息する。

キシュタリアの煽りは見事にクリフトフを苛《さいな》んでいた。

アルベルティーナの外見が第一印象最強の美貌で、やたらと高位の王侯貴族に特攻が入りやすいのは察していた。不愛想で気難しいと有名なクリフトフが、アルベルティーナの顔を一目見たくてうろうろと無様に体を揺らしている姿を見てその攻撃力を改めて痛感する。

アルベルティーナは例のごとく人見知りを発動させたようで、近づこうともしない。どうやら、余計な暴言まで吐いたようでクリフトフを視界に入れようともしない。

キシュタリアが席を立てば、アルベルティーナも去ってしまうのを理解してか、クリフトフは内心はどうあれいつものような嫌味は一切ない。言葉の刃も鈍り切っている。

それぞれの思惑が飛び交う中であっても、ジュリアスはいつものようにそつなくティーサーブをする。

「お嬢様、本日の紅茶はゴユラン国のブノアル産です。ミルク多めで、お好みでスパイスやジャムを入れるのも良いかと」

「……蜂蜜は？」

「勿論ありますよ。薔薇《ばら》やペールフラワー、珊瑚百合《さんごゆり》などが合うかと」

ジュリアスの答えに、ようやくキシュタリアの体から顔を上げたアルベルティーナ。

紅茶とともに並べられたスパイスやジャム、蜂蜜の小瓶を見つめて少し悩んでいるようだ。

ジュリアスも従僕としてクリフトフへ茶器を差し出した。芳しい紅茶の香りがくゆる中、でれーっといつになく締まりのない顔で姪っ子を見つめる中年男性に、流石のジュリアスも引いた。

クリスティーナの婚姻でグレイルと軋轢《あつれき》があるのは知っていたし、かなりのシスコンであるとも有名だった。似ているアルベルティーナに多少は反応するかとは思っていた、余りにも覿面《てきめん》すぎて気持ち悪いくらいだった。

アルベルティーナが結構な人誑《ひとたら》しなことは知っているが、微塵《みじん》も誑し込む気がない人間にこうも入れ込まれても困るだろう。

「アルベルティーナは甘いものが好きなのか？」

「……ええ、嫌いではありませんわ」

嘘つけ、大好きだろう。

彼女の好みをよく知る従僕は、心の中だけでツッコミを入れた。

紅茶にもハーブティーにもコーヒーにも砂糖か蜂蜜かジャムを入れるのが大好きで、ホットチョコレートやココアも大好きだ。レモネードもさらに果汁を足した酸味が強いものや炭酸水で割るより、少し薄めで蜂蜜多めが好き。

苦味や辛味の強いものや、刺激の強いものは苦手。香りが強すぎるのも苦手。

不味《まず》いものなど食えるかとひっくり返すような令嬢ではないが、かなりの美食家であるのは、周知の事実だった。

ぴたっとキシュタリアにくっついたまま、相変わらず子猫のような威嚇しかできないアルベルティーナにジュリアスは顔には出さず呆れた。あんな甘っちょろい牽制《けんせい》では、クリフトフを喜ばせるだけだ。現にクリフトフはデレデレに相好を崩している。

可愛くてたまらない、今にも撫で繰り回したくて仕方のない顔をしている。

それを押さえているのは、アクアブルーの瞳を鋭く眇めたキシュタリアだ。

一見優美に見える微笑を湛えているが、その目は酷く冷たい。腰に回された手は、一定以上クリフトフが近づこうものなら、アルベルティーナをすぐさま抱きかかえて退室するつもりなのだろう。

クリフトフに声を掛けられて気分が消沈したのか、アルベルティーナは胡桃《くるみ》のクッキーをいつになく恐々とゆっくり食べている。それでも洗練された優美な所作は流石、公爵令嬢としての教養というべきだろう。だが、横顔に刺さるクリフトフの視線に完全に顔が強張《こわば》っている。

「……伯爵、そのように見つめられてはアルベルティーナも食べづらいかと」

「す、すまない。食べている姿も可愛くてな、本当に、本当に……あの子に似ていて……」

あの子、とはクリスティーナだろう。

アルベルティーナはいくら顔立ちがクリスティーナに似ていても、クリスティーナではない。アルベルティーナの父のグレイルもそうだが、重ねすぎるのはどうも良くない。

クリフトフがどうしてもとせがむから、一度きりという条件で席を設けた。

渋り嫌がるアルベルティーナを一度きりだから、とキシュタリアが何とか取り付けた場である。

これっきりで、二度とはない。そう何度もクリフトフの前で繰り返し、アルベルティーナにもそういう条件で取り成したもの。このたった一度の機会で、クリフトフはキシュタリアに多大な借りを作ることとなった。そして、アルベルティーナはキシュタリアの言葉であればそれなりに聞くというのも実証して見せた。しかし、そうであったとしても姪っ子と間近で会えるチャンスを作りたかったのだろう。

フォルトゥナ公爵夫人のシスティーナも、その娘のクリスティーナも早世。クリフトフも子はいるが、男児のみだ。

この執着ぶりを見ると、グレイルがフォルトゥナ家を近づけたくなかったのも納得する。

下手をすればそのまま連れて帰ってしまいそうな勢いだ。

(まあ、アルベルお嬢様のあの見事な拒絶っぷりを見て、断念はしたようだが)

おそらく強引に奪い取っても連れ帰った先ですぐさま心労で倒れて、恐怖と寂しさで泣き伏せるのが目に見えて分かる。

母のクリスティーナもあまり体が丈夫でなかったと聞く。繊細なお嬢様が無理やり実家から離され、フォルトゥナ公爵家に連れ帰っても衰弱するのが落ちだ。

キシュタリアの威を借りて何とか威嚇ができるようなポンコツメンタルが、敵陣真っただ中で孤軍奮闘などできるはずもない。

頼られているキシュタリアは負担どころか嬉しそうである。アルベルティーナの髪を指に絡ませ、悠然と座るキシュタリアはにこやかな中に「このオッサンをどう料理してやろうか」という悪戯《いたずら》というには鋭すぎる光を宿している。

フォルトゥナ公爵といい、伯爵のクリフトフといい、あの二人は散々キシュタリアにもグレイルのついでとばかりに嫌味を浴びせていた人間だ。

そんな人間がアルベルティーナに並々ならぬ興味を持っているのは、なかなかに不愉快な事のようである。

「……話は変わるが、先ほどの賊は何だ？　随分と頭のおかしな小娘だったようだが」

「さあ？　あの女の虚言癖は学園にいた時からですが。『レナリア・ダチェス』元男爵令嬢といえばお分かりになりますか？」

「ああ、例の毒婦か。殿下たちを誑《たぶら》かしたと聞いたから、さぞ妖艶かと思えば随分と貧相なチンクシャ娘だったな。よくある髪色にぱっとしない顔に、コルセットが無ければどっちが体の前か後ろか分からないくらい平坦だったし……あれでどうやって篭絡《ろうらく》したんだ？」

真剣に言う話ではない。

本当に訳が分からん、といわんばかりにクリフトフは首を傾げている。キシュタリアは思わぬところからメンタルブローを食らい、笑いを何とか紅茶で飲み込んでいる。

そういえば、あの女の胸は少し大きいプチトマトか苺《いちご》サイズだった。ボリュームを持たせたレースやフリルで寸胴を誤魔化しても、寄せ上げてどうにか作り上げた谷間があるかどうかというレベル。

基本、寄せ上げる必要のないほどたわわに実った果実を標準装備している女性を見慣れている人間側からすれば、貧相としか言いようがない。

そもそも、クリフトフの求める女性の平均値が高いのだ。母と妹に絶世の美貌と持て囃《はや》された女性たちがいる。その点、社交界の華と呼ばれる実母と、絶世の美貌の義姉を持つキシュタリアもかなり目が肥えているが。

「女性は外見が全てではないですわ……」

顔面の攻撃力最強にして、オッムは幼女のくせに体は立派に育ったポンコツ令嬢が拗《す》ねたように言っている。本人は露出の多い服を敬遠するが、一度くらいは着せてみたいものだ。絶対に似合う。

ラティーヌの着るような少し大人っぽいデザインでもいいかもしれない、アルベルティーナの好みは清楚で大人しめなデザインだ。

「そうだね、アルベル。でも、あの女は外見だけじゃなくて勉強もできなければ作法やマナーも最低、魔法もお粗末。おまけに犯罪歴が二桁突破で次の大台までいきそうなんだよ？　あれと世の中の女性と比べてしまったら、自己研鑽《けんさん》に努めるレディたちに失礼だよ」

「……そうですの？」

「そうだよ」

そうなのか、とコックリと納得したようなアルベルティーナ。

相変わらず操縦されているな、とジュリアスは内心思いながらもおくびにも出さない。

あの素直さは美徳であるが、ああも鵜《う》呑《の》みにするのは良くない。

それにしても、なかなかの顔芸だなと仲良さそうなラティッチェ義姉弟を心底羨ましそうに見つめているクリフトフを眺めた。

アルベルティーナの手前、絶対にキシュタリアに対して毒づくことができないクリフトフである。

「ア、アルベルティーナ。一度でいいから君のお祖父様に会ってみないかい？　君の祖父は私の父、フォルトゥナ公爵だ。きっと、君に会えたら父も喜ぶだろう。その……父の外見は完全に筋肉岩というか山？　騎士団長というより山賊の親分みたいな顔しているけど、人情深い人だから会ってやってはくれないかい？」

「フォルトゥナ伯爵？　僕が許可したのは貴方だけのはずですが」

「ご子息は、姉君に実の祖父にくらいは会わせてやろうとは思わんのか」

「アルベルが泣いたらどうするおつもりですか。少しどころかとんでもなく、滅茶苦茶怖いでしょう、フォルトゥナ公爵。人見知りが激しいうえに男嫌いだって言いましたよね？」

黙ったクリフトフ。

そう、フォルトゥナ公爵は物凄く外見に圧があるのだ。

ジュリアスも何度か見かけたことがあるが、筋骨隆々たる老人である彼はその鍛え上げられ過ぎた肉体は服だけでは隠し切れない。全体的に大きいうえ、全身に歴戦の傷跡が残っている。おまけにそれは顔にまで及んでいるうえ隻眼《せきがん》。

歴戦の猛者と百獣の王を足して割るどころか二乗したような御仁である。声も存在感も抜群に大きい彼は、普通にアルベルティーナだけでなく一般のご令嬢も委縮させるだろう。

アルベルティーナの父親のグレイルも軍人だが、魔法を主体として使う。魔法剣も扱うが、基本は高位魔法で周囲を不毛の大地に変えるタイプだ。

そもそも、年齢不詳なほど整いすぎた顔立ちに、細身に見えてしなやかに鍛えられて絞られた肉体。未だに社交界で騒がれる貴公子――というには実年齢はいささか高いが、外見は間違いなく目が眩《くら》みそうなほどの美丈夫なのだ。

「そんな……可愛いのに。こんなに可愛いのに。あの魔王には全然似てなくて、こんなに可愛いのに。父に唯一の孫娘の顔を見せてやりたいというのすら許されないのか？」

可愛い可愛いと連呼が止まらないクリフトフ。

その点には全面的に同意する。ジュリアスとて、このお嬢様の外見が抜群によろしいことは知っている。しかも年々磨きがかかっている。そのくせ、こちらの気も知りもしないでニコニコとくっついてくるのだから、惚《ほ》れた身としては生殺し地獄だ。

基本人見知りの激しい男嫌いのくせして、慣れた相手にはべったりとかあざとい性質を標準装備しているのがあのポンコツである。

「貴方にもお子様はいるでしょうに」

「うちのは息子だ……」

「余りに強情が過ぎますと、アルベルを部屋に戻させますよ。貴方は義姉を助けていただいたこともあり、本来なら接見すらさせるなと父に言い含められていたフォルトゥナ家の関係者であるのに特例で席を作ったのです。これ以上は父の顰蹙だけでなく、逆鱗になります故ご理解を」

そう言ってアルベルティーナの肩を抱き寄せるキシュタリア。

引っ張られるままにこてんとキシュタリアの肩に頭をのせたアルベルティーナ。チョコチップクッキーをお気に召したのか、不穏な空気に首を傾げながらもちまちま口に運んでいる。

「アルベルティーナ、フォルトゥナのお祖父様に会いたい？」

「いえ、別に」

クリフトフへの反応を見るからに、フォルトゥナの印象は全体的に良くないのは明白だった。キシュタリアのお願いだから、アルベルティーナは我慢してここにいるのだ。がっくりと項垂《うなだ》れるクリフトフに困った顔をしながらも、言葉を撤回する気配はない。

胸元から懐中時計を引っ張り出したキシュタリアは、時刻を確認するとすぐに戻した。

「さて、そろそろ我々も会場に戻りましょう。ハプニングもありましたが、お茶会は中止になっていませんし四大公爵家の関係者たちが不在というのは目立ちますから」

「う、うむ……」

ちらちらとアルベルティーナを見ているクリフトフ。往生際の悪いことだ。

アルベルティーナは「別宅はダメになってしまったから、しょうがない。結界を張って自分の部屋にいてね？」とキシュタリアに優しく言い含められている。それに素直に頷いているアルベルティーナ。どっちが姉で弟かなど、あれじゃわからない。

最後まで名残惜しげにアルベルティーナを目で追っていたクリフトフだが、結局はキシュタリアとともに会場へ戻ることに納得したようである。

六章　王家の瞳

本宅の一室で特例の面会が終わった後、キシュタリアはアルベルティーナを自室に送り届けた。クリフトフも付いてこようとしたが、部屋を知られたくなかったのでロビーで待たせた。すぐにでもフォルトゥナ公爵へ返品したかったが、「可愛《かわい》いアルベルティーナの傍《そば》を少しも離れたくない」と、頑《かたく》なに譲らなかったのだ。ロビーで待機させたのは、互いの妥協点である。

（念のため、後で無事な別宅に移動させよう。アルベルには悪いけど、安全には代えられない）

そんなことを考えながら移動していると、聞きたくもない声が聞こえた。

「なんでよ！　私はヒロインなのに！　悪いことなんてしてないのに、なんでみんな私を悪者扱いするの⁉」

きんきんと脳を劈《つんざ》くような高い声に、思わず顔が歪《ゆが》む。

魔力封じを施したレナリアを尋問しようと、猿轡《さるぐつわ》を外したのだろう。

相変わらずのようだな、とキシュタリアは内心嘆息した。学園にいた時は、王子たちの権力を振りかざしてだいぶ余裕があった。しかし、今はすっかりと猫が剥がれている。化けの皮と言った方がいいかもしれない。

可憐《かれん》で純朴そうな外見のレナリアは、貴族の令嬢とは違う初々しく新鮮な反応が令息たちに持《も》て囃《はや》された。だが、魔王により囲い込まれて生まれも育ちも結界付きの箱庭育ちである、本当に純粋な生き物をよく知るキシュタリアにしてみれば違った。どれも嘘《うそ》くさく胡散臭《うさんくさ》く半端にあざとい振る舞いが鼻につく女子生徒だった。いかにも親切ぶって、こちらを慮《おもんぱか》るように近づいてくるが、いつもその目には不気味な優越感が浮かんでいた。

最初から嫌いだった。

全てわかっています、受け入れますといわんばかりに聖女面して近づいてきた。

キシュタリアを勝手に公爵子息とは肩書ばかりの不幸で惨めな少年だと決めつけ、心の中では見下していた。

「アルベルティーナは悪女なのよ！　今に国を破滅させるんだから、さっさとやっつけた方がみんなの為よ！」

そして、キシュタリアの最愛を侮辱した。

キシュタリアに、初めて母以外で愛情をくれた人。下級貴族の愛人の子という、本来なら並び立つのも不釣り合いな生まれだった。そんなキシュタリアを弟として、人として扱ってくれた人。母と自分に居場所をくれた。

きぃきぃと侮辱の言葉を吐き続ける女を今すぐ縊《くび》り殺してやりたい。隣のクリフトフも似たようなものだろう、嫌悪も露《あらわ》に鼻にしわを寄せている。

「なんだあれは。始末するか」

「おやめになった方がよろしいかと。あれは国から手配状の出ている重犯罪者です。しかるべきところに突き出さねば、こちらに咎《とが》めが来るやもしれません」

「あれが？　あれで？」

「あんなのでも学園の悪女ですよ。あれでも、一時期は学園で女王気取りでした」

「……………流石グレイルに喧嘩《けんか》を売った小便娘だな。噂にたがわぬ頭の悪さだな」

クリフトフがカイゼル髭《ひげ》を指で撫《な》でつけながら、微妙な顔をしていた。

キシュタリアとしては、レナリアを許せない。本当は今すぐ手足の腱《けん》を切って、耳障りな喉を潰して声をなくしてしまいたい。

だが、ラティッチェ邸宅にこれだけの賊を忍び込ませた経緯を調べる必要がある。あのレナリアに綿密な計画犯罪などできるだろうか。裏に誰かがいる可能性が高い。

これだけの人数をどうやってかき集めたのかも口を割らせる必要がある。

髭を指でちょいちょいいじりながら、目を苛立《いらだ》たしげに眇《すが》めているクリフトフを見る。彼も今すぐレナリアを始末したそうな顔をしている。国から手配状が出ている以上、とりあえず余程の事情がない限り国へ引き渡さねばならないのだ。

きんきんと耳障りな絶叫は相変わらず響いている。

「あの女はアルベルティーナじゃない！　アルベルティーナは黒髪だもの！　眼だって地味な緑のはずよ！　アイツは偽物よ！　身分詐称って犯罪なんでしょう⁉　アイツは犯罪者よ！」

尋問していた兵が、思い切りレナリアの頭に軍靴《ぐんか》を落とした。

突っ伏されるようにして顔面を叩《たた》きつけられたレナリアは、暫くもがいていたが、やがてひいひいと泣き出した。

一瞬、キシュタリアはひやりとした。アルベルティーナの本当の姿は、公爵邸以外では晒《さら》されることはほぼない。一度、ドミトリアス領にグレイルに伴われていった時以外はないはずだ。そこでアルベルティーナを見たテンガロン家の令嬢は、グレイルの不興を買って失脚し、一族郎党滅んだ。貴族名鑑から消えた。その余波は分家にも及び、離散した家が多数あったという。その線はまずない。

レナリアの出身であるダチェス領は、ドミトリアス領とは隣接すらしていないはずだ。

「……黒髪に緑の瞳？」

嫌な声が隣から漏れた。

その配色に物凄く反応しそうなオッサンが、隣にいた。

「あの犯罪者の妄言を信じるおつもりで？　貴方《あなた》とて、先ほどアルベルティーナを見たでしょう」

「う、うむ……瞳も髪もあの小倅《こせがれ》譲りであった。実に惜しい、せめて片方でも……」

「そうですか、茶髪に青い瞳のアルベルティーナには用はないということですか。アルベルにそう伝えておきますね。きっと安堵《あんど》して喜ぶことでしょう」

「待て待て待て！　やめろ！　やめろください！　待ちやがれください、このクソガキ‼」

クリフトフは動揺のあまり建前と本音が入り混じった挙句、本音が駄々漏れている。

キシュタリアの肩をがっくんがっくんと揺らして、必死に前言撤回を申し立てるクリフトフ。そんな彼にキシュタリアは内心の焦燥を全く出さずに、冷たい一瞥《いちべつ》を寄越した。

ぱしりとクリフトフの腕を払うと、乱れた襟を直す。

「……なんで養子のくせに、あの糞《くそ》魔王によく似ているんだ」

あそこまで極端な人でなしではない。

そして、続く様に「あの子はあんなに可愛いのに」と呟《つぶや》く。その辺は同意する。どんな突然変異が起きたのか、魔王に溺愛され育てられた実の娘がアレとは誰が信じることだろう。

一度、ラティーヌが魔王本人の前でこぼしたことがあったが、その実父ですら怒るどころか首を傾《かし》げていた代物である。

それくらいに中身が似ていない。健やかで穏やかなラティッチェ家の天使である。

長年、義姉の成長を見守っていたキシュタリアも人生最大の謎である。

別にアルベルティーナに不満があるわけではない。純粋に謎すぎるのだ。

（それにしても、なんでアルベルってこう……権力者に取り入る気がないのに、転がしてくるんだろうか……）

国王陛下といい、クリフトフといい、アルベルティーナにはオッサンキラー属性でもついているのだろうか。

とりあえず、あの正義気取りのレナリアに、これ以上余計なことを喋《しゃべ》ってもらっては困る。

アルベルティーナ・フォン・ラティッチェは王家の瞳は持たないが、母方譲りの美姫。対外的にはそうでなければならない。

その時、轟音《ごうおん》が響いた。

はっとして振り返ると、レナリアが巨漢に胸ぐらを掴《つか》まれてぶらぶらと揺れていた。レナリアは小柄な方ではあるが、目の前にいる人物が熊の如き大柄な体形なので、小枝のように細く見える。

「……緑の瞳？　アルベルティーナが？　どういうことだ。緑、とはもしや王色なのか？」

「おーしょく？　ひぃ、しらない！　なんのこと⁉　痛い、苦しい！　放してぇ！」

レナリアの強気な態度は、いざ圧倒的な力でねじ伏せられると萎み込んだ。

あの轟音はロビーのドアを開け放ち、勢い余って破壊した音だった。重厚な装飾付きの扉が、おかしな方向へ揺れている。

「王色とは、この国において最も尊ばれる色。濃く深い高貴な緑。サンディスグリーンのことだ……」

「し、知らないわよ！　でも緑よ！　ルーカスよりは濃かったわ！」

その言葉を確認すると、レナリアはあっさりと解放された。投げ捨てるように床に放り出されて転がる。床に全身を打ち付けられ、噎《む》せ返り、もがいていた。

だが、先ほどレナリアを持ち上げていた人物は、見向きもしない。

(フォルトゥナ公爵……！)

あの巨躯《きょく》と存在感を見間違えるはずがない。表情は変えずとも、キシュタリアの中にひやりとしたものが走った。

大きな体が振り返る。鋭い鋼を思わせる眼光の瞳。クリフトフと同じ鈍色《にびいろ》だが、こちらの方が触れれば切れるような威圧感があった。剛毛そうな白い髪と髭。顔のパーツの一つ一つが厳《いか》つい。おまけにいたるところに傷があり、服から出ている顔や手だけでその荒々しさが伝わってくる。

クリフトフは小洒落《こじゃれ》たナイスミドルといった具合だが、こちらは戦神と猛獣を擬人化したような壮年の男だった。仕立ての良い服を着ているが、胸元を飾る勲章以上にその有り余る筋骨隆々たる姿の圧が凄《すさ》まじい。

「……ラティッチェの小倅か。丁度いい、アルベルティーナ嬢に会わせていただきたい」

「なにとぞご容赦を。此度《こたび》の賊の襲撃で、我が姉も憔悴《しょうすい》しきっております」

上から隻眼《せきがん》にじろりとねめつけられた瞬間、社交で鍛えたはずのキシュタリアですらその気迫にのまれかけた。その身が縮みあがりそうになった。

申し訳なさそうに笑みを象《かたど》り辛うじて返事する。

アルベルティーナだって来客など望んでいないだろうし、そもそもこんな熊王のような老人――ガンダルフ・フォン・フォルトゥナに会ったら腰を抜かすかもしれない。

というより、気絶しかねない。

義父もいない今、自分以外、ガンダルフからアルベルティーナを守る盾はいない。

キシュタリアは動揺に焦燥と恐怖、葛藤を全て笑みの下にひた隠した。

本宅にいればいいものを、態々《わざわざ》こちらまで来るなんて――無意識に、歯を食いしばって拳を握る。

「私は四大公爵家の一角として、王家に仕える者として真偽を見極める必要がある」

「ご子息のクリフトフ様がすでにアルベルティーナと会っております故、十分かと思いますが」

「はっ、我が愚息にあのグレイルの策を看破できるとは思っておらぬわ。あれはいつだって虫も殺さぬ顔をして、何食わぬ態度をしてどんなことだってやる男だ」

その通りだ。グレイルはアルベルティーナの為ならなんだってする。

誰だって殺すし、誰だって騙《だま》す。

運が悪い。よりによって――否、おかしくはないだろう。別宅とはいえ襲撃があり、フォルトゥナ公爵の息子と主催者であるラティッチェ家の令息がいない。どちらかに事情を聴きに来てもおかしくない。フォルトゥナ公爵は、騎士団を預かる武人だ。多くの貴族が集う場所で起きた事件に、事情を探りたくなるのは当然だろう。ましてや、ここは孫娘のいる因縁《いんねん》浅からぬ家だ。

この厳めしいことこのうえない筋肉岩窟公爵が、クリフトフのようにアルベルティーナの外見にコロッと行ってくれる気がしない。明らかに、クリフトフよりもずっと相手取るのが難しい。

そもそも、ガンダルフはそれほど社交界に頻繁に出る性格ではない。奥方のシスティーナが没してから、一層疎遠になったと聞く。そもそもラティッチェ公爵家ともあまり仲が良くない。

何をしに来たかと考えれば二つ。ラティッチェ家への嫌味を言いに来たか、アルベルティーナに隙あれば接触を試みようとしたのだろう。

アルベルティーナの名前は、ルーカスの暴挙により同情と憐《あわれ》みの的として広まっている。そして、実《まこと》しやかにその美貌とグレイルとは大きく違う人柄であるとも。

「しかし……」

「余りに言うようであれば、王家に叛意《はんい》ありと捕らえるぞ。とっとと案内せんか」

その強引さに毒づきたいところだが、止めたところで勝手に歩き回って意地でもアルベルティーナの居場所を特定しそうだ。

現にその息子は、パーティや襲撃のドタバタに紛れてアルベルティーナを捜索していた。

「……一目だけです。それ以上の譲歩は無理です。どうかそれ以上はなにとぞご容赦を。我が姉は非常に繊細で、人見知りも激しい女性です」

キシュタリアの苦しいぎりぎりの譲歩にも、ガンダルフは鼻を鳴らすだけだった。

本当は案内したくもない相手だ。この大男に詰め寄られたら間違いなくアルベルティーナは怯《おび》える。

アルベルティーナの心の安全を考えれば、一目だけでなんとか済ませるしかない。


「来客……？」

別宅のお部屋で寛《くつろ》いでいると、アンナが困ったように知らせてくれた。よもやあのクリフトフとかいう大変失礼なオッサンじゃなかろうか。

嫌でござる。お断りでござる。

思わずそんな感情が顔に出たのだろう、アンナも苦々しげだ。

「フォルトゥナ伯爵ではなく、そのお父上様にあたるフォルトゥナ公爵です」

ああ、何でも私のお祖父様だとかいう血のつながった他人ですか。

ますます会いたくない。

なんでも、結構外見怖いんだって。顔面偏差値がやたら高い面々に囲まれて、強面《こわもて》なんて全然周りにいないに等しいヒキニートにしてみればショックがでかそうな感じがする。

いや、キラキライケメンばっかりでも目が眩《まぶ》しすぎてしぱしぱしちゃうんだけどさ。

「随分急なお話ね……」

正直、あまり歓迎できない。お父様がいれば話は別なのですが、お父様は今もスタンピードを治めに遠征中。きっと今も魔物を派手に吹っ飛ばしていることでしょう。

しかも、色々あって疲れたのでちょっとお休みしようかとかなりラフな部屋着に着替えていたのだ。ネグリジェまでとはいかないが、フワモコ素材のワンピースにグリフォン羽毛を使った軽くて暖かいショールを羽織っている。お化粧も落としてしまったので、レディとしてはとてもではないがすぐに人前に出る姿ではない。

本当は着ぐるみ型にしたかったのだけれど、許可が下りなかった。ちなみに動物の耳を模したフードも作りたかった。猫耳フード、うさ耳フード、ちょっと珍しい熊耳とかもいいかもしれない。一度、試作品のパーカーをラティお義母様《かあ》にお披露目したら「余計なケダモノが目を覚ましそうだからダメ」と却下された。ケダモノってなに？　そう思ったけれど、お義母様の眼はかなり本気でしたので、黙って引き下がりました。すごすごと。

「とりあえず、お客様には少し時間がかかるとお伝えしてくれる？　どうしましょう。お客様なんてミカエリスやジブリール以外は、馴染《なじ》みの商人や家庭教師くらいしかお相手したことがないわ」

そもそも基本アポをとって、万全の状態でお出迎えをしていた。

しかも、自分より身分の高い相手なんて初めてのお客様である。どうしたらいいのかもわからない。

本来ならラティお義母様やキシュタリアが対応してくれていたし、セバスやジュリアスがいたらそつなくサポートをしてくれただろう。ヒキニート、ホント使えねえでござる。

アンナを見ると「すぐに御衣装をお選びします」と頼もしい言葉が返ってきた。

正直、自分の判断では何を着て出ていいかすら分からないのですが⁉

用意されたのは鮮やかな緑のドレス。腰からふんわり広がるAラインドレスだ。肩と腰元のリボンがアクセント。露出は控えめで、首元から腕までしっかりと覆われている。膝から下とデコルテラインにある蔓薔薇《つるばら》の刺繍《ししゅう》が見事。上品で、清楚《せいそ》なドレスだ。うん、ナイスチョイス。わたくしの好みです。

髪はハーフアップにして、エメラルドが嵌《はま》った銀細工がついた白いリボンでまとめてくれた。

「よくお似合いですわ、お嬢様」

「ありがとう、アンナ」

あんまり気が向かないが、さあ行きますか……なんて思っていたら、いきなり扉が爆《は》ぜるように開いた。鼓膜を激しく震わせ、大きく響いた音に体が硬直する。

思わず音の方向を見ると、そこには扉を覆い尽くさんばかりの巨体が見えた。

熊⁉　いえ、人？　熊？　むしろ山⁉

ぬぅんと異様な存在感をもって、その人物（？）はドアを潜り抜けてきた。通ったというより、くぐった感が強い。なんでって、体がおっきすぎて……。

色々な衝撃に後ずさり、アンナと手を取り合って立ち尽くした。

で、でかい……凄い大きい……そしてそれ以上にとても怖い！

ルーカス殿下の比でないほどの圧倒的存在感といいますか、とにかく眼光が鋭いのです。この世界って一応乙女ゲーなのですよね？　格闘ゲームとかＲＰＧじゃないですわよね？　いえ、ゲームではなくて現実なのですから、当然老若男女いますが！　それ以上に何でしょうか、世紀末覇者というか、この人だけ顔の濃さが劇画調なのですが⁉

あの、わたくしお祖父様にあたるフォルトゥナ公爵が来ると聞きましたが、こんなヒグマの大将のような方が来るとは聞いていないのですが⁉

原始的な恐怖に近い感情だった。ひたすらに怖い。自分より圧倒的な強者を目の前にした、哀れな草食動物のよう。この人がヒグマであれば、わたくしなんて野兎《のうさぎ》ですわ。

突如やってきた人類もどきに震え上がっていると、鋭い隻眼がこちらに向けられる。

ぴえええええっ！　怖いですわぁあああ！

ジュリアスが令嬢らしからぬのでやめろというので、心の中で絶叫します。

私の姿を認めると、さらにぐわっと眼光が鋭くなってぺたりとその場に座り込んだ。

怖い……多分セバスと同じくらいの御歳のお祖父様なんでしょうけれど物凄く怖いですわ……っ！

「あ、あぅ……アンナ、アンナ、アンナぁ……」

「お嬢様、お気を確かに！　あれは人間です！　ぎりぎり人間です！　確かに物凄く肉食獣感が途轍《とてつ》もないですが、あれはれっきとした人間です！」

ぴゃあああああ！　こっち来ますわあああ！

アンナの必死の宥《なだ》めもむなしく、ぎりぎり人類さんが一歩踏み出してきた瞬間、私の恐怖は臨界点を突破した。体が硬直し、逃げることも抵抗することもできない。

完全にターゲットロックオンされている。眼光に物理的貫通力があったら、わたくしは穴ぼこだらけですわ。

とても見ている。


「お、お父様……お父様ぁ……」


助けてお父様……！

カタカタと震え始める体を必死に抱きしめて押さえようとするが、迫りくる巨体の恐怖に打ち勝つことはできない。

巨体に相応《ふさわ》しい質量があるようで、歩くたびにみし、みしと床に僅かに重い音が響く。

お父様、と口にしたことが気に障ったのか、その人は眉間にしわを寄せた。ますます怖い。

ずんずん近づいてきて手を伸ばしてくる。節くれだって武骨な、傷だらけな大きな手。屈《かが》んだ時に顔に影がかかり、真っ暗となって急に表情が見えなくなったのに鈍色の眼だけが炯々《けいけい》と光って見えた。

身をよじって逃げようとしたが、肩を掴まれ前を向かされた。白刃のような鋭い視線に晒されて、身がすくむ。顎を掴まれ、さらに上を向かされる。恐怖で呼吸が浅くなり、ぐちゃぐちゃな感情のままに目が潤んでくる。


「フォルトゥナ公爵！　話が違います！　アルベルから離れてください！」

キシュタリアがフォルトゥナ公爵と私の間に割り込もうと飛び出してくるが、あっさりと片手で払われた。キシュタリアも、予想以上の力で弾《はじ》かれたのか壁際まで転がる。うまく受け身を取れず、顔を歪めている。

「キシュタリア……っ！　やめて、義弟《おとうと》に乱暴しないで！」

嫌い！　私の家族を、大切な傷つける人は嫌い！　触らないで、と強い意思を込めて顎を掴む腕を引き剥がそうとするがびくともしない。

何とか怒りで奮い立たせ、目の前の人を睨む。もう片方の手が伸びてきた頭に触れる。恐怖で身がすくみかけた。

「――――っ!?」

「……ふん、防護のアミュレットか？　これは違うな」

床にコロンと投げ捨てられたのはエメラルドの嵌った銀細工。リボンと一緒に髪につけていたものだ。ぱらりとほどけたリボンが床に落ちる。

立て続けに塗り重なる驚愕《きょうがく》と恐怖で固まる。だが、これで終わりではなかった。

続いて伸ばされたのは胸元。ペンダントの華奢《きゃしゃ》な鎖を指だけであっさりちぎり、それも捨てるように投げた。

な、なに……何がしたいの、この人？

「これも違うか」

ブレスレットを取り外される。

何度も体をよじって、手を振り回そうとしたが微塵《みじん》もその努力は報われなかった。

しげしげと私の体――というより、身につけていたものを検分していた猛獣は、やがて一点に視線が止まる。

顔ではない――耳だ。

太い傷跡だらけの指が髪をかき上げ、耳に揺れるイヤリングに狙いを定めた。

伸びる手に、走馬灯のようにお父様の笑みが呼び起こされた。初めて学園に行く際に、私につけてくれたモノ。私の身を守るためのモノ。

「――やめて………っ」

床に小さく音が落ちる。固く、小さなもの。

「……ああ、本当によく似ている。シス、クリス……お前たちの眼はここに受け継がれていたのだな」

遠くを見る鈍色の瞳。それは私を映していたが、本当に見ているのは私じゃない。

隻眼に映る私は、絶望そのものの表情だった。


こんな酷《ひど》い状況なのに――いや、だからこそなのか、わたくしの脳裏には大好きなお父様の笑顔が思い出された。

流石に今の年齢となっては、抱きしめてくれはするけれど、抱き上げることはなくなってきた。

幼い頃はその長い腕に支えられ、広い胸に体を預けて、どこまでも不安や恐怖とは遠い幸福に包まれていた。

お父様の温かさ、匂い、声、眼差《まなざ》し、笑顔。

「可愛い娘、アルベルティーナ。私の奇跡。私の天使。お前は私の宝物だよ」

見ているこちらが蕩《とろ》けてしまいそうな微笑で、あやしながら甘やかす。
お父様の腕は、私だけの揺り籠だ。
お父様の幻影が、節くれだった傷だらけの指に壊されていく。
視界に入るのは宝石のようなアクアブルーではなく、鋼の様な鈍色。
その腕の中に、二度と抱きしめてもらえなくなる——そんな予感がした。

あとがき

お久し振りな方も初めましての方も、この度は数ある書籍の中から、この本を取っていただきありがとうございます。

『転生したら悪役令嬢だったので引きニートになります』二巻が出て感慨無量です。

今回はちょっと不穏なラストで終わりました。今後、アルベルの血筋にまつわるあれこれが動き出します。

相変わらずファザコンを拗らせているアルベルは、いつになったら恋愛を始めるんでしょうかね。幼馴染トリオが待ち構えていますよ。

今回も八美☆わん先生の美麗イラストが冴えわたっております。ありがたや！

ゼロサムオンラインで炬とうや先生によりコミカライズ連載が始まりましたし、嬉しい限りですね。

本作を出版するにあたり編集担当者様を始め、お力添えをしてくださった方々、応援してくださる方々にも多大な感謝を！

また会えると嬉しいです！

藤森フクロウ

転生《てんせい》したら悪役令嬢《あくやくれいじょう》だったので引《ひ》きニートになります2

～騎士《きし》で伯爵《はくしゃく》な幼馴染《おさななじみ》の色気《いろけ》が強《つよ》すぎる～

2021年11月５日　初版発行
2024年11月12日　第３刷発行

初出……「転生したら悪役令嬢だったので引きニートになります」
小説投稿サイト「小説家になろう」で掲載

著者　藤森フクロウ

イラスト　八美☆わん

発行者　野内雅宏

発行所　株式会社一迅社
〒160-0022 東京都新宿区新宿3-1-13 京王新宿追分ビル5F
電話　03-5312-7432（編集）
電話　03-5312-6150（販売）
発売元：株式会社講談社（講談社・一迅社）

印刷所・製本　大日本印刷株式会社
ＤＴＰ　株式会社三協美術

装幀　百足屋ユウコ＋豊田知嘉（ムシカゴグラフィクス）

ISBN978-4-7580-9409-2

Printed in JAPAN

おたよりの宛て先
〒160-0022 東京都新宿区新宿3-1-13 京王新宿追分ビル5F
株式会社一迅社　ノベル編集部
藤森《ふじもり》フクロウ 先生・八《はち》美《び》☆《す》わん 先生